琼 瑶

作 品 大 全 集

碧云天

琼瑶 著

作家出版社

琼瑶，本名陈喆，作家、编剧、作词人、影视制作人。原籍湖南衡阳，1938年生于四川成都，1949年随父母由大陆赴台生活。16岁时以笔名心如发表小说《云影》，25岁时出版首部长篇小说《窗外》。多年来笔耕不辍，代表作包括《烟雨蒙蒙》《几度夕阳红》《彩云飞》《海鸥飞处》《心有千千结》《一帘幽梦》《在水一方》《我是一片云》《庭院深深》等。

多部作品先后改编成为电影及电视剧，琼瑶也因此步入影视产业。《六个梦》系列、《梅花三弄》系列、《还珠格格》系列等，影响至深，成为几代读者与观众共同的记忆。

琼瑶以流畅优美的文笔，编织了众多曲折动人的故事。其作品以对于梦的憧憬和爱的执着，与大众流行文化紧密结合，风靡半个多世纪，成为华文世界中极重要的文学经典。

我为爱而生，我为爱而写

文字里度过多少春夏秋冬

文字里留下多少青春浪漫

人世间虽然没有天长地久

故事里火花燃烧爱也依旧

琼瑶

第一章

教室里静悄悄的。

窗外飘着一片雾蒙蒙的细雨，天气阴冷而寒瑟。

五十几个女学生都低着头，在安静地写着作文。空气里偶尔响起研墨声、翻动纸张声，及几声窃窃私语。但，这些都不影响那宁静的气氛，这群十六七岁的女孩子是些乖巧的小东西。小东西！萧依云想起这三个字，就不自禁地失笑起来。她们是些小东西，那么，自己又是什么呢？刚刚从大学毕业，顶多比她们大上五六岁，只因为站在讲台上，难道就是"大东西"了？

真的，自己竟会站在讲台上！当学生不过是昨天的事，今天就成了老师！虽然只是代课教员，但是，教高中二年级仍然是太难了！假若这些学生调皮捣蛋呢？她怎能驾驭这些只比她小几岁的女孩子们？不过，还好，她们都很乖，每个都很乖，没有刁难她，没有找麻烦，没有开玩笑，没有像她高二时那样古怪难缠！她微笑起来，眼光轻悄悄地从那群学生头上掠过，然后，她呆了呆，她的目光停在一个用手托着下巴，紧盯着黑板发愣的女学生脸上。

俞碧菡没有办法写这篇作文。

她盯着黑板，知道自己完蛋了，她怎样都无法写这篇作文！脑子里有几百种思想，几千万缕思绪，却没有一条可以连贯成为文句！那年轻可爱的代课老师，一定以为自己出了一个好容易好容易的作文题目！因为，她一上来就说："作文不是用来为难你们的，只是用来训练你们的表达能力。所以，我想出个最容易的题目，一来可以让你们尽情发挥，二来可以帮助我了解你们！"

好了，现在黑板上是个单单纯纯的"我"字。我！俞碧菡咬住了下嘴唇，紧盯着这个"我"字：

我，我是渺小的！我，我是伟大的！我，我不该存在！我，我却偏偏存在！我，我来自何方？我，我将去往何处？我，我，我，我，我……

这个"我"是多么与人作对的东西，她怎能把它写出来，怎能把它表达出来？从小，她就怕老师出作文题《我的父亲》《我的母亲》《我的家庭》，甚至于《我的志愿》《我的将来》《我的希望》……她怕一切与"我"有关的东西！而现在，黑板上是个干干脆脆的"我"字，她默默摇头，在心里喃喃地自语着："我，我完蛋了！"

垂下了眼睑，她把眼光从黑板上收回来，落在那空无一字的作文本上。作文本上有许多格子，许多空格子，怎样能用文字填满这些空格子，"拼凑"成一个"我"？为什么周围五十几个同学都能做这样的"拼凑"游戏，唯独自己不行？她轻轻摇头，低低叹息。"我"是古怪的，"我"是孤独的，"我"是寂寞的，"我"是与众不同的，"我"是一片云，"我"是一颗星，"我"是一阵风，"我"是一缕烟，"我"是一片落叶，"我"是一茎小草，"我"什么都是，"我"什么都不是！"我"？"我"是一个人，一个十七岁的女孩子！十七年前，由于一份"偶然"，而产生的一条生命，如此而已，如此而已？她再摇头，再叹息，生命是一个谜，"我"是一个更大的谜！是许许多多问号的堆积！我？我完蛋了！

　　一片阴影遮在她的面前，她吃了一惊，下意识地抬起头来。那年轻的，有一对灵巧的大眼睛的代课老师，正拿着座位姓名表，查着她的名字。

　　"俞碧菡？"萧依云问，微笑地望着面前那张苍白的、怯生生的、可怜兮兮的面庞。这是个敏感的、清丽的、怯弱的孩子呢！那乌黑深邃的眼睛里，盛载了多少难解的秘密！

　　"哦！老师！"俞碧菡仓促地站起身来，由于引起注意而吃惊了，而惶然了！她站着，睁大了眸子，被动地，准备挨骂似的望着萧依云。

　　怎么？自己的模样很凶恶吗？怎么？自己竟会惊吓了这个"小东西"？萧依云脸上的微笑更深了，更温和了，更甜蜜了，她的声音慈祥而悦耳："为什么不写作文？写不出吗？"

　　俞碧菡的睫毛罩了下去，罩住了那两颗好黑好亮的眼珠，她的声音轻得像蚊子叫。

"不是'我'写不出来，是写不出'我'来！"

哦？怎样的两句话？像是绕口令呢！萧依云怔了怔，接着，就像有电光在她脑中闪过一般，使她陡地震动了一下。谁说十七岁还是不成熟的年龄？这早熟的女孩能有多深的思想？

她怔着，一时间不知该说什么。不，二十二岁当老师实在太早，她教不了她们！好半天，她才回过神来，勉强维持了镇定，她把手放在俞碧菡的肩上。

"坐下来，"她安详地说，"你已经把'你'写出来了，如果你高兴，你可以不交这篇作文，我不会扣你的分数！"

俞碧菡很快地看了她一眼。

"你的意思是说，"她低语，"'我'是一片空白吗？"

萧依云再度一怔。

"你自己认为呢？"

"哦，不，老师，"她微笑了，那笑容是动人的，诚恳的，带着某种令人难解的温柔，"我不是一片空白，只是一张有空格子的纸，等着去填写，我会填满它的，老师，我会交卷的！"

她坐下去了，安安静静地提起笔来，研墨，濡笔，然后，她开始书写了。萧依云退回到讲台边，站在视窗，她下意识地望着外面的雨雾。该死！自己不该念文学系，早知道，应该念哲学！人生是一项难解的学问，自己能教什么书？这只是第一天！她已经被一个学生所教了。俞碧菡，俞碧菡，她念着这名字，悄眼看她，她正在奋笔疾书，她能写些什么？

忽然间，她对自己出的作文题目失笑起来。我？好抽象的一个字！一张有空格子的纸，等着去填写！她自己又何尝不是一张有空格子的纸？将填些什么文字呢？二十二岁，太年轻！

只是个比"小东西"略大一些的"小东西"罢了！她笑了，对着雨雾微笑。

下课铃声惊动了她，学生们把作文簿收齐了，交到她手中。教室里立即涌起一层活泼与轻快的空气，五十几个女孩子像一群叽叽喳喳的小鸟，到处都充斥着喧嚣却悦耳的啁啾。萧依云捧着本子，不自禁地向俞碧菡看过去，那女孩斜倚在墙边，正对着她怯怯地微笑。这微笑立刻引发了萧依云内心深处的一种温柔的情绪，她不能不回报俞碧菡的微笑。她们相视而笑，俞碧菡是畏羞而带怯的，萧依云却是温柔而鼓励的。然后，抱着作文本，萧依云退出了教室，她心中暖洋洋而热烘烘的，她喜欢那个俞碧菡！并不是一个老师喜欢一个学生，她还没有习惯于自己是老师的身份，她喜欢她，像个大姊姊喜欢一个小妹妹。大姊姊！她不会比俞碧菡大多少！依靠就比她大了六岁，亲姊妹还能相差六岁呢！她做不了老师，她只是她们的大姊姊！

退到教员休息室，她已经迫不及待地抽出了俞碧菡的本子，她要看看这张空格子的纸上到底填了些什么。

于是，她看到这样的一篇文字：

　　我我，在我来不及反对我的出世以前，我已经
存在了。或者，这就是我的悲哀，也或者，这正是

我的幸运。因为，一条生命的诞生，到底是悲剧还是喜剧，这是个太陈旧的问题，也是人类无法解答的问题。这，对我而言，必须看我以后的生命中，将会染上些什么颜色而定。

未来，对我是一连串的问号，过去，对我却是一连串的惊叹号！我可以概括地把惊叹号画出来，问题的部分，且留待"生命"去填补。

两岁那年，父亲去世！

四岁那年，跟着母亲嫁到俞家！

母亲又生了一个弟弟，一个妹妹！

八岁那年，母亲去世！

十岁那年，继父娶了继母！

继母又生了两个妹妹，一个弟弟！

所以，我共有两个弟弟，三个妹妹！

所以，我父母"双全"！

所以，我有个很"大"的家庭！

所以，我必须用心"承欢"于"父母"，"照顾"于"弟妹"！

所以，我比别的孩子想得多，想得远！

所以，我满心充满了怀疑！

所以，哲学家对了，我思故我在！

我思故我在！只有在我思想时，我觉得我存在着。只是，存在的意义又是什么？？？？？？？？？？？？？？？？？？？？？？？？？？？？？？？

这篇奇异的作文结束在一连串的问号里，萧依云瞪视着那些问号，呆了、傻了，默默地出起神来了。她必须想好几遍才能想清楚那个俞碧菡的家庭环境，她惊奇于人类可以出生在各种迥然不同的环境里。她不能不感染俞碧菡那份淡淡的哀愁及无奈，而对"生命"产生了"怀疑"。

沉思中，有人碰了碰她。

"萧小姐！"

她抬起头来，是介绍她来代课的王老师。

"第一天上课，习惯吗？"王老师微笑着问。

"还好。"她笑笑说，"只是有些害怕呢！"

"第一天上课都是这样的。不过，你那班是出了名的乖学生，不会刁难你的。李老师常夸口说她们全是模范生呢！"

"李老师好吗？"萧依云问，李雅娟，是原来这班的语文老师，因为请一个月的产假，她才来代课的。

"好？有什么好？"王老师皱了皱眉，"又生了一个女儿！第四个女儿了，她足足哭了一夜呢！"

"生女儿为什么要哭？"她惊讶地问。

"她先生要儿子呀！公公婆婆要孙子呀！她一直希望这一胎是个儿子，谁知道又是女儿！这样，她怎么向她丈夫和公公婆婆交代？"

"天！"萧依云忍不住叫，"这是什么时代了？二十世纪呢！生儿育女又不是人力可以控制！谈什么交代与不交代？"

"你才不懂呢！你还是个小孩子！"王老师笑着说，"尽管是二十世纪，尽管是知识分子，重男轻女及传宗接代的观念仍然在中国人的脑海里生了根，是怎样也无法拔除的！反正，在李雅娟的处境里，她生了女儿，和她犯了罪是没有什么两样的！她甚至考虑把孩子送人呢！"

萧依云怔怔地站着，一时间，她想的不是李雅娟，而是那新出世的小婴儿，那不被欢迎的小生命！谁知道，说不定在十六七年以后，会有一个老师，给那孩子出一道作文题，题目叫"我"，那孩子可以写："我，在我来不及反对我的出世以前，我已经存在了……"

瞪视着窗外茫茫的雨雾，她一时想得很深很远。她忘了王老师，忘了周遭所有的人，她只是想着生命本身的问题。教书的第一天！她却学到了二十二年来所没有学到的学问。望着那片雨雾，望着窗口一株不知名的大树，那树枝上正自顾自地抽出了新绿，她出着神，深深地陷进了沉思里。

在回家的路上，萧依云始终没有从那个"生命"的问题中解脱出来。她一路出着神，上下公共汽车都是慢腾腾的，心不在焉的。可是，当回到静安大厦时，她却忽然迫切起来了，她急于去问问母亲，只有母亲——一个生命的创造者——才能对生命的意义了解得最清楚。抱着作文本，她一下子冲进了电梯，她那样急，以至于一头撞在一个人身上，手里的本子顿时散了一地。在还没有回过神来时，她已经习惯性地开始抢白："要命！你怎么不站进去一点，挡着门算什么？看你做的好事！"

"噢！"那男人一面慌忙向里面退了两步，一面笑着说，

"对不起，对不起，我可没料到你会像个火车头一样地冲进来哦！"

好熟悉的声音！萧依云愕然地抬起头来，那年轻的男人不经心地看了她一眼，就俯下身子去帮她收拾地上的作文本。

萧依云的心脏猛地一阵狂跳，可能吗？可能是他吗？那瘦高的身材，随随便便地穿着件红色套头毛衣，一条牛仔裤，和当年一样！那浓眉，那闪亮的眼睛，那满不在乎的微笑，和那股洒脱劲儿！萧依云屏住呼吸，睁大了眸子，那男人已站直了身子，手里捧着她的作文本。

"喂，小姐，"他笑嘻嘻地说，"你要去几楼呀？"

没错！是他！萧依云深抽了一口气，他居然不认得她了！

本来嘛，他离开台湾那年她才只有十五岁！一个剪着短发的初中生，他从来就没注意过的那个初中生！他只对依靠感兴趣，叫依靠"睡美人"，因为依靠总是那样懒洋洋的。叫她呢？

叫她"黄毛丫头"！现在呢？"睡美人"不但为人妻，而且为人母了。"黄毛丫头"业已为人师（虽然只有一天）了！他呢？

他却还是当年那般样子，似乎时间根本没有从他身上碾过，他还是那样年轻，那样挺拔！那样神采飞扬！

"喂，小姐，"他又开了口，好奇地打量着她，他的眉头微锁，记忆之神似乎在敲他的门了。他有些疑惑地说，"我们是不是在什么地方见过？"

“哦，”她轻呼了一口气，调皮地眨了眨眼睛，“嗯……我想……我想没有吧！”

“噢，”他用手抓了抓头，显得有点儿傻气，“可能……可能我弄错了，你很像我一个同学的妹妹。”

“是吗？”她打鼻子里哼出来，冷淡地接过本子，把脸转向了电梯口，“请你帮我按五楼。”

“噢！”他惊奇地说，“真巧，我也要去五楼！”

早知道你是去五楼的！早知道你是到我家去！她背着他撇了撇嘴，你一定是去找大哥的！当年，你们这一群“野人团”，就是你和大哥带着头疯，带着头闹。现在，你们这“哼哈二将”又该聚首了！真怪，大哥居然没有提起他已经回来了。她摇了摇头，电梯停了。

“喂，小姐，”他望望那像迷魂阵似的通道，“请问五F怎么走？”

她白了他一眼。

“你自己不会找呀？”

“哦，当然，当然，”他慌忙说，充满了笑意的眼睛紧盯着她，“我以为……你会知道。”

“不知道！”她冲口而出，凶巴巴的。

“对不起！”他又抓抓头，悄悄地从睫毛下瞄了她一眼，低下头轻声自言自语地说了一句：“今天是出门不利，撞着了鬼了！”说完，他选择了一个错误的方向，往前面走去。

“你站住！”她大声说。

“怎么？”他站住，诧异地回过头来。

"你干吗骂人呀？"她瞪大眼睛问。

"没想到，耳朵倒挺灵的呢！"他又自语了一句，抬眼望着她，"谁说我骂人来着？"

"你说你撞着了鬼，你骂我是鬼是吗？"她扬着眉，一股挑衅的味道。

他耸了耸肩。

"我说我撞着了鬼，并没说鬼就是你呀！"他嬉笑着，反问了一句，"你是鬼吗？"

她气得直翻白眼。

"你才是鬼呢！"她没好气地嚷。

他折回到她身边来，站定在她的身子前面，他那晶亮的眼睛灼灼逼人。

"好了，"终于，他深吸了口气说，"别演戏了，黄毛丫头！"

他的声音深沉而富有磁性。

"打你一冲进电梯那一刹那，我就认出你来了，黄毛丫头，你居然长大了！"

"哦！"她的眼睛瞪得滚圆滚圆的，"你……你这个野人团团长！你这个天好高！"她笑开了，"你真会装模作样！"

"嗯哼，"他哼了一声，"什么天好高！"

"别再装了！"她笑得打跌，"你是天好高，大哥是风在啸，还有一个雨中人，那个雨中人啊，娶走了我的姊姊，把那个天好高啊，一气就气到天好远的地方去了！"

他的脸红了，笑着举起手来。

"你这个伶牙俐齿的小丫头，还是这样会胡说八道！管你长大没有，我非捉你来打一顿不可！"他作势欲扑。

"哎呀，可不能乱闹！"她笑着跑，这一跑，手里的本子又散了一地，她站住，又笑又骂地说，"瞧你！瞧你！第二次了，你这个天好高啊，简直是个扫帚星！"

他忙蹲下帮她拾本子，她也蹲了下来，两人的目光接触了。笑容从他的唇边隐去，他深深地望着她。

"多少年不见了？依云？"他问。

"七年。"她不假思索地回答，"你走的那年，我才十五岁。"

"哦，"他感叹道，"居然有七年了！"他把作文本递给她。

"别告诉我，你已经当老师了！"

"事实上，我已经当老师了。"她站起身来，望着他，"你呢，高皓天？这些年，你在干些什么？"

他也站了起来。

"先读书，后做事，我现在是个工程师。"

"回来度假吗？"

"来定居。我是受聘回来的。"

"你太太呢？也回来了吗？"

"太太？"他一愣，"等你介绍呢！"

她死盯了他一眼。

"为什么你们这些男人都要打光棍？大哥也是，我起码给他介绍了十个女朋友，你信吗？"

"现在，又一个加入阵线了！"他笑着，"别忘了我这个天好高！"

忘得了吗？忘得了吗？高皓天，只因为他的名字倒过来念，就成了"天好高"，所以，那时候，她总喜欢把他们的名字都倒过来念，大哥萧振风成了"风在啸"，任仲禹成了"雨中人"，只有赵志远的名字倒过来也成不了什么名堂，所以仍然是赵志远。那时候，他们四个外号叫"四大金刚"，曾经结拜为兄弟。赵志远是老大，萧振风是老二，高皓天是老三，任仲禹是老四。他们都是 T 大的高才生，除了功课好之外还调皮捣蛋。经常在他们家里闹翻了天，姊姊依靠常扮演他们每一个人的舞伴，他们开舞会、打桥牌、郊游、野餐……玩不尽的花样，闹不完的节目。而她这个"小不点儿""黄毛丫头"只能躲在一边偷看他们，因为太小而无法参加。十四岁那年的圣诞节，他们在萧家开了一个通宵舞会，谁都没有注意到她，只有高皓天走过来，对她开玩笑地说："来来来，小丫头，让我教你跳华尔兹。"

他真的拉着她跳了一支华尔兹，从此，她就没有忘记过他。她这一生的第一支舞，是和这个天好高跳的。以后，她也曾在姊姊面前说尽这个天好高的好话，但是依靠爱上了任仲禹，高皓天是在任仲禹和依靠订婚那年出去的，大哥说是任仲禹气走了高皓天，依靠却说："那个天好高啊，从头到尾和我之间就没通过电，他既没爱过我，我也没爱过他！他是那种最不容易动心的男人，我打赌他一辈子也不会结婚！"

是吗？他是那种一辈子也不会结婚的男人吗？她不知道，当初他和任仲禹、依靠之间到底是怎么一笔账，她也不知道。

她只知道那时他们都是"大人"，她却是个只能在他们脚下打着圈儿乱叫乱闹乱开玩笑的"小鬼头"！

如今，"小鬼头"长大了，这个"天好高"啊，仍然一如当年！她望着他，又笑了。

"大哥在等你吗？"她问。

"是的，回来已经一个月了，今天才查到你们家的电话，刚刚和你大哥通电话，他在电话里吼了一句'你还不快快地给我滚了来！'我这就乖乖地滚来了！才滚到电梯里，就被一个莫名其妙的黄毛丫头猛撞了一下，还挨了阵莫名其妙的骂，你说倒霉吧？"

萧依云忍不住扑哧一笑。

"活该！这些年怎么不给我们消息？大哥说你失踪了！我们都以为你不要老朋友了。"

"在国外，生活实在太紧张，我又是最懒得写信的人，你们也搬家了，大家一流动，就失去了联络，回来之后，第一件事就是找你们！"

"是找依靠吧？"她嘴快地调侃着。

"帮帮忙，别拿依靠开玩笑，她有几个孩子了？"

"一儿一女。"

"那个雨中人啊，实在是好福气！"

是吗？她可不知道。任仲禹和姊姊是欢喜冤家，三天一大吵，两天一中吵，一天一小吵，可是，吵归吵，好起来又像蜜里调油。爱情是一门难解的学问。

停在五F的门口，萧依云把作文本交到高皓天手里，从皮包中拿出大门钥匙，高皓天感慨地说："出去七年，没想到一回来，到处都是高楼大厦了，所有的老朋友，都搬进了公寓房！大街小巷全走了样，害我到处迷路！"

萧依云开了门，忍不住抢先走了进去，一进门就直着脖子大嚷大叫："大哥！大哥，你还不快来！看看我带进来一个什么人哪！"

喊声还没完，萧振风已经真的像一阵风般卷了过来，看到高皓天，他赶过来，抓着他的胳膊，就狠命地在高皓天肩膀上重重地捶了一拳，一面大叫着说："好家伙，一失踪这么多年！你眼里还有我这个拜把子的哥哥没有？我不好好地揍你一顿出出气才怪呢！"

他这一抓一捶没关系，高皓天手里的作文本可就又撒了一地。他也顾不得作文本，就和萧振风又捶又叫又闹地嚷开了。萧依云诧异地望着地上那些作文本，禁不住自言自语地说："怎么回事？这些本子就是抱不牢！看样子，我这个老师啊，恐怕要当不成呢！"

晚上，萧家好热闹。

为了这个"天好高"，依靠和任仲禹都赶回来了，依靠还带来了她那四岁的女儿文文和两岁的儿子武武。任仲禹和高皓天见面的那份热络劲儿，就别提了，他们又吼又叫又跳，俨然恢复了当年学生时代的活力与热情。萧振风不住口地说："就差了一个赵志远！如果他也回来，我们这四大金刚就团圆了。"

"赵志远在加拿大，"高皓天说，"前年我去温哥华看过他，你们猜怎么样？他开了一家电器修理行，门庭若市，娶了一个洋老婆，生了三个小混血儿，一个赛一个的漂亮，我看，他在那儿生了根，是不预备回来了！"

"这不行！"萧振风大大地摇头，"人不能忘本，我不反对他娶洋老婆，却反对他在国外落地生根，皓天，把他的地址给我，我要写封信训训他！"

"振风，"高皓天说，"你还是动不动就要训人揍人的老毛病！"

"可不是，"任仲禹接了口，"上个月还在街上和一个计程车司机大打出手，闹到警察局呢！"

"振风，"高皓天慢条斯理地说，"你呀，就是当初伯父伯母把你的名字给取坏了，风在啸，这还得了！走到哪儿，风刮到哪儿，怪不得娶不到老婆，都让风给刮跑了！"

大家哄堂大笑了起来，连依靠的父母萧成荫夫妇也忍不住跟着笑了起来。在这些大笑声中，萧振风直着脖子，逼问到高皓天的面前来："你呢？天好高，你的名字取得好，怎么也讨不着老婆呢？你说说看！"

"谁说我的名字取得好？"高皓天耸耸肩，"天好高！君不闻：只恐琼楼玉宇，高处不胜寒乎？谁说天上有老婆可娶？除非到月亮上去找嫦娥，可是，阿姆斯特朗先我一步去过了，准是他那副怪模样把我国几千年来安安静静的嫦娥给吓跑了，他说月亮上只有灰尘和岩石，从此，我就失恋到今天了！"

大家又笑了起来，依靠一面笑，一面推着任仲禹。

"看样子，还是你这个雨中人比较有办法，嗯？"

"他当然有办法了！"高皓天又接了口，"我们都还是一肩担一口，他不但有老婆，而且文武双全了！"

他指的是文文和武武，任仲禹又笑，谈起儿女，他总是笑的，因为两个小家伙是他的心肝宝贝。

多少年来，萧家没有这样热闹的空气了，晚餐桌上，萧成荫开了一瓶酒，破例准许儿子任性一醉。萧依云的母亲萧太太，一向是最会招待儿女的朋友的，也就是她那份好脾气，才会弄得家里成了青年人的聚会所。望着面前这年轻的一群，这充满了活力、散发着青春气息的一群人，她就感到心里有份沁人心脾的温暖和满足。面对着那被酒染红了面颊的高皓天，她不自禁地想起多年以前，自己对他的喜爱更超过了任仲禹，也曾暗中希望依靠选择他。可是，依靠却说："妈，仲禹虽然没有皓天的能说会道，但他稳重、踏实而痴情，皓天外表热情，内心冷淡，他可能到处留情，却不可能对一个女人痴心到底！"

于是，她选择了任仲禹。经过这么多年，她想女儿是对的。注视着高皓天，她不由自主地问："皓天，这些年来，你难道没遇到过喜欢的女孩子吗？怎么还不结婚呢？"

高皓天用手抓抓头。

"不是没遇到过喜欢的女孩子，是喜欢的女孩子太多。"他笑嘻嘻地说，"伯母，人总不能把喜欢的女孩子都娶来做太太吧？"

"听他胡扯！"依靠说，"他只是不甘于被婚姻所捕捉而已，他太爱自由了。"

高皓天的脸红了。

"你说对了，依靠。"他说，"老朋友面前掩饰不了真相。可是……"他顿了顿，凝视着手中的酒杯，眼底浮上一层深思的色彩："我可能要被捕捉了！"

"真的？"依靠大叫。

"是谁？是谁？"萧振风兴奋地问。

"好啊，"任仲禹喊，"到现在才说出来，卖什么关子？原来你是回来结婚的！"

"别闹，别闹，"高皓天说，"你们根本不了解，就乱吵一阵。"

"是怎么回事？"萧振风问。

"是我爸爸和我妈，他们想抱孙子！我是家里的独生子，没人可以代我满足父母的期望，所以，"他又耸耸肩，"我被逼了回来，他们已经代我物色了一打女孩子，等我去挑选，哈哈！"他忽然爽朗地大笑了起来："你们猜，我这个受过最现代的教育，有最新潮的思想，最受不了羁绊与拘束的人，最近一个月在忙些什么？我老实告诉你们吧，我在'相亲'！哈哈！"他又笑，充满了自嘲和揶揄，"我母亲说，我如果再不结婚，她就自杀，你们瞧，严不严重？"

"这还不是为了你好，"萧太太笑着说，"你不了解做父母的心！"

"您呢？伯母？"高皓天望着萧太太，"您也想早些抱孙子吗？您也希望振风马上结婚吗？"

"我不同，"萧太太摇了摇头，微笑着，"儿女的婚姻是儿女终身的事，不是我终身的事，我尊重他们的选择。至于抱孙子嘛……"她笑得更深了，"还是听其自然的好！"

"你瞧！"高皓天叫着，"您的思想就比我母亲清楚多了！应该介绍她来见您，让您开导开导她！"

"算了，"萧振风说，"你妈那种老顽固，和我妈根本是两个世界里的人，见了面准是'话不投机半句多'！还是不见的好！"

"振风！"萧太太笑着骂，"怎么这样说话呢？"

"他说得半点也不错！"高皓天立即接口，"我妈是个名副其实的老顽固！"

"哎呀！"萧太太失笑地叫出来，"你们这些孩子还得了？背后就这样随便批评父母！你们三个，背后大概也喊我老顽固吧！"

"天地良心！发誓没有！"萧振风说，用手一把揽住母亲的肩，"妈，你是天下最好最好最好的母亲！"

"哦，哦，别灌迷汤了，这么大的人还撒娇！"萧太太笑骂着，却无法掩饰唇边那骄傲而发自内心地笑。

高皓天看着这一切，他点了点头，有片刻时间，笑容从他的唇边隐去，他看来忽然深沉了许多。望着萧太太，他诚恳地说："伯母，说真心话，我一直很羡慕你们的家庭！"

"是吗？"萧太太感动地说，"那么，你就该常常来玩！"

"以后，可能来得让你嫌烦呢！记得以前我们差点把房子拆掉的情形吗？"

"怎么不记得？"萧太太笑着，"有一次我从外面回家，那时住的还是日式的房子，你们正在花园里烤肉吃，我一进门就听到振风在说：'拆那扇纸门吧，反正日式房子有门没门都差不多！'我进去一看，哟！不得了，你们已经烧掉两扇纸门了！正在拆第三扇呢！"

这一提起，大家就又哄然大笑了起来。一时间，旧时往日，如在眼前，大家又笑又说，热闹得不得了，高皓天的目光忽然和萧依云的接触了，她始终反常地安静，只是微笑地望着他们笑闹，好像她又成了一个被排挤在外的"黄毛丫头"，高皓天一经接触到那对眼光，就抑制不住心中一阵奇异地震荡，多么清亮灵活的眸子！带着那么一份慧黠及调皮的神态……一个十四五岁的小姑娘，缠绕在他们的脚下，拍着手，把他们四大金刚编成歌谣来唱……他凝神片刻。

"依云！"他喊。

"什么？"依云一震。

"记得你以前编了一支歌谣来笑我们吗？"

"是呀！"依云笑了，不知所以地红了脸。

"还记得吗？"

"当然。"

"念来听听看。"

依云微侧着头，想了想，还没念，就忍不住先笑起来了，一面笑，她一面念："大哥见人叫一叫，二哥见人跳一跳，三哥见人笑一笑，四哥见人闹一闹，四只猴子蹦蹦跳，四只乌鸦呱呱叫，四只苍蝇满屋绕，四只狗熊姓什么？姓萧，姓任，姓高，与姓赵！"

她一念完，满桌的人已经笑弯了腰。高皓天笑停了，瞪着依云说："说老实话，黄毛丫头，你这个歌谣作得还挺不错的，你一定生来就有文学天赋！几句话，可以说把我们几个都勾活了。"

"好，好，好，"萧振风说，"皓天，你要承认自己是什么苍蝇啦，乌鸦啦，猴子啦，狗熊啦……我并不反对，可别把我也拉进去！依云最大的天赋就是会挖苦人，将来非嫁个磨人老公不可！"

"哥哥！"依云瞪着眼嚷，"你当心……"

"得了，得了，小妹，"萧振风慌忙投降，"我怕你，怕你！现在你是老师了，一定更凶了！"

一句话提醒了萧家的人，只因为被高皓天的出现弄昏了头，都没有问问萧依云第一天上课的情形，大家纷纷询问，可是，依云却避开了学校的问题。而高皓天是那样容易吸引人，所以，一会儿题目就又围绕着高皓天打转了。饭后，大家散坐在客厅内。用人阿香抱来了武武，那孩子正哭哭啼啼地找妈妈。依靠把孩子紧紧地揽在怀内，用小手帕拭着他的泪痕，不住口地说："啊啊，小武武乖，哦哦，妈妈疼，妈妈爱，武武不哭！武武是乖宝宝。"

小文文梳了两条小辫子，只是静悄悄地依偎在任仲禹的膝前，像一只依人的小鸟。任仲禹不住怜爱地用手抚摸着文文的头发。高皓天看着这一切，轻叹了一口气。

"当父亲是什么滋味？仲禹？"他问。

任仲禹呆了呆，唇边浮起一个复杂的笑。

"如人饮水，冷暖自知。"他说，注视着高皓天，"只有等你自己当了父亲，你才能了解其中的滋味。"

萧依云望着那两个孩子，因为刚刚提到了她当老师的事情，又因为面前这两条小生命，使她又勾起了对"生命"的怀疑，她呆着，愣着，忽然间默默地出起神来了。萧振风他们又开始热闹地谈话，从过去的时光，谈到离别的日子，谈到现在的工作，谈到未来的计划，谈到世界大局，谈到美元贬值，谈到政治，谈到社会……话题越扯越大，越扯越远……

时间是越来越晚，夜色越来越浓，小武武躺在依靠怀里睡着了，小文文摇头晃脑地打瞌睡……高皓天站起身来，说他必须回家了。任仲禹和依靠也乘机站起来，声称一起出去。于是，一阵混乱，找文文的小大衣，找武武的小鞋子，文文丢了小手绢，武武刻不离身的小手枪也不见了……于是，找东西的找东西，给孩子们穿衣服的穿衣服，大家告辞的告辞，叮嘱的叮嘱……高皓天悄悄走到依云的身边，轻声说："有没有人告诉过你，你是个很矛盾的人？"

"怎么？"她怔了怔。

"活泼的时候，你像一团跳跃的火焰，沉静的时候，你像一潭深不见底的湖水。"

她抬眼看他，于是，一瞬间，她在他眼底读出了许许多多的东西：有关怀、有探测、有研究、有了解。她的心猛跳了两下，血液就往头里冲去，她的面颊发热了。

"没有人是火与水的组合。"她说。

"你正是火与水的组合!"他说。

她凝视他,于是,她明白了,整晚,他虽然在高谈阔论,却也一直在观察着她——用一种平等的眼光来观察,并非把她看成一个黄毛丫头!她垂下了眼帘,生平第一次,感到一阵乍惊乍喜的浪潮,在她体内缓慢地冲激流荡,她低着头,不敢扬起眼睫来了。

然后,客人走了。

深夜,依云仰躺在床上,用头枕着手,她睁大了眼睛,了无睡意地望着天花板。当母亲的脚步声在门外响起时,她喊了一声:"妈妈!"

萧太太走了进来,微笑地坐在床沿上,望着她那满腹心事的小女儿。

"什么事?依云?"她慈祥地问。

她想着俞碧菡,她想着李雅娟,她想着高皓天那急于抱孙子的母亲,她想着文文和武武……

"妈,假若你没生大哥,你会觉得很遗憾吗?"

萧太太愣了一下。

"为什么单提你大哥?"她问,"没有生你们任何一个,对我都是遗憾。"

"你'要'我们每一个吗?"

"当然!你怎么问出这样的傻问题?"

"可是,大哥是个儿子呢!"

萧太太扑哧一笑。

"对我，儿子和女儿完全一样。"

"并不是对每个人都如此，是吗？"她说，想着李雅娟，和她那新出世的小女婴，"妈妈，告诉我，生命的意义是什么？"

萧太太深深地望着依云，她沉思了。

"我不知道，依云，你问住了我。"她说，"对我而言，生命是一种喜悦。"

"并不是对每个人都如此，是吗？"她再说。

萧太太沉默了一会儿。

"对你呢？依云？"

依云扬起睫毛，看着天花板，看着窗子，窗玻璃上有雨珠的反光，夜色里有街灯的璀璨，她忽然笑了。坐起身来，她一把抱住了母亲的脖子，重重地吻她。

"妈妈，谢谢你给了我生命，我喜欢它，真的。"

萧太太的眼眶潮湿。

"你是个小疯丫头，依云。"她感动地说，"你有个稀奇古怪的小脑袋，装满了稀奇古怪的思想。我不见得很了解你，但是，我好爱好爱你。"

"妈妈，我也好爱好爱你！"

萧太太屏息片刻。

"依云，"她沉思着说，"你刚刚问我生命的意义在哪里？我答不出来，现在，我可以告诉你了。"

"在哪里？"

"就在你这句话里：我好爱好爱你！就在这句话里，依云，就因为这句话，生命才绵延不断，不是吗？"

是吗？依云不知道：有些生命在盼望中诞生，有些生命在诅咒中诞生，是不是每一条生命都产生在爱里？滋养在爱里？她望着母亲，笑了。无论如何，母亲是个好母亲，天下最好的！她不愿再给母亲增加问题了，她必须自己去想，自己去分析，用自己的生命去探索。

"我想是的。"她轻声说。

"好了，睡吧！"萧太太掖着她的棉被。

于是，她睡了。阖着眼睛，她不断想着：生命在爱里，生命在喜悦里，生命在笑里，生命在希望里……明天，她要去找俞碧菡，告诉她这一点，不管她信不信！明天，希望不要下雨，是个好天气！明天，那个"天好高"还会来吗？……

她羞涩地把头埋进软软的枕头里，睡着了。

第二章

天才只有一些蒙蒙亮，俞碧菡就陡然从一个噩梦中惊醒了。翻身坐起来，她来不及去回忆梦中的境况，就先扑向床边的小几，去看那带着夜光的小钟，天！五点过十分！她又起晚了，有那么多事要做呢！她慌忙下了床，光脚踩在冰凉的地板上，一阵寒意从脚底向上冲，忍不住就连打了几个寒战。摸黑穿着衣裳，她悄悄地，轻手轻脚地，别吵醒了同床的妹妹，别吵醒了隔壁房的妈妈爸爸，别吵醒了那未满周岁的小弟弟……

穿好了衣服，手脚已经冻得冰冰冷。天，冬天什么时候才会过去呢？望望窗外，淅沥的雨声依旧没有停。天，这绵绵细雨又要下到哪一天才为止？回过头来，她下意识地看看同床的大妹，那孩子正熟睡着，大概是被子太薄了，她不胜寒瑟地蜷着身子，俞碧菡俯下身去，轻轻地把自己的棉被加在她的身上。就这样一个小小的惊动，那孩子已经惊觉似的翻了个身，呓语般地叫了一声："姐姐！"

"嘘！"她低语，用手指轻按在大妹的唇上，抚慰地说，"睡吧，碧荷，还早呢！到该起床的时候我会来叫你！睡吧！好好睡。"

碧荷翻了个身，身子更深地蜷缩在棉被中，嘴里却喃喃地说了一句："我……我要起来……帮你……"

话没有说完，她就又陷入熟睡中了。碧菡心中一阵怛恻，才十一岁呢！十一岁只是个小小孩，小小孩的世界里不该有负担，小小孩的世界里只有璀璨的星光和五彩缤纷的花束……小说中都是这样写的，童年是人生最美丽的时光！昨天放学回家，她发现碧荷面颊上有着瘀紫的青痕，她没有问，只是用手抚摸着碧荷的伤痕，于是，碧荷泪汪汪地把面颊埋进她的怀里，抽泣着低唤："姐姐！姐姐！"

一时间，她搂紧了妹妹的头，只是想哭。可是，她不敢哭，也不能哭。就这样，也已经惹恼了母亲，原来她一直在视窗望着她们！"哗啦"一声，她拉开窗子，一声怒吼："你们在装死呀？你们？碧菡！你捣什么鬼？一天到晚扮演被晚娘虐待的角色，现在还要来教坏妹妹！难道我还对不起你们吗？你说你说！我们这种家庭的女儿，几个能念高中？给你念多了书，你就会装神弄鬼了……"

小碧荷吓得在她怀里发抖，挣扎着从她怀中抬起头来，她发青的小脸上挤出了笑容："妈，姐姐只是抱着我玩！"她笑着说，那么小，已经精于撒谎和掩饰了。"玩！"母亲的火气更大了，"你们姐妹俩倒有时间玩！我一天从早忙到晚，给你们做下女，做老妈子，侍候你们这些少爷小姐！你们命好，你们命大，生来的小姐命！我呢？是生来的奴才命……玩！你们放了学，下了课，念了书，在院子里玩！我呢？烧饭、洗衣、擦桌子、扫地、抱孩子……我怎么这样倒霉！什么人不好嫁，要嫁到你们俞家来，我是前八百辈子欠下的债，这辈子来还的吗？要还到什么时候为止？……"

母亲的"抱怨"，是一打开话匣子就不会停的，像一卷可以轮放的答录机，周而复始，周而复始，永远放不完。碧菡只好推开了碧荷，赶快逃进厨房里，去淘米煮饭，而身后，母亲那尖锐的嗓子，还一直在响着，昨天整晚，似乎这嗓音就没有停过。

可怜的小碧荷！可怜的小碧荷！她出世才两岁就失去了生母，难怪她常仰着小脸问她："姐姐，我们亲生的妈妈是什么样子？"

"她是个非常美丽非常温柔的女人。"她会回答。

"我知道，"碧荷不住地点头，"你就像她！姐姐，你也是最美丽最温柔的女人！"

她怔了。每听到碧荷这样说，她就怔了。是的，自己长得像母亲。可是，在记忆中，母亲是那样细致，那样温存，那样体贴！自己怎么能取母亲的地位而代之！怎能照顾好弟弟妹妹？

轻叹了一声，碧菡惊觉了过来，不能再想心事了，不能再发呆了，今天已经起得太晚，如果工作做不完，上学又会迟到，再迟到几次，操行分数都该扣光了。前两天，吴教官已经把她训了一顿："俞碧菡！你怎么三天两头的迟到？你是不是不想念书了？！"

不想念书了？不想念书了？天知道她为了"念书"付出了多大的代价！多少的挣扎！永远记得考中高中以后，她长跪在继父继母的面前，请求"念书"的情况："如果你们让我念书，我会一生一世感激你们！下课之后，我会帮忙做家务，我会一清早起来做事！请让我念下去！求你们！"

"哎！"继母叹着气，"我们又不是百万富豪的家，也不想出什么女博士，女状元。女孩子嘛，念多少书又有什么用呢？最后还不是结婚、嫁人、抱孩子！"

"碧菡，"父亲的话却比较真实而实际，"我虽然不是你的生父，也算从小把你带大的，我没有念过多少书，我只能在建筑公司当一名工头！我没有很多钱，却有一大堆儿女，我要养活这一家人，没有多余的钱给你缴学费！不但如此，我还需要你出去工作，赚钱来贴补家用呢！"

"爸爸，求你！求你！我会好好念书，我会申请清寒奖学金！我自己解决学费问题！等我将来毕业了，我赚钱报答你们！爸爸，求您！求您！求您……"

她那样狂热，那样真诚，那样哀求……终于，父亲长叹了一声，点下了他那有一千斤重般的头。于是，她念了高中，母亲的话却多了："奇怪，她又不是你亲生的，一个拖油瓶！你就这么宠着她！我看呀，你始终不能对你那个死鬼太太忘情！如果你还爱着她，为什么娶我来呀？为什么？为什么？"

"我是为了碧菡，"父亲的声音有气无力的，"十五岁的小孩子，不念书又能做什么事呢？”

“可做的事多着呢！只怕你舍不得！”继母叫着说，“隔壁阿兰开始做事的时候，还不是只有十五岁！”

阿兰！阿兰的工作是什么？每晚打扮得花枝招展的出去，凌晨再带着一脸的疲倦回来。碧菡激灵地打了几个冷战，从此知道自己在家庭中的地位是岌岌可危的。念书，她加倍地用功，加倍地努力，只因为她深深地明白，对于许多同学而言，念书是对父母的一项“责任”，可是，对她而言，“念书”却是父母对她的“格外施恩”。不想念书！吴教官居然问她是不是不想念书了？唉！人与人之间，怎会有那么长那么大的距离？怎能让彼此间获得了解呢？

走进了厨房，第一步工作是淘米煮稀饭，把饭锅放在小火上煨着。乘煮饭的时间，她再赶快去拿了盛脏衣服的篮子，坐到后院的水龙头下搓洗着。一家八口，每天竟会换下这么多的脏衣服，她拼命搓，拼命洗，要快！要快！她还要装弟妹们的便当呢！怎样能把一个人分作两个或分作四个来用？肥皂泡在盆子里膨胀，在盆子里挤压，在盆子里破裂，冰冷的水刺痛了她的皮肤。后院的水龙头虽在墙边，那窄窄的屋檐仍然挡不住风雨，雨水飘了过来，打湿了她的头发，也打湿了她的面颊……她望着那盆脏衣服，手在机械化地搓揉，脑子里却像万马奔腾般掠过了许许多多思想。她想起萧老师，那年轻的代课老师，前两天，她竟把她叫到教员休息室里，那样热心地告诉她生命的意义：生命是喜悦，生命是爱，生命是光明，生命是希望……萧依云用那样散发着光彩的眼睛望着她，那样热烈而诚恳地述说着：生命！生命！生命！生命是一切最美、最好、最可爱的形容词的堆积！她搓着那些衣服，用力地搓，死命地搓，手在冷水中浸久了，不再觉得冷，只是热辣辣地刺痛。屋檐上有一滴雨珠，滑落下来，跌进她的衣领里。同时，两滴泪珠也正轻悄地跌落进洗衣盆里。"俞碧菡，你必须相信，不论你的出生多么苦，不论你的环境多么恶劣，你的生命必然有你自己生命的意义！"萧依云的声音激动，眼光热烈，满脸都绽放着光彩，"你才十七岁，你的生命才开始萌芽，将来，它会开花，会结果，那时，你会发现你生命的价值！"

是吗？是吗？将来有一天，她会远离这些苦难，她会发现生命的价值，而庆幸自己活着！会吗？会吗？萧老师是那样有信心的！萧老师也年轻，却不像她这样悲观呀！她挺直了背脊，看着那些肥皂泡泡，一时间，她觉得那些白色的泡沫好美，好迷人，那样轻飘飘地荡漾在水面上，反射着一些彩色的光华。她不自禁地用手捞着那些泡泡，水泡浮在她的掌心中，她出神地看着它们，凝视着它们在她的手心里一个个地破灭、消失。生命不是肥皂泡，生命是实在的、美好的，她才起步，有一大段的人生等着她去走，去体验，去享受……

她陷进一份美妙的憧憬中了。

"碧菡！"

一声厉声的吼叫，吼走了她所有的梦和幻想，她惊跳起来，扑鼻的焦味告诉她，她已经闯了祸了。她冲进厨房里，母亲正站在那儿，蓬着头发，铁青着脸，怀里抱着未满周岁的小弟弟。母亲的眼睛瞪得像铜铃，声音尖厉得像两支互锉的钢锯。"你看你做的好事！"她大叫着，"一大锅饭呢！你在干些什么？"

碧菡冲到炉边，本能地就抓住锅柄，把那锅已烧焦的稀饭抢救下来。她忘了那锅柄早已断了，顿时，一阵烧灼的痛楚尖锐地刺进了她的手指，她轻呼了一声，慌忙把锅摔下来，于是，锅倾跌了，半锅烧焦的稀饭扑进火炉里，引发出一阵"嗤"的响声，火灭了，稀饭溢得满炉台、满地都是。

"你故意的！"母亲尖叫，冲过来，她一把抓住了她的耳朵，开始死命地拉扯，"你故意的！你这个死丫头！你这个坏良心的死人！你故意的！"

"不是，妈，不是！"她叫着，眼泪在眼眶里打着转，她的脑袋被拉扯得歪了过去，"对不起，妈，对不起，我没注意，不是故意的……"

"还说不是故意的！你找死！"母亲扬起手来，顺手就挥来一记耳光，碧菡一个踉跄，直冲到炉台边，那锅稀饭再一次倾跌过去，整锅都倾倒了。

母亲手里的小弟弟被惊吓了，开始号哭起来，全家都惊动了，弟妹们一个个钻进厨房，父亲的脸也出现了。

"怎么回事？"父亲沉着声音问，因为没睡够而发着火。

"一大清早就这样惊天动地的干什么？"

"你瞧瞧！你瞧瞧！"母亲指着那锅稀饭，气得浑身发抖，"这是你的宝贝女儿做的！她烧焦了饭，还故意把它泼掉！看看你的宝贝女儿！你做工供她读书，她怎样来报答你！你看看！你看看！"

"我……我不是故意的，"碧菡噙着满眼睛的泪，勉强地解释，"绝不是故意的！"她开始抽泣。

"哭什么哭？"父亲恼怒地叫，"一清早，你要触我的霉头是不是？你在干些什么？为什么烧不好一锅饭？"

"我……我……我在洗衣服……"碧菡用袖子擦着眼泪，不能哭，不能哭，父亲最忌讳早上有人哭，他说这样一天都会倒霉。不能哭，不能哭……可是，眼泪怎么那么多呢？

"洗衣服？！"母亲三步两步地走进后院里，顿时又是一阵哇哇大叫："天哪，她要败家呢！衣服一件也没洗好，她倒掉了整包的肥皂粉！……"

完了！准是那些肥皂泡泡害人，她一定不知不觉地用了过多的肥皂粉。母亲折回到厨房里来，脸色更青了，眼睛瞪得更大了，她直逼向她。

"你在洗衣服？"她压低声音，一个字一个字地问，"你在洗什么衣服？"举起手来，她又来拧她的耳朵，碧菡本能地往旁边一闪，母亲没抓住她，却正好一脚踩在地上的稀饭里，稀饭黏而滑，她手里又抱着个孩子，一时站不牢，就连人带孩子跌了下去。一阵乒乒乓乓的巨响，碗橱带翻了，碗盘砸碎了，孩子惊天动地地大哭起来。

碧菡的脸色吓得雪白，她慌忙扶起了母亲，抱起地上的小弟弟。父亲三脚两步地抢了过来，一把抱走了孩子，母亲站直身子，呼天抢地般哭叫了起来。

"她推我！她故意推我！她这个婊子养的小杂种！她想要害死我们母子呢！哎哟，我不要活了！我不要活了！她推我！她连我都敢推了！哎哟……"

碧菡睁大了眼睛，声音发着抖："我没有……我没有……"她嗫嚅着，喘息着，"我真的没有……"

父亲把小弟弟放在床上，那孩子并没受伤，却因惊吓而大哭不停。父亲大跨步地走了过来，在碧菡还没弄清楚他要干什么之前，她已经挨了一下重重的耳光，这一下重击使她耳中嗡嗡作响，脑子里顿时混沌一片。她想呼叫，却叫不出来，因为第二下，第三下，第四下……无数的打击已雨点般落在她的头上、脸上和身上。她头昏目眩，失去了所有思考的能力，只感到撕裂般的疼痛，疼痛，疼痛……然后，她听到一声凄惨地呼叫："爸爸！请你不要打姐姐！请你不要打姐姐！"

是碧荷！那孩子冲了过来，哭着用手紧抱住碧菡，用她小小的身子，紧遮在碧菡的前面，哭泣着喊："不要再打了！不要再打了！不要再打了！"

父亲的手软了，打不下去了，他悄然地垂下手来，望着这对幼年丧母的异父姐妹。他跺了一下脚，重重地叹了一口气："孽债！真是孽债！"

碧荷瘦小的身子颤抖着，她那枯瘦的手腕仍然紧攀在碧菡的身上。父亲再跺了一下脚："碧菡！今天不许去上课！你把那些衣服洗完！再去把小弟的尿布洗了！而且，罚你今天一天不许吃饭！"

父亲掉头走开了。

碧菡退到院子里，坐下来，她又开始洗那些衣服。碧荷跟了过来，搬了一个小板凳，她坐在姐姐的身边。

"碧荷，"碧菡低声说，"你该去上学了。"

"不！"碧荷坚决地摇着她的小脑袋，"我帮你洗衣服！"

"你洗不动，"碧菡的眼泪顺着面颊滚下来，"你听我话，就去上课。"

"不。"碧荷的眼泪也滚了下来，她抽泣着，"我要陪你，姐姐，不要赶我走，我可以帮你洗尿布。"

碧菡伸出手去，轻轻整理碧荷鬓边的头发。碧荷抬眼望着姐姐，她用衣袖去拭抹碧菡的嘴角。

"姐姐，"她哭泣着说，"你流血了。"

"没有关系，我不痛。"

"姐姐，"碧荷压低声音说，"我恨爸爸。"

"不，你不可以恨爸爸，"碧菡在洗衣板上搓着衣服，那些肥皂泡泡又堆积起来了，"爸爸要工作，要养我们，爸爸很可怜。你不可以恨爸爸。"

"那么，我恨妈妈！"

"嘘！"碧菡用手压住了妹妹的嘴唇。"你不可以再说这种话，不可以再说！"她擦拭着那张泪痕狼藉的小脸，"别哭了，碧荷，别哭了。"

碧荷努力抑制住了抽噎，她望着碧菡，小脸上是一片哀戚。

碧菡尝试对她微笑，尝试安慰她："让我告诉你，碧荷。"她说，"你不要伤心，不要难过，因为……因为……"她看着那些带着彩色的肥皂泡："因为生命是美好的，是充满了爱，充满了喜悦，充满了希望，充满了光明的……"

碧荷睁大了眼睛，她完全不了解碧菡在说些什么，但是，她看到大颗大颗的泪珠，涌出了姐姐的眼眶，滚落到洗衣盆里去了。

俞碧菡有三天没有来上课。

对萧依云这个"临时"性的"客串"教员来说，俞碧菡来不来上课，应该与她毫无关系。反正她只代一个月的课，一个月后，这些学生就又属于李雅娟了。如果有某一个学生需要人操心的话，尽可以留给李雅娟去操心，不必她来烦，也不必她过问。可是，望着俞碧菡的空位子，她就是那样定不下心来。她眼前一直萦绕着俞碧菡那对若有所诉的眸子，和嘴角边那个怯弱的、无奈的微笑。

第四天，俞碧菡的位子还空着。萧依云站在讲台上，不安地皱起了眉头。

"有谁知道俞碧菡为什么不来上课吗？"她问。

"我知道。"一个名叫何心茹的学生回答，她一直是俞碧菡比较接近的同学，"我昨天去看了她。"

"为什么？她生病了吗？"

"不是，"何心茹的小脸上浮上一层愤怒，"她说她可能要休学了！"

"休学？"萧依云惊愕地说，"她功课那么好，又没生病，为什么要休学？"

"她得罪了她妈。"

"什么话？"萧依云连懂都不懂。

"她说她做错了事，得罪了她妈，在她妈妈气消了以前，她没办法来上课。"何心茹的嘴翘得好高，"老师，你不知道，她妈是后母，我看那个女人是个虐待狂！"

虐待狂？小孩子懂什么？胡说八道。但是，一个像俞碧菡那样复杂的家庭，彼此一定相当难以相处了。总之，俞碧菡面临了困难！总之，萧依云虽然只会当她三天半的老师，她却无法置之不理！总之，萧依云知道，她是管定了这档子"闲事"了。

于是，下课后，她从何心茹那儿拿到了俞碧菡的地址，叫了一辆计程车，直驰向俞碧菡的家。

车子在大街小巷中穿过去，松山区！车子驰向通麦克亚瑟公路的天桥，在桥下转了进去，左转右转地在小巷子里绕，萧依云惊奇地望着外面，那些矮小简陋的木板房子层层叠叠地堆积着，像一大堆破烂的火柴盒子。从不知道有这样零乱而嘈杂的地方！这些房子显然都是违章建筑，从大门看进去，每间屋子里都是暗沉沉的。但是，生命却在这儿茂盛地滋生着，因为，那泥泞的街头，到处都是半大不小的孩子，穿着臃肿而破烂的衣服，虽然冻红了手脚，却兀自在细雨中追逐嬉戏着。

车停了，司机拿着地址核对门牌。

"就是这里，小姐。"

萧依云迟疑地下了车，付了车资，她望着俞碧菡的家。同样地，这是一栋简陋的木板房子，大门敞开着，在房门口，有个三十余岁的女人，手里抱着个孩子，那女人倚门而立，满不在乎地半裸着胸膛在奶孩子。看到萧依云走过来，她用一对尖锐的、轻蔑的眼光，肆无忌惮地打量着她。萧依云感到一阵好不自在，她发现自己的服饰、装束和一切，在这小巷中显得那样的不协调，她走过去，站在那女人的前面，礼貌地问："请问，俞碧菡是不是住在这儿？"

女人的眉毛挑了起来，眼睛睁大了，她更加尖锐地打量她，轻蔑中加入了几分好奇。

"你是谁？"她鲁莽地问，"你找她干什么？"

"我是她的老师。"萧依云有些恼怒，这女人相当不客气啊，"我要来访问一下她的家庭。"

"哦，"那女人上上下下地看她，"你是老师，倒看不出来呢！怎么有这么年轻漂亮的老师呢！"她那冰冷的脸解冻了，眉眼间涌上了一层笑意："真了不起哦，这么年轻就当老师！"

一时间，萧依云被弄得有点儿啼笑皆非，她简直不知道这女人是在讽刺她还是在赞美她。尤其，她那两道眼光始终在她身上放肆地转来转去。

"请问，"她按捺着自己，"俞碧菡是不是住在这里？"

"是呀！"那女人让开了一些，露出门后一个小小的水泥院子，"我就是碧菡的妈。你找她有什么事吗？"

哦！萧依云的喉咙里哽了一下，这就是俞碧菡的母亲？那孩子生长在怎样的一个家庭里呀？

"噢，"她嗫嚅了一下，"俞太太，俞碧菡在家吗？"

"在呀！"那"俞太太"耸了耸肩。可是，并没有请她进去的意思，也没有叫俞碧菡出来的意思。萧依云站在那泥泞满地的小巷里，生平没有这样尴尬过。

"俞太太，"她只好直截了当地说，"我能不能进去和俞碧菡谈谈？"

"哦！"那女人把孩子换了一边，把另一个乳头塞进孩子嘴里，"老师，你是白来了一趟，我们家碧菡不上学了，你也不用做家庭访问了！"

好干脆的一个硬钉子！萧依云呆了呆，顿时被激怒了。她那倔强的、自负的、不认输的个性又抬头了。

"不管她还上不上学，我要见她！"她斩钉截铁地说，自顾自地跨进了那小院子。

"哎哟，哎哟！"那女人大惊小怪地叫了起来，"你这个老师怎么随便往别人家里乱闯的？"

才跨进院子，萧依云就和一个奔跑着的小女孩撞了个满怀，那孩子只在她身上一扶，就在她的白大衣上留下了两个小手印。萧依云慌忙让向一边，这才发现另有个小女孩在追着前面那个，两个孩子满院奔跑，叫着、嚷着，只一会儿，前面的就被后面的追上了，两人开始纠缠在一块儿，你抓我的头发，我扯你的衣服，滚倒在满院的积水中，扭打成了一团。

那女人奔了过来，不由分说地对着地上的孩子一阵乱踢，一面扬着声音嚷："碧菡！碧菡！你在做什么鬼？叫你给她们洗澡！你又死到哪里去了？"

俞碧菡出现了，她总算出现了，她急急地从屋里奔出来，一面跑一面解释："水还没有烧热，我正在洗菜……"

她猛地收住了步子，惊愕地站住了，呆呆地，不敢相信似的望着萧依云。然后，她讷讷地，口齿不清地说："怎……怎么？萧……萧老师？"

"俞碧菡，"萧依云望着她，一件单薄的衬衫，一条短短的裙子，在这样寒冷的天气里，她甚至连件毛衣都没有穿！她的鼻子冻得红红的，面颊上有着明显的青紫色的伤痕，她的手在滴着水，手里还握着一把菜叶子。萧依云深吸了一口气，"俞碧菡，我来看看你是怎么了？为什么好几天不去上课？"

"哦……哦……老师，"碧菡嗫嚅着，惊惶、意外，而且手足失措，"您……您怎么……怎么亲自来了？噢，老……老师，请进来坐。"她怯怯地看了母亲一眼，又加了句："妈，这是萧老师。"

"我们已经见过了！"那母亲冷冰冰地说，声音里充满了敌意，"家庭访问！我们这样的家庭，还有什么好访问的呢？别请进去坐了，那屋子还见得了人吗？别让人家萧老师笑话吧！"

"妈！"俞碧菡哀求似的喊了一声，就用那对又抱歉、又不安、又感动，而又惊惶的眼光望着萧依云，低低地说："萧……萧老师，好歹进来喝杯茶！"

"茶？"那女人阴阳怪气的，"家里哪儿来的茶叶呀？别摆空面子了。"

"好了，俞碧菡，"萧依云很快地说，她不想再招惹那个莫名其妙的女人，也不愿再让俞碧菡为难，"我不进去了，我只是来问你为什么不上学，既然你没生病，明天就去上课吧，怎样？"

"我……我……"俞碧菡怯怯地望着母亲，终于哀求地叫了一声："妈！"

"叫魂呀？"那女人吼了一句，"谁是你妈？你妈早死了！"

"妈！"俞碧菡走了过去，双腿一软，就跪在母亲面前了。

她仰着头，大眼睛里含满了泪："请原谅我吧，妈！请让我明天去上课吧！"

"哟！"那女人尖声叫，"你这是干什么？下什么跪？装什么样子？好让你老师骂我虐待你是吗？你好黑的心哪！别装模作样了！你给我滚起来！"

俞碧菡慌忙站起身子，却依然哀哀切切地叫："妈！请求你！妈！"

萧依云忍不住了，她走向前去。

"俞太太，"她勉强抑制着一腔怒火，尽量维持声音的平静，"孩子做错了事，罚她干什么都可以，为什么不许她读书呢？碧菡是好学生，你就宽宏大量一些，原谅了她，让她去上课吧！"

"哎哟！"那女人又开始尖叫，"是我不让她读书吗？我有什么权利不让她读书？萧老师，你可别被这孩子骗了，她自己不上学，关我什么事？我拿绳子拴了她吗？我绑了她的手脚吗？她要翘课，是她的事，可不是我的事！这死丫头生来就会装神弄鬼！做出一副可怜样儿来陷害我！我倒霉，我该死，我瞎了眼嫁到俞家，天下还有比后娘更难当的吗？……"

看样子，她的述说和尖叫一时是不会停的。萧依云一把握住了俞碧菡的手，坚定地、恳切地、命令似的说："俞碧菡，明天来上课，你妈已经亲口答应了，她不能再反悔！你尽管来！天塌下来，我来帮你顶！"

说完，她一甩头，就转身跨出了俞家，可是，才走出那大门，她就听到一声清脆的耳光声。她一惊，倏然回头，正好看到那母亲的手从俞碧菡的面颊上收回来。这一来，她可大大地震惊而愤怒了，她折了回去，大声说："你怎么可以打人？"

"哟！"那母亲的声音尖厉刺耳，"哪一个学校的老师管得着母亲教训女儿？你是老师，到你的学校去当老师！我这儿可不是你的学校，我也不是你的学生！我高兴打我女儿，你就管不着！"她向前跨了一步，肩一歪，胸一挺，一股要打架的样子："怎么样？你说？你要怎么样？"

萧依云气昏了，生平没碰到过这种女人，生平没遭遇过这种事，她气得浑身发抖。

"你……你……你……"她喘着气说，"你再这样子，我……我到派出所去……去……"

"派出所？"那女人尖叫一声，就冷笑了起来，"好呀，去呀！我们去呀！我又没有抢你的汉子，谁怕去派出所？"

还能有更难听的话吗？萧依云连声音都抖了："你……你……你在说些什么？"

俞碧菡赶了过来，她一把抓住萧依云的手臂，推着她，哀求地、歉然地、焦灼地喊："老师，你去吧！老师，你走吧！老师，你不要和她扯下去了！她会越说越难听的！"泪水涌出了她的眼眶，遍布在她的面颊上，"老师，对不起，对不起，对不起，老师，我真对不起你！"

萧依云望着俞碧菡那受伤的、满是泪水的面庞。

"你为什么要在这样的家庭里待下去？"她激动地喊，"你为什么不反抗？为什么要这样逆来顺受？"

俞碧菡泪眼迷蒙，她一脸的凄楚，一脸的迷惘，一脸的孤苦与无助。

"老师，你不懂的，"她默默地摇头，"这儿是我的家，我从小生长的地方，它虽然不是最好的家，对我而言，也是一个庇护所，离开了它，我又能到什么地方去呢？"

一句话问住了萧依云，真的，离开了这个家，她又能到什么地方去呢？望着俞碧菡那张怯弱、柔顺，充满了无可奈何的脸，她忽然觉得自己既幼稚又无聊！她只能叫她坚强，告诉她生命的美丽，但是，事实上，自己能给她一丝一毫的帮助吗？空口说白话是没有用的，坚强！坚强！这女孩除了坚强以外，还需要很多别的东西呀！

"好吧，"她吞下了一腔难言的苦涩与愤怒，叹口气说，"明天来上课，我要和你好好地谈一谈！"

俞碧菡轻轻地点了点头。

萧依云再看了她一眼，情不自禁地伸出手去，摸了摸她那瘦弱的手臂，然后，在一阵突然涌上心头的冲动之下，她很快地脱下了自己的大衣，披在俞碧菡的肩上，一面急切地说："我有好几件大衣，这件拿去，要维持精神的力量已经够难了，我不希望你的身体再倒下去！"

"哦，老师，"俞碧菡愕然地喊，一把抓住大衣，"不……不要！老师！"

"穿上它！"萧依云近乎粗鲁地、命令地喊了一声。掉转头，她很快地，像逃避什么灾难般向小巷外冲去，她不愿再回头看那个女孩和那个"家"，她只想赶快赶快地离开，赶快赶快回到属于她的世界里去。

俞碧菡披着大衣，仍然呆呆地站在小巷中，目送萧依云的背影消失。细雨轻飘飘地坠落，轻飘飘地洒在她的头发和衣襟上。她下意识地用手握紧了那件大衣的前襟，大衣上仍然有着萧依云身上的体温。而她所感受到的，却并不是这件大衣的温暖，而是另一种温暖，一种从内心深处油然上升的温暖，这温暖软软地包围住了她，使她心头酸楚而泪光莹然了。

"碧菡！"

身后的一声大吼又震碎了她的思想，她倏然回头，母亲正大踏步走来，一把扯下了她身上的大衣。

"哈！"她怪声地笑着，翻来覆去地看那件大衣，"你那个老师可真莫名其妙，这样好的一件大衣就拿来送人了！她倒是大方，有钱人嘛！"把手里的孩子往碧菡手中一交，她穿上了那件大衣："刚好，我正缺少一件大衣呢！只是白色太不耐脏了！"

"妈!"碧菡急急地喊,眼泪直在眼眶里打转,"这大衣……这大衣……"她说不出口,她珍惜的,并不是"大衣"的本身,而是这大衣带来的意义,看到这件大衣披在母亲身上,她就有种亵渎的感觉。"妈!"她哀求地叫唤着。她不能亵渎了萧依云,她不能这样轻松地"送"掉这份"温暖","妈,这大衣是……是……"

"怎么?"母亲瞪大了眼睛,"这大衣怎么样?舍不得给我是不是?我告诉你,把你带到这么大,就用金子打一个你也打出来了,你居然小气一件大衣!你少没良心,你这个拖油瓶,你这个死丫头,你以为我看得上这件大衣?我才看不上呢!舍不得给我,我就把它给撕了!"她脱下大衣,作势要撕。

"噢,妈!不要!"碧菡慌忙叫着,"给你吧!给你!我不要它了,给你穿,你别撕它吧!"

"这还差不多!"母亲扬了扬眉,笑着,重新穿上大衣,一面把孩子抱了过来,一面皇恩大赦般地丢下了一句,"看在这件大衣面上,明天去上课吧!"她自顾自地走进了屋里。

碧菡垂下了眼睑,闭上眼睛,一任泪珠和着雨水,在面颊上奔流。

高皓天一下班,他的母亲高太太就迎了上来,带着满脸又兴奋又喜悦的笑,她像报告大新闻般地说:"皓天,我要告诉你一个好消息。"

"什么好消息?"高皓天不太感兴趣地问,母亲生来就有"夸张"的本能。

"我告诉你，张小琪的妈和我通了一个长电话，你张伯母说，小琪那儿，百分之八十是没问题了，只要你稍微加紧一点儿！"

"张小琪？"高皓天皱着眉问。

"皓天！"高太太瞪视着他，"你又来了！又开始装腔作势了，你别告诉我，你根本不知道张小琪是谁，那天吃过饭，你还夸她漂亮呢！"

"哦，妈！"高皓天笑笑，"我夸女孩子漂亮是经常的事，你总不会把我夸过的女孩子都弄来做儿媳妇吧？假若你有这个习惯的话，我必须告诉你，我认为最漂亮的女孩子是年轻时代的伊丽莎白·泰勒！你是不是也想帮我做媒呢？"

"皓天！"高太太生气了，"我跟你谈的是正经事！你能不能不开玩笑？"

"我没有开玩笑呀！"高皓天笑嘻嘻地说，"我打读高中的时候起，就在暗恋伊丽莎白·泰勒，让我想想……对了，是从看了她一部《劫后英雄传》开始的，你知道，在那部电影里，那个该死的罗伯特·泰勒居然爱上了琼·芳登，而不选择伊丽莎白·泰勒，你说他是不是瞎了眼？我从此就看不起罗伯特·泰勒了。可是，伊丽莎白·泰勒左嫁一次，右嫁一次，就是轮不到我……"

"你的废话说完了没有？"高太太板着脸问。

"好妈妈，别生气，"高皓天仍然嬉皮笑脸的，"生气会使你的皱纹增加，医生说的！"

"好了！你少让我操点心，我脸上就不会有皱纹了！"高太太说，"我在和你谈张小琪，你别顾左右而言他！我已经代你定了一个约会，明天你请张小琪看电影，吃晚饭！"

"哎呀，妈！"高皓天的笑容被赶走了，他跳着脚叫，"这可不能开玩笑！"

"什么叫开玩笑？"高太太一脸的寒霜，"人家张小琪又年轻又漂亮，又文雅又温柔，又规矩又大方……哪一点儿配不上你了！"

"噢，"高皓天用手直抓头，"原来她的优点有那么多呀？"

"本来就是嘛！"

"那么，"高皓天又笑了，祈求似的看着母亲，"别糟蹋人家好姑娘了，有这么多优点的小姐应该当总统夫人，我实在配不上她！"

"你是什么意思？"高太太真的生气了，她的眼睛瞪得又圆又大，"你安心想打一辈子光棍是不是？你安心和我作对是不是？左挑右挑，这个不满意，那个不满意，你到底要一个怎样的才满意？你慢慢挑没关系，我的头发都等白了，你知道吗？这些年来，你知道我唯一的愿望是什么吗？是我手里有个孩子可以抱抱！我老了，皓天，我没多少年好活了……"

"哎呀，妈！"高皓天急了，慌忙打断母亲的话，"怎么这样说呢？你起码活一百岁！"

"我并不想活一百岁当老妖怪！我只要你早点结婚成家，生儿育女，你已经三十岁了！你知道吗？"

"我知道，知道。"高皓天一迭连声地说，"好了，妈，我也知道你急，爸爸也急，所有的亲戚朋友都代我急，我知道，我都知道。可是，妈，结婚的意义是为了两心相悦，两情相许，并不是为了单纯的生儿育女。如果你为我好，别再代我安排任何约会，那只会增加我的反感！我告诉你，爱情是可遇而不可求的，它来的时候，你赶也赶不走，它不来的时候，你求也求不着。对于这件事，我们还是听其自然的好！"

"听其自然？听到哪一年为止？"

"听到我遇到那个女孩子的时候为止。"

"如果你一辈子遇不着呢？"

"那也没办法！"高皓天耸耸肩，"那是我命苦！"

"你命苦？"高太太提高了声音，"那是我倒霉！生了你这个一点孝心都没有、忘恩负义、没心少肺的儿子！"

"怎么，"高皓天又笑了，"我有那么坏吗？"

"你就是这么坏！"

"你瞧！"高皓天扬扬眉毛，"所以，我说我配不上张小琪吧！人家都是优点，我全是缺点！"他往浴室里钻："算了，妈，我们别再讨论这问题了，我还要出去呢！"他一边吹口哨，一边找胡子刀，洗脸，刮胡子。

"你最近忙得很，每晚到哪儿去？"

"去萧振风家！"

"萧振风！"高太太没好气地叫，"以前和他在一起，动不动就打架生事，现在又和他泡在一块儿了！"高太太顿了顿。

"这个萧振风，他结婚了没有呀？"

"也没有。"高皓天一面刮胡子，一面说。

"你们是两个怪物！"

"可能。"高皓天笑着，"他妹妹也这样说。"

高太太怔住了。

"他妹妹？哦，对了，我记起来了，他有个妹妹，你以前带到家里来玩过，瓜子脸儿大眼睛，长得还不坏呢！"她开始有些兴奋，"他妹妹还没男朋友吗？"

"哦，你说萧依靠呀！"高皓天笑嘻嘻的，用毛巾擦着下巴，"已经是两个孩子的妈妈了。"

"见鬼！"高太太的脸一沉，"那你每晚去他家干什么？"

高皓天从浴室里跑出来，从衣橱里取出一件牛仔布的夹克，他穿着衣服，笑着说："别急，妈，他还有个小妹妹呢！"

"哦！"高太太重新兴奋了起来，却有些狐疑地看着她那刁钻古怪的儿子，"一定只有七八岁，是吗？"

"不，不。"高皓天笑得开心，"已经二十出头了。比她姐姐还漂亮。"

"噢，"高太太热心地接过去，"你们……你们……你们一定相处得不坏吧？"

高皓天对着镜子照了照，拉好了衣领，又用梳子胡乱地掠了掠头发，笑意在他的眼睛里加深。

"她吗？"他侧着头想了想，"她说我是狗熊、猴子、苍蝇和乌鸦的混合品！"

"什么话！"高太太莫名其妙地叫了一声，高皓天已经哈哈大笑着向门口冲去。高太太急急地追到门口来，伸长了脖子叫："明天张小琪的约会到底怎样？"

"取消!"高皓天大叫着,人已经三步并作两步地冲下了楼,消失在楼梯的转角处了。

高太太愣了好一会儿,才回过神来,关好房门,她在沙发上百无聊赖地坐了下来。四面望望,周围是一片寂静。好静,好静,自从上了年纪以来,她就觉得"寂静"是一种莫大的威胁了。沙发柔软而舒适,上面还堆着厚厚的靠垫,但是,为什么自己坐在那儿会觉得浑身不自在呢?她喝了口茶,想叫用人阿莲,但是,想想,叫她又做什么呢?终于,她叹了口气,自言自语:"家里能多几个人就好了。"想着皓天,她摇摇头,觉得心中好重好沉好抑郁,"这一代的孩子,我们是不再能了解他们了!"

这儿,高皓天完全没有注意到属于母亲的那份寂寞,吹着口哨,走出公寓的大门,他跳上了那辆从外国带回来的"野马",一直驰向静安大厦。

一跨进萧家的大门,就听到萧振风在直着脖子嚷:"对付这种女人,我告诉你们,最好的办法是揍她一顿!揍得她扁扁的,看她还欺侮人不?"

高皓天笑着走进客厅。

"怎么?振风,你是每况愈下,居然要和女人打架,什么女人招惹了你?"

看到高皓天,萧振风的精神更足了。

"皓天,我们揍人去!"

"揍谁?"

"一个莫名其妙的女人,她欺侮了依云的学生。"

"哈！"高皓天望着坐在沙发里生闷气的依云，"这笔账似乎很复杂，这女人干吗要欺侮那学生？"

"因为她是那学生爸爸的太太。"萧振风抢着回答，"但是，那学生的爸爸是她妈妈的丈夫，并不是她的真爸爸，所以这太太也不是她的真妈妈。"

"哎呀！"高皓天直翻白眼，"什么爸爸的太太？妈妈的丈夫？你越说我是越糊涂了！"

萧依云听哥哥这样一阵乱七八糟的解释，忍不住"扑哧"一声笑了出来。萧振风抚掌大乐："好了，好了！好不容易哪！咱们家的三小姐居然笑了！还是皓天有办法，你一进来她就笑了。你没看到她刚刚那副愁眉苦脸的样子，好像天都塌下来了！教书！别人教书为了赚钱，她教书呀，贴了大衣还受气！"

高皓天更加弄不清楚了，急得直抓头，说："喂喂，你们到底在讲些什么东西？刚刚是什么妈妈的丈夫，爸爸的太太，现在又是什么大衣？能不能说说明白？"萧依云从沙发里跳了起来，一笑说："算了，算了，高皓天，你要是听大哥的，你听一辈子也弄不清楚！算了，我们不谈这件事了！反正，我得到一个感想：人类是生来不平等的！幸福不是每个人都能拥有的东西。而且，上帝并没有安排好这世上的每一条生命。所以，像我们这样幸福的人，应该知足了！"

"哦！"高皓天睁大眼睛，"好像是一篇哲学家的演讲词呢！什么时候黄毛丫头也有这么多大道理？"

"别再叫我黄毛丫头，"萧依云有些伤感地说，"今天我觉得沉重得像个六十岁的老太婆。"

"哦!"高皓天皱起眉头,深深地望着萧依云,"到底发生了什么事?"

萧太太从厨房里走了出来,拍拍手,她轻快地叫:"喂喂!孩子们!都来帮帮忙,阿香一个人弄不了!我们今晚吃沙茶火锅!依云,别再烦了!包你一顿火锅吃下去,什么气都没有了!"

"火锅?"萧振风首先大叫起来,"好极了!吃火锅不能没酒,妈,开一瓶拿破仑好吗?"

"喝酒是可以,"萧太太笑着说,"不许喝醉!"

"我是千杯不醉的人!"萧振风吹着牛,一面忙着搬火锅,放碗筷,"人生最乐的事,是冬天的晚上,围着炉火,喝一点酒,带一点薄醉,然后,二三知己,作竟夜之谈!"

"人生最不乐的事呢?"萧依云出神地说,"是冬天的晚上,冷雨敲窗,饥肠辘辘,风似金刀被似铁。那时候,才是展不开的眉头,挨不明的更漏呢!"

"哎呀!小妹!"萧振风抗议地喊,"假若教几天书,就把你弄得这样多愁善感和神经兮兮的话,你打明天起,就不许去教书了!"

"反正我这个老师也当不长!"依云说,竭力让自己振作起来,也忙着拿碟子,打鸡蛋,分配沙茶酱,"我已经决定了,代完这一个月课,我决不再当老师。"

"为什么?"高皓天问,开了酒瓶,斟满了每个人的杯子。

"我知道,"萧成荫望着女儿,"我了解依云,她太容易动感情，太容易陷进别人的烦恼里，她太小了，怎么能去分担全班五十几个学生的烦恼呢？"

"哦，我到现在才弄清楚，"高皓天对依云说，"你在为你的学生烦恼。"他走过去，站在她身边，炉火映红了他的面颊，他盯着她说："别烦了，依云，让我告诉你，生命的本身，就是有苦也有乐的。你不是上帝，你不需要对别的生命负责任。"

"那么，"她迎视着他的目光，"谁该对这些生命负责任呢？上帝吗？首先你要告诉我，有没有上帝？"

"好吧，不说上帝吧，"他说，"或者，该负责任的是父母，因为他们创造了生命。"

"假若有这么一个孩子，她的父母创造了她，却无法负责任，因为——他们都死了。"

"那么，"他深思着说，"她必须接受磨难，但是，磨难并不一定都是坏的。所有的钢铁，都是经过烈火千锤百炼才熬出来的！"

萧依云愣住了，她从没有这样想过。凝视着高皓天，她忽然发现他身上有一些崭新的东西，一些深刻的、内心深处的东西，这比他活泼的外表，或是敏捷的口才，更能吸引或打动人。她凝眸沉思，然后，她释然地笑了。整晚的抑郁，在一刹那间被扫开了，举起酒杯，她高兴地说："我也要喝一点酒！"

"怎么？"萧成荫笑着说，"小丫头不再悲天悯人了？"

"于事无补的，是吗？"依云笑着说，"等我独善其身之后，再去兼善天下吧！"

"你还要不要我揍人呢？"萧振风问。

"假若那是炼钢的炉火，似乎没有熄灭它的理由。"依云说，又咬着嘴唇沉思了片刻，"但是，如果她生来不是钢铁的材料，这炉火就足以把她烧成灰烬了。"她举杯对着空中说："让我们祝福俞碧菡吧！祝她经得起煎熬！"

"俞碧菡？"高皓天愣了愣，"她是谁？"

"就是那块钢铁呀！"萧依云笑容可掬，炉火燃亮了她的眼睛，酒染红了她的面颊，她注视着高皓天的眸子清亮而有神，"高皓天，你真好，你解决了我心里的一个大问题。"

第三章

　　高皓天并不知道自己帮上了什么忙，但是，当萧依云用这样一种闪亮着光彩的眼光注视着他时，他只感到心中涌上一阵既酸楚又甜蜜的情绪，顿时，他已经明白了一件事情：他被捕捉了！自从那天在楼梯里被一个莫名其妙的女孩子撞了一下之后，他就被捕捉了！他开始有点晕沉沉起来，整晚，他无法把自己的眼光从她的面颊上移开，他不知不觉地说了太多的话，也喝了太多的酒。因此，那对父母都惊觉到了，而彼此交换着了解与会心的微笑。只有那个混球哥哥，居然对高皓天大肆批评："皓天，你今晚特别啰唆！"

　　"是吗？"高皓天愕然地问。

　　"还有你，依云，"萧振风继续说，"你魂不守舍，好像害了梦游病一样。"

　　"嗯哼！"萧太太慌忙哼了一声，"振风，我看你最好出去一下。"

"出去？"萧振风瞪着眼叫，"我为什么要出去？我到什么地方去？"

高皓天忽然福至心灵。

"依云，跟我出去兜兜风好不好？我的车子昨天才从海关领出来！"

"兜风？好呀，"萧振风大叫，"我也……"

萧太太一把拉住萧振风："你穷吼什么？你给我待在家里，少出去！"

"怎么回事？"萧振风莫名其妙地叽咕着，"一会儿叫我出去，一会儿又不许我出去，我看，今天晚上如果不是我有了毛病，就是大家都有了毛病了！"

依云望了望父母，于是，萧太太微笑着说："外面风大，多穿一点吧！"

依云嫣然一笑，脸颊红扑扑的，她跑进卧室，拿了一件红色的大衣出来，穿上大衣。她注视着高皓天。

"走吧！"她微笑着说。

高皓天目不转睛地盯着她。

"夸人美丽是很俗气的话，是吗？"他低语，"但是，我必须说一句很俗气的话，依云，你真美！"

依云的眼睛更亮了，面颊更红了，笑容更深了，然后，他们手挽着手，双双出去了。

这儿，萧振风瞪着眼睛，还在那儿叽咕着："这是怎么回事嘛？明明是我拜把子的兄弟，不许我坐他的车子！什么意思嘛！"

"什么意思吗？"萧太太笑嘻嘻地看着她的儿子，"这意思就是，你是个标标准准的傻瓜蛋！"

"傻瓜蛋？"萧振风更愣了，"我怎么得罪你们了？好好的还要挨骂！"

"你呀！你！"萧太太笑着拍拍他的肩，"你什么时候才开窍呢？等你完全开窍了，你也就讨得着老婆了！"

萧振风傻愣愣地翻了翻眼睛，这才有些明白了。

"好呀，"他说，"当初雨中人娶走了我的大妹妹，现在这个天好高又在转我这个小妹妹的念头了，偏偏他们两个都没有妹妹，剩下我这个风在啸啊，是赔本赔定了！"

一个月好快就过去了。

这是萧依云代课的最后一天，明天，李雅娟要恢复上课，她也要和这些相处了一个多月的孩子们说再见了。不知怎的，她始终没有一分"老师"的感觉，却感到和这些孩子们像姐妹般亲切，一旦要分手，她竟然依依不舍起来。孩子们似乎和她有相同的心理，这天，她一走上讲台，就发现讲台上放着一个细小狭长的小包裹，包装华丽而绑着缎带，她错愕地看着那小包裹，于是，孩子们叫着说："这是一件小礼物，打开它！老师！"

她细心地拆开包裹，小心地不碰坏那根缎带。里面是一个狭长的丝绒盒子，她抬眼看看孩子们，那些年轻的脸庞上有着甜蜜的、兴奋的、期盼的笑。大家异口同声地嚷着："打开它！老师！打开它！"

她带着三分好奇、七分感动的心情，打开了那丝绒盒子，于是，她看到一条长长的白金项链，下面是个大大的花朵形的坠子，那花朵是用蓝色的金属片做成的，带着一分朴拙而动人的美丽。她怔了片刻，立即明白了，这是一朵"勿忘我"！她把玩良久，然后，她翻转到花朵的背面，惊奇地发现上面还镌刻着两行字："给我们的大姐姐　五十二个小妹妹同赠"她抬起头来，满教室静悄悄的，五十二个孩子都仰着脸，静静地注视着她。她觉得一股热浪猛地冲进了眼眶里，顿时眼眶潮湿而视线模糊了，她一面用手揉着眼睛，一面忍不住坦率地嚷了出来："不行！你们要把我弄哭了！"

孩子们骚动起来，叫着、喊着、闹着："老师，戴上它！"

"老师，不要忘记我们！"

"老师，我们好喜欢你！"

"老师，我们可不可以去你家玩？"

她把项链套在脖子上，刚好，她穿了一件黑色的套头毛衣，那链子就显得特别的醒目。孩子们惊喜地哗叫着，又鼓掌、又笑、又嚷。这节课没有办法上下去了，这是一小时的告别式。翻转身子，她在黑板上写下了自己家的住址和电话号码。

"你们有任何问题，找我！你们有任何烦恼，找我！你们想交我这个朋友，找我！"她说。

孩子们欢呼起来，纷纷拿出纸笔，记电话号码和地址。何心茹第一个发问："老师，这是你父母家的位置吗？"

"是呀！"她说。

"那么，你结婚之后我们就找不到你了！"

"对了！对了！对了！"全班乱嚷着，"不行，老师，你还要把你男朋友家的地址留下来！"

萧依云的面颊上泛上一片红潮，这些孩子们怎么这样难缠呢？但是，她们是那样天真而热情啊！她微笑着，开始和孩子们谈别的，谈未来，谈升学，谈李老师和她新生的小宝宝……一节课在笑语声中结束，在依依不舍中结束，在叮嘱和叹息中结束……终于，她含泪的、带笑的，在一片"再见"声中走出了教室，她胸口那个坠子重重地垂着，沉甸甸而暖洋洋地压在她的心脏上。

回到教员休息室，她发现身后有个娇小的人影在追随着她，她回过头来，是俞碧菡！

"老师！"俞碧菡站在那儿，带着一脸难以掩饰的依恋之情，和一分近乎崇拜的狂热。她的眼睛闪着光，唇边有个柔弱的微笑。"老师！"她低低地叫。

"俞碧菡，"她温柔地说，"我不再是你的老师了，以后，我只是你的大姐姐。我觉得，当姐姐比当老师，对我而言，是轻松多了，也亲切多了！"

俞碧菡静静地凝视着她。

"您是老师，也是姐姐。"她说，"我只是要告诉您，您带给我的，是我一生难忘的东西！因为你，我才知道，人与人之间，有多大的爱心，我才知道，无论环境多困苦，我永远不可以放弃希望！"

萧依云心头一阵酸楚的苦涩。她注视着这个在烈火中煎熬着的孩子，或者，她会成为一块钢铁！但是，她会吗？她看起来那样娇怯，那样弱不胜衣！

"俞碧菡！"她低叹一声，"坦白说，我真不放心你！你们全班，每个人都有烦恼和问题，但是，只有你，是我真正不能放心的！"

俞碧菡眼里蒙上了一层泪光，她微笑着。

"我会好好的，老师，我会努力，我也不再悲观，不再消极。你别为我担心，我会好好的！"

萧依云点点头，她深思地看着俞碧菡。

"让我告诉你一件事，俞碧菡。"她咬咬嘴唇，"你那个家庭，假若实在待不下去的话，不要勉强自己留着，你来找我，或者，我能帮你安排一个住的地方，安排一点课余的工作。而且，你要记住一句话：天无绝人之路！你明白吗？"

"是的，老师。"她柔顺地回答，那样柔顺，像一团软软的丝绸，"我会记住的！"

"再有，你那位母亲……"她想着那个凶悍而蛮不讲理的女人，就忍不住打了个寒噤。母亲，母亲，那也能算是"母亲"吗？从她开始认字起，她就知道"母亲"两个字，代表的是温柔，是甜蜜，是至高无上的爱！是一切最美丽的词汇的综合！但是，那个"母亲"却代表了什么？

"哦，老师，"俞碧菡的面颊上竟泛上一阵红潮，她惭愧，她代母亲而惭愧，"我很为那天的事情而难过，我觉得好对不起你。"她低声地说。

"你用不着抱歉，你并没有丝毫的过失呀！"

"老师，"俞碧菡抬眼看她，忽然说，"请你不要责怪我母亲！"

"哦？"她惊讶地望着她。

"我母亲……我母亲……"她嗫嚅着说，"她是个没有念过书，没有受过教育的女人，她很年轻就嫁给我父亲，我父亲已经有了三个孩子，其中包括一个根本没有血缘关系的我！对母亲来说，接受这种事实是很困难的……所以，难怪……难怪她心情不好，难怪……她常拿我来出气，我们谁都无法勉强别人爱自己，是不是？"

萧依云睁大眼睛，那样惊愕地看着俞碧菡，她怎么也没想到这孩子会说出这么一篇话来！她有怎样一颗灵慧而善良的心哪！这孩子将成为一块钢铁，有这种本质的孩子不能被糟蹋，不能被摧毁！

"你能这样想得通，真出乎我的意料，"她感动地说，"但是，答应我，如果你发生了什么困难，来找我！"

俞碧菡的眼睛闪亮。

"除了你，我不会再找第二个人！"她笑着说。

"我们一言为定！"她说，似乎已经预感，俞碧菡有一天会来找她。

"一定！"那孩子恳切地点着头。

上课钟响了，俞碧菡再看了萧依云一眼，就羞羞怯怯地丢下了一句："老师！你是最好最好的老师！"

说完，她转身跑了出去，消失在走廊里了。萧依云却站在那儿，用手抚摸着胸前的坠子，她对着那走廊，出了好久好久的神。

就这样，她结束了她那短短的一段教书生涯，就这样，她告别了"教员"的位置。当然，她决不会料到，她以后的生命，竟和这段短短的日子，有了莫大的关联，她更不会料到，这个"俞碧菡"将卷进她的生命，造成多少难解的恩怨牵缠！

穿上大衣，她深吸了一口气，有了"无事一身轻"的感觉。走出校门，她立刻被那冬日的阳光包围了。抬头看看天空，太阳明亮而刺眼，天上飘浮着几丝淡淡的云，云后面是澄蓝色的天空。难得的阳光！雨季里的阳光！她深呼吸着，觉得浑身洋溢着一份难言的喜悦及温柔。

一阵汽车喇叭声惊动了她，她回过头去，那辆熟悉的"野马"正停在她身边。高皓天的头从车窗里伸了出来，笑嘻嘻地说："小姐，要不要计程车？不管你到什么地方，都打八折！"

她笑了，钻进高皓天的车子。

"好哦，"她说，"你又早退了！"

"并没有早退，"他笑着说，"已经是中午了，人总要吃中饭的。怎样？我们到什么地方去吃中饭？庆祝你脱离苦海！"

"为什么是脱离苦海？"

"从此，不必再为学生烦心了，从此，不必去担心什么后母虐待前妻的孩子了，从此，不用记挂什么俞碧菡了……这还不是脱离苦海吗？"他盯着她胸前，"你脖子上戴的是什么东西？"

"从苦海里飘来的花朵。"她甜蜜地笑着，"一朵勿忘我，学生们送的！"

他深深地看了她一眼。

"你实在没有一点点老师的样子，真不知道你什么样子教人，你根本就像个小孩子！"

"不要一天到晚在我面前倚老卖老，"她说，"我早已不是当日那个黄毛丫头了！"

"假若在七年以前，"他一面驾驶着车子，一面微笑地说，"有人告诉我，你这个黄毛丫头有一天会主宰了我的生命，我是决不会相信的！"

她斜睨了他一眼。

"主宰你的生命吗？"她挑了挑眉毛，"像这种过分的话，我到现在也不会相信的。"

他猛地刹住了车子。

"你最好相信！"他说。

"你要干吗？"她问，"怎么在快车道上停车？"

"我要吻你！"他说着俯过身子来。

"你发疯了！"她叫，"还不开车？员警来了！"

"那么，你信我吗？"他笑嘻嘻地问。

"哎！"她叫："我信，我信，我信！你要把交通都阻塞了，你这个人，我拿你真没办法！"

他重新发动了车子，笑吟吟地看着她。

"你必须相信我的每一句话！"他说，"彼此信任是夫妻间最重要的事！"

"夫妻？"她惊愕地瞪大眼睛，"谁和你是夫妻了？我可从没有答应过嫁给你啊！"

他又是一个急刹车。他的眼睛紧盯着她。

"你嫁我吗？"他问。

"喂，你不能用这种方式，"她猛烈地摇着头，"你这算是什么？求婚吗？"

"是的，"他一脸的正经，"你嫁我吗？"

"你好好地开车！"她叫，"从没有听说有人用这种方式求婚的！你这人对一切事情都太儿戏，我甚至不知道你是真的还是假的！"

"你是真不知道还是假不知道？"他又俯过身子来，眼睛紧紧地盯着她。

"如果你再不好好地开车，我就要真的生气了！"她把腰挺得直直的，脸上布满了不豫之色，"我不喜欢你这种态度，人生，有许多事，你不能用开玩笑的方式来处理，该严肃的问题就不是玩笑。"

他吸了口气，又发动了车子。一直开着车，他不再开口说话。萧依云半晌听不到他的声音，忍不住就悄悄地看着他。

他板着脸，眼光直望着前方，身子挺直，脸上一点儿表情都没有。她有些担心，有些懊悔，有些烦恼，轻轻地，她伸手摸摸他的手背，低语着问："怎么？生气了？"

他仍然直视着前方，仍然不语。半晌，他把车子停在中山北路一家西餐厅的前面。熄了火，他说："我们下车吧！我知道你不喜欢吃西餐，但是，这儿的情调很适合谈话。"

她下了车，望着他。他依然板着脸，一丝一毫的笑容都没有。这和他平日的谈笑风生那么迥然不同，竟使她有一种陌生的感觉。她更加懊恼了。她想，她已经把一切都弄砸了！

他生来就是那种玩世不恭的人，她却偏偏要他"严肃"！她是没有权利来改变别人的个性的，如果她爱他，她就应该迁就他！可是，难道他就不该迁就她吗？难道这样一句话就足以让他板脸了吗？难道她应该看他的脸色而"随机应变"吗？一层强烈的不满从她心中升起，她觉得委屈，觉得伤心，觉得沮丧……因此，当她在那幽暗的卡座上坐下来时，她已经泪光泫然了。

"吃什么？"他问。

"随便。"她简短地回答，微微带着点哽咽。

他深深地望了她一眼，然后，他代她点了沙拉和海鲜，他自己点了客通心粉，临时，他又吩咐侍者，先送来两杯酒。

酒来了，他注视着她。

"喝酒吗？"他问。

她端起酒杯来，赌气地把一杯酒一饮而尽，他伸过手来，一把握住了她的手，她发现他的手指冰冷。

"你在干吗？"他问，紧盯着她。

"我不要看你的脸色！"她说着任性地抓起自己的皮包。

"我不吃了，我要回家去了。"

他紧抓住她的手。

"坐好！"他说，沉重地呼吸着，他的眼光怪异，一眨也不眨地直视着她，"你还没有回答我的问题。"

"什么？"她不解的，有点儿糊涂。

"你愿意嫁我吗？"他屏着气问。

她愕然地凝视他，还有一张脸比这张脸更"严肃"的吗？

还有一种神情比这种神情更"郑重"的吗？一时间，她觉得哭笑不得，然后，她又觉得想哭又想笑。眼泪直在她眼眶里打转，她闪着眼睫毛，一句话也回答不出来。

他的手指更紧了。他的神情紧张。

"你愿意嫁我吗？"他再一次问，声音低沉而有力，"回答我！"

她含泪看他，仍然答不出话来。

"回答我！"他迫切地说，声音里已夹带着一丝祈求的意味，"我告诉你，依云，我一生没有认真过。你说得对，我爱开玩笑，我对什么事都开玩笑，但是，刚刚在街上，我却并没有开玩笑，如果你觉得我在开玩笑，那是因为我太紧张。第一次，我面临我生命里最严重的一个问题，我不知道选择什么时机来问才是最妥当的。让我坦白地告诉你，我从来没有害怕过，从来没有胆怯过，可是，在你面前，在问这个问题的时候，我却又害怕，又胆怯！所以，依云，如果你是好人，如果你可怜我，请你答复我：你愿意嫁我吗？"

依云注视着他，他的声音那样恳切，他的面容那样庄重，他的脸色那样苍白，他的语气那样可怜……她用手帕悄悄挥去睫毛上的泪珠。

"你……你不觉得，你问这个问题问得太早了吗？"她轻声说，"你看，我们才认识一个月！"

"你错了，依云，你的算术太坏。"他说，"我第一次到你家，是我读大学一年级那一年，那是十二年前，如果认识十二年才求婚还算认识太短的话，要认识多久才算长呢？"

十二年前！居然那么久了？那时她才只有十岁呢！依稀仿佛，还记得那个大男孩，骑着提高了坐垫的脚踏车，呼啸而来，呼啸而去。谁知道，十二年后，他会坐在这儿向她求婚？

"依云！"他叫，"回答我吧！"

她再凝视他。

"为什么选择我？"她问，"是因为你喜欢过依靠吗？可是，我和依靠是完全不同的！"

"天！"他直翻白眼，"我告诉你，依云，不是我傲，不是我狂，如果当初我爱过依靠，她就根本不可能嫁给任仲禹，你信吗？"

她打量他，一直望进他的眼睛深处，于是，她明白了，他说的是实话。如果他真爱过依靠，任仲禹绝非他的对手！她吸了口气。

"那么，为什么选我？"

"我想，这是命中注定的，"他说，"命中注定我一直找不到物件，结不成婚，因为……你还没有长大。"他紧握她的手，握得她发痛："你一定要拖延时间吗？你一定要折磨我吗？这是个很难回答的问题吗？你到底愿不愿意嫁给我？"

"我……"她垂下了睫毛，终于低语了一句，"我不愿意。"

他惊跳。

"再说一遍！"他命令道。

"我不愿意！"

他的脸孔雪白，眼睛黝黑。

"你说真的？"他憋着气问。

"当然是假的！"她大声说，笑了，泪珠却滑落了下来。

"你怎能不答应一个男人的求婚？这个男人是你十五岁那年就爱上了的！"

"依云！"他大声叫，握紧了她。他喊得那样大声，使那端汤过来的侍者吓了好大的一跳，差点连汤带碗都摔到地上去了。

婚礼是在五月间举行的。

对萧家来说，这个婚事是太仓促了一些，仓促得使他们全家连心理上的准备都不够，萧太太不住地搂住依云，反反复复地说："刚刚才大学毕业，我还想多留你两年呢！"

依云自己也不希望这么快结婚，她认为从"恋爱"到"结婚"这一段路未免太短，她自称是"闪电式"。她说她还不想做个"妻子"，最好，是先订婚，过两年再结婚，但是，高皓天却叫着说："我不能够再等，我一天，一小时，一分钟都不愿意再等！我已经等了十二年把你等大，实在没有必要再等下去了！"

"十二年！"依云嗤之以鼻，"别胡扯了！你这十二年里大概从没有想到过我，现在居然好意思吹牛说等了我十二年？你何不干脆说你等了我三十年，打你一出娘胎就开始等起了！"

"一出娘胎就等起了？"高皓天用手抓抓头，恍然大悟地说，"真的！我一定是一出娘胎就在等你了，月下老人把红线牵好，我就开始痴痴地等，虽然自己也不知道等的是谁，却一直傻等下去，直到有一天，在电梯里被一个莽撞鬼一撞，撞开了我的窍，这才恍然大悟，三十年来，我就在等这一撞呀！"

"哎哟！"依云又好气又好笑，"他真说他等了三十年了，也不害臊，顺着杆儿就往上爬，前世准是一只猴子投胎的！"

"我前世是公猴子，你前世就准是母猴子！"

"胡扯八道！"

全家人都忍不住笑了，萧太太看着这对小儿女，世间还有比爱情更甜蜜的东西吗？还有比打情骂俏更动人的言语吗？

事实上，真正急于完成这个婚礼的还不只高皓天，比高皓天更急的是高皓天的父母。高继善是个殷实的商人，自己有一家水泥公司，这些年，随着建筑业的发达和高楼大厦的兴建，他的财产也与日俱增。事业越大，生意越发达，他就越感到家中人口的稀少。高皓天是独子，迁延到三十岁不结婚，他已经不满达于极点。现在好不容易看中了一位小姐，他就巴不得他们赶快结婚，以免夜长梦多。高太太却比丈夫还急，第一次拜访萧家，她就迫不及待地对萧太太表示了："你放心，我家只有皓天一个儿子，将来依云来了我家，我会比亲生女儿还疼，如果皓天敢欺侮她一丁丁一点点，我不找他算账才怪！皓天已经三十岁了，早就该生儿育女了，我们家实在希望他们能早一点结婚，就早一点结婚好！"

"可是，"萧太太微笑地说，"我这个女儿哦，从小被我们宠着惯着，虽然二十二岁了，还是个小孩子一样的，我真担心她怎能胜任做个好妻子，假若一结婚就有孩子，她如何当母亲呢！"

"你放心，千万放心！"高太太一迭连声地说，"家里请了用人，将来家务事，我不会让依云动一动手的，我知道她一直是个好学生，从没做过家务事的。至于孩子吗？"这未来的婆婆笑得好乐好甜，"我已经盼望了不知道多少年了，带孩子不是她的事，是我的事呢！"

于是，萧太太明白，这个婚事是真的不能再等了。人家老一辈的抱孙心切，小一辈的度日如年。而她呢，总不能守着女儿不让她嫁人的！于是，好一阵忙乱，做衣服，买首饰，添嫁妆，订酒席，印请帖……一连三四个月，忙得人仰马翻，等到忙完了，依云已经成为高家的新妇了。

新房是设在高继善的房子里的，高继善只有一个儿子，当然不愿意儿子搬出去住。高太太本就嫌家里人丁太少，根本连想都没想过要和儿子儿媳妇分开。他们为了这婚事，特别装修了一间豪华的套房给他们做新房，房里铺满了地毯，裱着红色的壁纸，全套崭新的、定做的家具。高继善夫妇自己的房间都没有那么考究。依云对这一切，实在没有什么可挑的，虽然，她也曾对高皓天担忧地说："我真怕，皓天。"

"怕什么？"

"怕我当不了一个成功的儿媳妇，怕两代间的距离，我总觉得，还是分开住比较好些。"

"让我告诉你，依云，"高皓天说，"我自己在外面住了七年，看多了外国的婚姻和家庭生活，我是很新派的年轻人，我和你一样怕和长辈住一起。但是……依云，"他握住她的手，"别怕我的父母，他们或者思想陈旧一些，或者保守一些，但是，他们仍然是一对好父母，他们太爱我，'爱'是不会让人怕的，对不对？"

依云笑了，把头偎进高皓天的怀里，她轻声说："我会努力去做个好媳妇！"

"你不用'努力'，"高皓天吻着她，"你这么善良，这么真诚，这么坦率，而又这么有思想和深度，你只要按你的本性去做，你就是个最好的爱人、妻子及媳妇！你根本不用努力，你已经太好太好！"

依云抬眼注视他，她眼里是一片深深切切的柔情。

"皓天，你有多爱我？"

这是个傻问题，但是，在情人们的世界里，多的是傻问题！在新婚的时期里，依云就充满了这一类的傻问题，她会攀着高皓天的脖子，不厌其烦地问："皓天，你什么时候发现你爱我的？"

"皓天，你会不会有一天对我厌倦？"

"皓天，你对我的爱到底有多深？有多切？"

对于这一类的问题，高皓天经常是用数不清的热吻来代替回答。有时，他也会把她揽在怀里，把嘴唇凑在她的耳边，轻言细语地说："从盘古开天辟地之日起，我就已经爱上了你，那时候，我们大概还没有进化成为人类，就像你说的，那时候我们是一对猴子，我是公猴子，你是母猴子，我采了果子，一蹦一跳地跳到你身边来，我对你不住口地说：吱吱吱吱吱吱……"

她笑得浑身乱颤。

"为什么吱吱吱吱的？"

"那是猴子的语言！你总不能希望猴子说人话。那些吱吱吱翻译成人类的语言，就是我爱你，我爱你，我爱你，我爱你，我爱你，……"他一直说个不停了。

依云笑得前俯后仰。

"你真会贫嘴！"她叫着。

"关于我对你什么时候会厌倦？这问题很难答复，"他继续说，"什么海枯石烂，此情不渝的话实在太俗气了，对不对？"

他歪了歪头，一副深思的样子："我想我们总有一天会吵架的！"

"为什么？"

"你想，到几千千几万万几亿亿几千兆年以后，那时太阳已逐渐冷却，地球上的生物也逐渐退化，我们已经做了几千千几万万世代的夫妻，那时，又退化成了一对公猴子和母猴子，我采了果子，蹦蹦跳跳地到你身边，我会说：吱吱吱吱吱……你一定会生气地对我吼：'你已经吱吱吱吱了几千世纪了，怎么变不出一点新花样来？还在这儿吱吱吱呢？'于是，就吵起架来了。然后，我会说：'再过几千几万个世纪，我就不对你吱吱吱了，那时我要对你吼吼吼了！""你在说些什么鬼话啊！"依云越听越稀奇了。"因为，那时候啊，我们已经退化成一对公恐龙和母恐龙了，恐龙示爱无法吱吱吱，只能吼吼吼！""哎哟，"依云笑得肚子痛，"你怎么这样油嘴啊？看样子，你大概是一只八哥鸟儿变来的！"高皓天一怔，立即正色说："你帮个忙好不好？""怎么？""你瞧！我这儿猴子时期和恐龙时期还没闹完，你又把我变成八哥鸟儿了，现在，我又得去研究公八哥向母八哥求爱时是怎么叫的了！"依云笑得喘不过气来。"不行，不行，"她嚷："不可以这样逗人笑的，人家笑得肠子都扭成一团了。""我还没有说完呢，"高皓天说，"你还有一个问题是什么？对了，你问我爱你到底有多深有多切？""哎呀！"依云用手捂住耳朵，笑着滚倒在床上，"我不听你胡扯了！"高皓天抓住她的手，把她的手从耳朵上拉下来，俯下身子，他贴着她的耳朵，一本正经地说："你要听的，你非听不可！""那么，你说吧！"她忍住笑，不知他又会讲出些什么怪话来。"我告诉你，依云，"他的声音忽然变得无比地真挚，无比地严肃，无比地恳切，"我爱你爱得心酸，爱得心痛，爱得心跳，爱得……"他的唇从她耳边滑过来，滑过了她那光滑的面颊，落在她柔软的唇上。她的手臂不由自主地绕了过来，紧紧地揽住了他的脖子。他下面的话被吻所堵住，再也说不出来了。

这儿，高皓天的父母坐在外面的客厅里，只听到那对小夫妻在房间里一会儿"吱吱吱"，一会儿"吼吼吼"，再夹着"哧哧哧"地笑着，接着，就忽然安静了下来，静得一点儿声音都没有了。夫妇二人禁不住面面相觑，都不由自主地想着，现在年青一代毕竟不同了，谈情说爱的方式都是古里古怪，教人完全摸不着头脑呢！真的，爱人的世界里有讲不完的傻话，做不完的傻事。人类的一部历史，不是就由这些傻话和傻事堆积起来的吗？依云和高皓天的蜜月时期，也就在这股"傻劲"中，不知不觉地度过去了。

蜜月之后，高皓天又恢复了上班，早出晚归，他的生活安定而愉快。在这份安定之下，他的工作效率神速，灵感层出不穷，他设计的建筑图，在公司里引起了极大的重视。七月，他所设计的第一栋大厦开工了。八月，第二张蓝图被采用，九月，他设计了一连串的郊区别墅……于是，那位拥有水泥公司的父亲，开始动心机，要给儿子成立一个独资的建筑公司了。

在这段日子中，依云只是潇潇洒洒地做一个新妇。她曾经想找个上班的工作，但是，高家既不需要她赚钱，高皓天本人又有高薪的收入，她也就没有工作的必要了。高太太更加反对，她对依云说："留在家里给我做个伴吧！女人家，即使上班也上不长的，等有喜的时候，还不是要辞职！"高太太就是这样的，她毫不掩饰她"抱孙心切"的心情，最初，依云听到这种话，总是弄得面红耳赤。后来，听多了，也就不以为意了。高皓天也同样不赞成依云出去工作，他笑嘻嘻地说："能享福干吗不享福？你如果真想工作，不如尝试写写文章，你不是一直想做个文学家吗？"

"什么文学家？"她说，"对文学连皮毛都不懂，也配称

"'家'了？我不过有那么点儿兴趣而已。"

"向你的兴趣努力吧！"他认真地说，"许多'家'的产生，只是因为有兴趣呢！"

于是，她真的开始写点散文，作作诗，填填词，也偶尔写写短篇小说，偶尔投投稿，偶尔被报章杂志采用一两篇。这样，已足够引起她的兴奋，高皓天也戏呼她为："我亲亲爱爱的小作家太太！"

"你别拿着肉麻当有趣吧！"她笑着骂，但是，在内心深处，她却仍然是相当得意的。

日子过得甜蜜而写意。白天，她陪婆婆上街买买东西，回娘家和妈妈团聚，去依靠家里闹闹，或者，关着房门写她的文章。晚上，高皓天下班了，生活就多彩多姿了！开车兜风，看电影，去夜总会，或者，双双腻在那间卧室里，谈那些吱吱吱、吼吼吼的傻话，经常，把笑声传播在整个的空间里。

这个夏天将过完的时候，依云发现了一件大事，这使她和高皓天都为之兴奋不已。原来萧振风自从依云婚后，就变得神神秘秘、奇奇怪怪起来，他常常失踪到深夜才回家，又常常自言自语，在室内踱来踱去。使萧太太大为紧张，她对依云说："准是你们一个个的结婚，四大金刚只剩了他一个光杆，把他刺激得生起病来了！我看，他最近精神有点问题，昨夜，他对着墙壁讲了一夜的话！"

这谜底终于揭晓了。一天，依云和高太太去百货公司买衣料，走得太热了，去冷饮部喝杯橘子水，却迎头碰到了萧振风，他胳膊里挽着一个女孩子，竟是那个差点嫁给高皓天的张小琪！他们是在依云的婚礼上认识的。竟神不知鬼不觉地恋起爱来了！那天晚上，高皓天和依云都回到萧家，把萧振风大大地围剿起来。萧振风平日天不怕地不怕的，那晚却面红耳赤，张口结舌，不住地抓耳朵、抓鼻子，似乎手脚都没地方放，被"审"急了，他就猛地跳起来，大吼了一句："大丈夫说恋爱就恋爱！你们一个个结婚，我连恋爱都不敢承认吗？本人是恋爱了，怎么样？"

看他那股吹胡子瞪眼睛的样子，大家都哄然地笑开了。于是，萧太太明白了，这最后的一个未婚的孩子，也将要脱离他那个孩子气的世界，投身到婚姻的"蜜网"里去了。

这晚，依云躺在高皓天的臂弯里，她不住地问："为什么你当初没有爱上张小琪呢？她不是很美丽，也很可爱吗？"

"还是我的母猴子比较可爱！"高皓天说。

她在他胸口重重地捶了一拳。

"到底为什么？为什么？"她固执地问。

"为什么吗？就为了把她留给你哥哥呀！否则，你哥哥又要说我眼睛里没有他了！"

"不成理由！"她说，"完全不成理由！"

于是，他一把把她抱进了怀里。

"为什么吗？只因为在我眼睛里，天下最美的、最好的、最可爱的女人，舍你其谁？"他说着把嘴唇凑向她耳边，"只是，我的母猴儿，你是不是该给我生一个小猴儿了呢？"

依云羞涩地滚进了床里。可是，第二天，高太太也开始试探了。

"依云，你们现在年青一代的孩子，都流行避孕，是不是呀？"

依云的脸红了。

"我并没有避，妈。"她轻声说。

高太太笑了。

"这样才好呢！依云，"她亲昵地望着儿媳妇，"我告诉你，不要怕生孩子，嗯？生了，我会带，不会让你操心的！我家人丁单薄，孩子嘛，是……多多益善的！"

多多益善？她一愣。她可并不想生一窝孩子，像母鸡孵小鸡似的。但是，想起高皓天在枕边的细语："我的母猴儿，你是不是该给我生个小猴儿了呢？"

她就觉得心头一阵热烘烘的，是的，她愿意生个孩子，她和高皓天的孩子！不久前，她还对生命有过怀疑，现在，她却深知，如果她有了孩子，这孩子绝对是在一片欢迎和期待中降生的。

第四章

　　暑假开始没有多久，俞碧菡就知道，她真正的厄运开始了。

　　首先，是那张成绩单，她已经预料到，这学期的成绩不会好，因为，她旷了太多课，再加上迟到早退的记录太多。而高二这年的功课又实在太难了，化学方程式总是背不熟，解析几何难如天书，外国史地复杂繁乱，物理艰深难解……但是，假若自己每晚能多一点时间念书，假若白天上课时不那么疲倦，假若自己那该死的胃不这么疼痛，假若不是常常头晕眼花……她或者也不会考得那么糟！居然有一科不及格，居然要补考！没考好，不及格，要补考都还没关系，最重要的是奖学金取消了。换言之，这张成绩单宣布了她求学的死刑，没有奖学金，她是再也不可能念下去了！只差一年就可以高中毕业，仅仅差一年！握着那张成绩单，她就觉得头晕目眩而心如刀绞。再加上母亲那尖锐的嗓子，嚷得整条巷子都听得见："哎哟，我当作我们家大小姐，是怎么样的女状元呢？结果考试都考不及格！念书！念书！她以为她真的是念书的材料呢！哈！俞家修了多少代的德，会捡来这样一个女状元呀！"

听到这样的话，不只是刺耳，简直是刺心，她含着泪，五脏六腑都绞扭成了一团，绞得她浑身抽搐而疼痛，绞得她满头的冷汗。但是，她不敢说什么，她只能恨她自己，恨她自己考不好，恨她自己太不争气！恨极了，她就用牙齿猛咬自己的嘴唇，咬得嘴唇流血。可是，流血也于事无补，反正，她再也无缘读书了。

暑假里的第二件霉运，是母亲又怀孕了。母亲一发现怀孕之后，就开始骂天骂地骂祖宗骂神灵，骂丈夫骂命运骂未出世的"讨债鬼"，不管她怎么骂，碧菡应该是负不了责任的。

但，她却严重地受到了池鱼之殃，母亲除了骂人之外，对所有的家务，开始全面性地罢工，于是，从买菜、烧饭、洗衣、打扫，以至于抱孩子、换尿布、给弟妹们洗澡，全成了碧菡一个人的工作。这年的夏天特别热，动一动就满身大汗，每日工作下来，碧菡就觉得全身的筋骨都像折断了般的疼痛，躺在床上，她每晚都像死去般的脱力。可是，第二天一清早，她又必须振作起来，开始一天新的工作。

这年夏天的第三件厄运，是她发现自己的身体已一日不如一日，她不敢说，不敢告诉任何人。但，夜里，她常被腹内绞扭撕扯般的疼痛所痛醒，咬着牙，她强忍着那份痛楚，一直忍到冷汗湿透了枕头。有几次，她疼得浑身抖颤，而把碧荷惊醒。碧荷用手抚摸着她，摸到她那被冷汗所濡湿的头发和抽搐成一团的身子时，那孩子就吓得发抖了。她颤巍巍地问："姐姐，你怎么了？"

碧菡会强抑着疼痛，故作轻松地说："哦，没什么，我刚刚做了一个噩梦。"碧荷毕竟只是个孩子，她用手安慰地拍了拍姐姐，就翻个身子，又蒙蒙眬眬地睡去了。碧菡继续和她的疼痛挣扎，往往一直挣扎到天亮。

日子不管怎么苦，怎么难挨，怎么充满了汗水与煎熬，总是一天天地滑过去了。

新的一学期开始了，俞碧菡没有再去上课。开学那天，她若无其事地买菜烧饭，洗衣，做家务，但是，她的心在滴着血，她的眼泪一直往肚子里流。下课以后，何心茹来找她，劈头一句话就是："俞碧菡，你为什么不去上课？"

她一面洗着菜，一面毫不在意似的说："不想念书了！"

"不想念书？"何心茹瞪大眼睛嚷，"你疯了！只差一年就毕业了，你好歹也该把这一年凑合过去，如果你缺学费，我们可以全班募捐，捐款给你读！你别傻，别受你后母那一套，她安心要你在家里帮她当下女！你聪明一点，就别这样认命……"

俞碧菡睁大了眼睛，压低声音说："何心茹，你帮帮忙好吗？别这样大声嚷行不行？"

"怎么？"何心茹的火气更大了，"你怕她，我可不怕她！她又不是我后妈，我怕她干什么？俞碧菡，我跟你说，你不要这样懦弱，你跟她拼呀，跟她吵呀，跟她打架呀……"

"何心茹！"俞碧菡喊，脸色发白了，"请你别嚷，求你别嚷，不是我妈不让我读，是我自己不愿意读了！"

"你骗鬼呢！"何心茹任性地叫，"你瞧瞧你自己，瘦得只剩下了一把骨头，苍白得像个死人！你太懦弱了，俞碧菡，你太没有骨气了！我是你的话呀，我早就把那个母夜叉……"

她的话还没说完，那个母亲已经出现了。她的眼睛瞪得凸了出来，脸色青得吓人，往何心茹面前一站，她大吼了一声："你是哪里跑来的野杂种！你要把我怎么样？你说！你说！你说！"她直逼到何心茹的面前来。

何心茹猛地被吓了一大跳，吓得要说什么话都忘了，她只看到一张浮肿的脸，蓬乱的头发，和一对凶狠的眼睛，往她的面前节节进逼，她不由自主地连退了三步，那女人可就连进了三步，她的眼睛几乎碰到何心茹的鼻子上来了。

"说呀！"她尖声叫着，"你要把我怎么样？你骂我是母夜叉，你就是小婊子！你妈也是婊子，你祖母是老婊子！你全家祖宗十八代都是婊子！你是婊子的龟孙子的龟孙子……"

何心茹是真的吓傻了，吓愣了，生平还没听过如此稀奇古怪的下流骂人话，骂得她只会瞪大了眼睛，张大了嘴，傻傻地站在那儿。

碧菡赶了过来，一把握住何心茹的胳膊，她一面连推带送地把她往屋外推，一面含着眼泪，颤声说："何心茹，你回去吧！谢谢你来看我，你赶快回去吧！走吧！何心茹！"

何心茹被俞碧菡这样一推，才算推醒了过来，她愕然回过头来，望着俞碧菡说："她在说些什么鬼话呀？"

"别理她，别理她！"俞碧菡拼命摇头，难堪得想钻进一个地洞里去，"你快走！快走！"

那母亲追了过来，大叫着说："不理我？哪有那么容易就不理我？"她伸出手去，俞碧菡一惊，怕她会不分青红皂白地打起何心茹来，她就慌忙拦在何心茹前面，急得跺着脚喊："何心茹！你还不走！还不快走！"

何心茹明白了，她是非走不可的了，否则，一定要大大吃亏不可！眼前这个女人，活像一头疯狗，你或者可以和一个不讲理的女人去讲理。但是，你如何去和一头"疯狗"讲理呢？

转过身子，她飞快地往外面跑去。她毕竟是个孩子，在学校和家里都任性惯了的孩子，什么时候受过这种气？因此，她一边跑，一边大声地骂："母夜叉！吊死鬼！疯婆子！将来一定不得好死！母夜叉！母夜叉！母夜叉……"

她一边叫着，一边跑得无影无踪了。

这儿，这女人可气疯了，眼看那个何心茹已经消失在巷子里，追也追不回来。她这一腔的怒火，就熊熊然地倾倒在俞碧菡的身上了。举起手来，她先对俞碧菡一阵没头没脑地乱打，嘴里尖声地叫着："你这个杂种引来的小婊子！你会在背后咒我？你会编派我？我是母夜叉、吊死鬼，我先叉死你，吊死你！你到阎王爷面前再去告我去！"

俞碧菡被她打得七荤八素，眼前只是金星乱冒，胃里就又像翻江倒海般地疼痛起来。她知道这一顿打是连讨饶的余地都没有的，所以，她只是直挺挺地站着，一任她打，一任她骂，她既不开口，也不闪避。可是，这份"沉默"却更加触怒了母亲，她的手越下越重了。

"你硬！你强！你不怕打！我今天就打死你！看你能怎么样？了不起我到阎王爷面前去给你偿命！你会骂我，你叫我疯婆子，我今天就疯给你看……"

她抽着她的耳光，捶着她的肩膀，扯她的头发，拉她的耳朵……俞碧菡只是站着，她在和腹内的疼痛挣扎，反而觉得外在的痛楚不算一回事。豆大的汗珠从她的额上冒了出来，冷汗湿透了背脊上的衣服……她挺立着，用全身的力量来维持自己不倒下去。然后，她听到一声粗鲁的暴喝："好了！够了！不许再打了！"

是父亲！他跨了过来，把俞碧菡从母亲的手下拉出来，用胳膊隔开了母亲。

"够了，够了，你也打够了！"父亲粗声说。

母亲呆了。她惊愕地看看丈夫，再掉头望着俞碧菡。碧菡现在倚着一张桌子，勉强地站着。那母亲忽然恍然地发现，这女孩已经长大了。她虽然憔悴，虽然瘦弱，虽然苍白，却依然掩饰不住她的娟秀及清丽，那薄薄的衣衫里，裹着的宛然是个少女动人的胴体。从什么时候起，这孩子已经长成了？

从什么时候起，这女孩变得如此美丽和动人？一层女性本能的嫉妒从她心中升起，迅速地蔓延到她全身每个细胞里，她转向丈夫，怪声嚷着："哎哟，小婊子居然有人撑腰了！"接着向丈夫跨了一步，她挺挺胸膛，"你干吗护着她？你心疼是不是？哦——"她拉长声音，眼珠在丈夫及碧菡身上转来转去。"我明白了！她又不是你的亲生女儿，要你来心疼？"她怒视着丈夫，"我明白了！她现在大了，你心动了是不是？她长得漂亮是不是？我早知道这个小狐狸精留在家里是个祸水……"她咬牙切齿："你们干了些什么好事？你们说！你们说！"

"你胡扯什么？"那父亲真的被触怒了，他向妻子迈了一大步，"你再胡说八道，当心我揍你！"

这一下不得了了，那母亲大大地被刺伤了，疑心病还没消失，自尊心又蒙受了打击，她立即一把眼泪一把鼻涕地哭了起来，一面呼天抢地地大嚷大叫："哎哟，你们这对狗男女，你们做了什么丑事呀？现在看我不顺眼了！哎哟，你们联合起来欺侮我！哎哟，我前辈子造了什么孽呀，这辈子这么倒霉！"她向那丈夫一头撞去，大大地撒起泼来，"你杀了我好了！你这没良心的！你连我和肚子里的孩子一起杀了好了！把我杀了，除了你的眼中钉，你好和那个小狐狸精不干不净！你杀呀！杀呀！杀呀！……"

俞碧菡听着这一切，她大睁着眼睛，心里只是模模糊糊地想着：这个"家"是真的不能再待下去了。继母那些污言秽语使她震惊得已无力开口，何况，她胃里正在剧烈地绞痛着。逐渐地，她眼前的父母都成了模糊的影子，她只看到披头散发、手舞足蹈的母亲，像一个幻影般在晃来晃去，然后，她听到父亲的一声惊天动地的大吼："住口！"

接着，父亲就暴怒地扬起手来，给了母亲一记清脆而响亮的耳光。母亲怔了，呆站在那儿，她像中了魔一般一动也不动，半晌，她才忽然醒悟过来，立即像杀猪般的一声狂叫：
"杀人哪！害命哪！父亲沟通了女儿杀人哪！看他们俞家的丑
事呀！继父和女儿干的好事呀！……"

天哪！俞碧菡在心里叫着，天哪！她只感到胃里一阵狂
搅，她张开嘴来，想呼叫、想喊、想呻吟，但她什么话都没
有说出来，因为，一股热潮从她嘴中直冲出来，她用手捂住
嘴，睁眼看去，只看到满手鲜血。她眼前一黑，就整个人摔
倒在地上，迷糊中，还听到碧荷在尖叫："姐姐！姐姐！姐
姐！姐姐死掉了！姐姐死掉了！姐姐死掉了！……"

她的头往旁边一侧，失去了所有的知觉。

时间似乎过去了很久很久，似乎有几百年，几千年，甚
至几万年……但她终于悠悠醒转，浑身从头到脚都在疼痛，
痛得她分不清楚到底什么地方最痛，她的神志依然迷糊，头
脑昏沉得厉害。模糊中，她听到碧荷在她身边呜呜哭泣，于
是，她想，她快死了，她知道，她是真的快死了，因为她喉咙
中腥而甜。碧荷正一面哭着，一面拿毛巾拭着她的嘴角……

"姐姐，姐姐！"碧荷在哭叫着，"姐姐，姐姐！"

她努力地睁开眼睛，碧荷的脸像浸在水雾里的影子，由
于惊惧，那张小脸苍白而紧张。要安慰妹妹，她想，要告诉
她别害怕……但张开嘴来，她吐不出声音，抬起手，她想抚
摸妹妹的头发，可是，手指才动了动，就又无力地垂了下去。

碧荷的眼睛睁大了，她惊喜地喊："姐姐醒了，爸爸！姐
姐活了！"

"活了？"她听到母亲的声音，"她根本就是装死！从头

到尾就在装死！"

她微微转头，于是，她看到室内亮着灯光，天都黑了，是开灯的时间了，那么，自己起码已经昏迷了好几小时。她再转头，发现自己正躺在床上。碧荷泪痕狼藉的小脸上绽开了笑容，她眼睛发光地扑向了姐姐："姐姐。"她用小手紧抓住碧菡的手指，似乎怕她会逃走。

"姐姐，你好一点了吗？"

她想微笑，但是她笑不成，腹内一阵新的绞痛抽搐了她，她痛苦地张开嘴，血液从她嘴中涌出来。碧荷的笑容僵了，恐惧使她的小手冰冷。

"姐姐！姐姐！"她发狂般地喊着，"你不要死！姐姐，你不要死！"

是的，我不要死，碧荷，我不要死！她想着，却苦于无法说话，我太年轻，我的生命还没有开始，我不能死，我不要死……昏晕重新抓住了她，她再度失去了知觉。

又不知道过了多久，她再一次醒过来，蒙眬中，她听到父亲的声音在说："这样不行，我们要把她送医院。"

"送医院？"母亲叫着，"我们有钱送她去医院吗？家里连买菜的钱都没有呢！"

"可是……"父亲的声音又疲倦又乏力，"这样子，她会死掉。"

"她装死！"母亲还在喊，"装死！装死，装死……"

她又失去了知觉。

就这样，她昏一阵，醒一阵，又昏一阵，又醒一阵……

时间也不知道到底过去了多久，几分钟，几小时，还是几天？

她只感到生命力正一点一滴地从她体内消失，像抽丝剥茧般，缓慢地抽掉，一丝丝，一缕缕地抽掉……她越来越衰弱，越来越无法集中思想。然后，她又听到碧荷在哭泣，一面哭，一面在摇撼着她。

"姐姐，你活过来！姐姐，你活过来！姐姐，我要你活过来……"

可怜的小碧荷！她迷糊地想，可怜的小碧荷！

"姐姐，"碧荷边哭边说，"你说过的，你说你要照顾我的，姐姐，你说过的，你说生命是什么什么好美丽的，你说过的，姐姐……"

是的，我说过的：生命是美丽的，生命是充满了爱与希望的，生命是喜悦的……我说过的，是的，我说过的！碧菡心中像掠过了一道强光，陡然间，那求生的欲望强烈地抓住了她：我不要死！我不要死！我不要死！她猛地惊醒了过来，思想飞快地在她脑子中驰过，她的生命线在什么地方？她脑海里掠过一个电话号码，一个被她记得滚瓜烂熟的电话号码！

她睁开眼睛，盯着碧荷，她努力地、挣扎地喊："碧荷！碧荷！"

"姐姐？"碧荷惊喜地俯过身去。

"听着，碧荷，"她喘息着，"去……去打一个电话，去……去找一个姓萧的老师，萧依云，去！快去！那电话号码是……"她念出了那个号码，昏晕又开始了，痛楚又开始了，她喃喃地重复着那个号码，一遍又一遍，一遍又一遍……然后，她又什么都不知道了。

已经晚上十二点多了，高家的电话铃蓦然间响了起来，这对生活起居都相当安定的高家来说，是件十分稀奇的事。高皓天和依云刚上床不久，正在聊着天，还没入睡，依云推推皓天说："你去接电话，谁这么晚打电话来？"

"准是你那个疯哥哥！"高皓天说，一面下床找拖鞋，"他自从恋爱之后，就变得疯疯癫癫起来了！"

"他没恋爱的时候，就已经够疯了，"依云笑着说，"何况是恋爱以后呢？你快去接电话吧，铃一直响，待会儿把爸爸和妈妈都吵醒了！"

高皓天跑进了客厅，一会儿之后，他折回到卧室里来，带着一脸稀奇古怪的神色。

"依云，是你妈打电话来！"

"我妈？"依云翻身而起，吓了一跳，"家里出了什么事？为什么我妈要打电话来？"

"没事，你别紧张，电话已经挂断了。她说有个小女孩打电话去找你，哭哭啼啼地说要找萧老师，她没办法，已经把我们的电话告诉那小女孩了……"

话没说完，客厅里的电话铃又响了起来，高皓天说："果然！一定是那小女孩！"

依云冲进了客厅，一把抓起听筒："喂？哪一位？"

"我要找萧老师！"对方真是个小女孩，在一边哭，一边说，"我要找萧老师，萧依云老师！"

"我就是，"依云急急地说，又惊奇又诧异，她生平只代过一个月的课，却没教过这么小的孩子啊，"你是谁？有什么事？"

"萧老师！"那孩子哭泣着嚷，"你快点来，我姐姐要死了！"

"什么？"依云完全摸不着头脑，"你是谁？是谁？说清楚一点，谁要死了？"

"我姐姐要死了！她名叫俞碧菡！萧老师，你快来，我姐姐要我找你，你快来，她恐怕已经死了！你快来……"那孩子泣不成声了。

俞碧菡！依云脑中像电光一闪，立即想起那个楚楚可怜的、哀哀无告的女孩子！她深抽了一口气，大声问："在什么医院？"

"没……没有在医院，"孩子哭着，"妈妈不肯送医院，在……在家里……"

"听着！"依云毫不考虑地喊，"你回去守住你姐姐，我马上赶到你家里来！"

挂断了电话，她冲进卧室里去穿衣服。高皓天拉住了她，不同意地说："你知道几点钟了？你要干什么？"

"皓天！"依云严肃地说，"你爱不爱我？"

"什么？"高皓天一愣，"我当然爱你！"

"你如果爱我的话，别多发问，"依云坚定地、急促地、清晰地说，"赶快穿上衣服，开车送我去一个地方，救人如救火，我们没有时间耽搁，快！快呀！"

高皓天慌忙脱下睡衣，换上衬衫和长裤。

"但愿我知道你在忙些什么……"他叽里咕噜地说。

"我的一个学生有了麻烦，"她说，拿了皮包，向屋外冲去，"她妹妹说她快死了！"

"她家里的人干什么去了？"高皓天一面跟着她走，一面仍然在不住口地抱怨，"你又不是医生，我真不懂你赶去有什么用？"

"她就是俞碧菡，记得吗？我以前跟你提过的那个女孩子！"

"哦！"高皓天又愣了愣，"我以为你早已摆脱了那个俞碧菡了！"

高太太和高继善都被惊醒了，高太太把头伸出了卧室，惊讶地喊："什么事？半夜三更的，你们要到什么地方去？"

"对不起，妈！"依云匆匆地喊，"有个朋友生了急病，我们要赶去看看，如果没事，马上就会回来的！"

话没说完，她已经冲出了大门，冲进了电梯，高皓天紧跟着她走进电梯，嘴里还在说："我看你有点儿疯狂，一个学生！你只教了她一个月课，她有父有母，你管她什么闲事？生病应该找医生，不找医生找你，她家里的人疯了！难得又会碰到你这个疯老师，居然半夜三更……"

依云搂住高皓天的脖子，吻住了他的唇，使他那些个埋怨的话一句也说不出口。然后，她放开他，笑笑说："你宠我，就别再埋怨！"

高皓天望着她，摇头，叹气。

"我拿你一点办法也没有！"

下了楼，钻进车子，高皓天发动了马达。

"在什么地方？"他问。

依云指示着路径，那个地方，是她一辈子也不会忘记的。

车子迅速地疾驰在黑夜的街道上，转进松山区的小巷里，左转右转，终于停在那一大堆破烂的火柴盒中间。高皓天四面望望，不安地耸了耸肩："这儿使人有恐惧感。"他说，"我最好陪你进去！是哪一家？还记得吗？"

依云迟疑地看着那些都很相似的房子，一时也无法断定是哪一家，尤其在这暗沉沉的黑夜里。她站在巷子中间，四面张望着，然后，有个小小的人影一闪，碧荷打屋檐底下冒了出来。

"萧……萧老师？"她怯怯地问。

"是的，"依云慌忙说，"你就是俞碧菡的妹妹？"

碧荷一把拉住了她的手，不由分说地往屋子里拉，她小小的身子吓得不住哆嗦着。

"我姐姐……我姐姐……"她抽噎着说，"她快要死了！"

"别怕！"依云紧握了碧荷一下，"我们进去看！"她回头叫了一声："皓天，你也进来，这屋里有个女人，我拿她是毫无办法的！"

他们冲了进去，一走进房内，依云就看到一个高头大马的男人，正坐在一张竹制的桌子前面，在大口大口地喝着一瓶红露酒，满屋子都是酒气、霉味，以及一股潮湿的尿臊味。

在那男人旁边，那个与依云有一面之缘的女人正呆呆地坐着。

看到了他们，那女人跳了起来："你们是谁？半夜三更来我家做什么？"她气势汹汹地问。

"我们来看碧菡！"依云昂着头说，"听说她病了！她在什么地方？"

碧荷用小手死拉着她，把她往屋后扯。

"在这边！你们快来，在这边！"

依云无暇也无心再去顾及那女人，就跟着碧荷来到一间阴阴暗暗的房间里，扑鼻而来的，是一股血腥味。然后，在屋顶那支六十烛的灯光下，依云一眼看到了俞碧菡，在一张竹床上，碧菡那瘦弱的、痉挛成一团的身子，正半掩在一堆破棉絮中间。她的头垂在枕头上，脸色比被单还白，唇边，满枕头上，被单上，都染着血渍。在一刹那间，依云吓得脚都软了，她回头抓住高皓天："他们把她杀了！"

"不是，不是。"碧荷猛烈地摇着头，"姐姐病了，她一直吐血，一直吐血。"

高皓天冲了过去，俯下身子，他看了看碧菡，用手探了探她的鼻息，抬起头来，他很快地说："她还活着！"

依云也冲到床边，摸了摸碧菡的手，她试着叫："俞碧菡！俞碧菡！"

碧菡毫无反应地躺着，只剩下了一口气，看样子，她随时都可能结束这条生命。依云恼怒了，病成这样子！那个父亲在喝酒，母亲若无其事，他们是成心要让她死掉！她愤怒地问碧荷："她病了多久了？"

"从今天下午就昏倒了，"碧荷抽抽噎噎地说，"爸爸说要送医院，妈妈不肯！"

"依云！"高皓天当机立断，"我们没有时间耽误，如果要救她，就得马上送医院！"

那个"父亲"进来了，带着满身的酒气，他醉醺醺的，脚步踉跄地站着，口齿不清地说："你们……你们做做好事，把她带走，别再……送……送回来，在……在这样的家庭里，她……她活着，还不如……不如死了好！"

依云气得发抖，她瞪视着那个父亲。

"你知道你们在做什么吗？"她叫，"你们见死不救，就等于在谋杀她！我告诉你们，碧菡如果活过来，我就饶了你们！如果死了，我非控告你们不可！"

"控告我们？"那个"母亲"也进来了，似乎也明白碧菡危在旦夕，她那副凶神恶煞的样子已经收敛了，反而显得胆怯而怕事，她嗫嗫嚅嚅地说，"她生病，又不是我们要她生的，关我们什么事？"

依云气得咬牙切齿。

"你是第一个凶手！"她叫，"你巴不得她死！"

"依云！"高皓天说，"少和她吵了，我们救人要紧！你拿床毯子裹住她，我把她抱到车上去！"

一句话提醒了依云，她慌忙找毯子，没找到，只好用那床脏兮兮的棉被把她盖住。高皓天一把抱起了她，那身子那样轻，抱在怀里像一片羽毛。他下意识地看了看那张脸，如此苍白，如此憔悴，如此怯弱……那紧闭的双眼，那毫无血色的嘴唇……天哪！这是一条生命呢！一阵紧张的、怜惜的情绪紧抓住了他：不能让她死去，不能让一条生命这样随随便便地死去！他抱紧她，大踏步地走出屋子，一直往车边走去。

把碧菡放在后座上，依云坐进去搂住了她，以防她倾跌下来。碧荷哭哭啼啼地跟了过来："我要跟姐姐在一起！"她哭着说。

看样子，这个家里除了这个小女孩，并没有第二个人关心碧菡的死活，依云简单地说了句："上来吧！"

碧荷钻进了车子。

高皓天发动了马达，车子如箭离弦般向前冲去。毫不思索地，高皓天一直驶向台大医院。碧荷不再哭泣了，只是悄悄地注视着姐姐，悄悄地用手去抚摸她，依云望着这姐妹二人，一刹那间，她深深体会到这姐妹二人同病相怜的悲哀，和相依为命的亲情。她不由自主地伸出手去，安慰地紧握住碧荷的手。碧荷在这一握下，似乎增加了无限的温暖和勇气，她抬眼注视着依云，含泪说："萧老师，你是世界上最好最好的人！"

依云颇为感动，她眼眶湿润润的。

"别叫我萧老师，叫我萧姐姐吧！"她说。

"萧姐姐！"碧荷非常非常顺从地叫了一声，"你永远做我们的姐姐好吗？"她直视着她，眼里闪着期盼的泪光。

依云用手轻抚她的头发。

"你叫什么名字？"她问。

"我叫俞碧荷。"

"碧荷！"她拍拍她，"你是个又聪明又勇敢的小女孩，你可能挽救了你姐姐的生命。"

"姐姐不会死了，是吗？"碧荷的眼里燃烧着希望。

依云看了碧菡一眼，那样奄奄一息，那样了无生气的一张脸！依云打了个寒噤，她不愿欺骗那小女孩。

"我们还不知道，要看了医生才知道！"

碧荷的小手痉挛了一下，她不再说话了。

车子停在台大医院急诊室的门口，高皓天下了车，打开车门，他把碧菡抱了出来。碧菡经过这一阵颠簸和折腾，似乎有一点儿醒觉了，她呻吟了一声，微微地睁开眼睛来，无意识地望了望高皓天，高皓天凝视着这对眼睛，心里竟莫名其妙地一跳，多么澄澈，多么清明，多么如梦似幻的一对眼睛！直到此刻，他才发现这女孩的面貌有多姣好，有多清秀。

进了急诊室，医生和护士都围了过来，医生只翻开碧菡的眼睛看了看，马上就叫护士量血压，碧荷被叫了过来，医生一连串地询问着病情，越问声音越严厉，然后，他愤怒地转向依云："为什么不早送来？"

依云也来不及解释自己和碧菡的关系，只是急急地问："到底是什么病？严不严重？"

"严不严重？"医生叫着说，"她的高血压只有八十二，低血压只有五十四，她身体中的血都快流光了！严不严重？她会死掉的，你们知道吗？"他又看了看血压表："知不知道她的血型？我们必须马上给她输血。"

"血型？"依云一怔，"不知道。"

医生狠狠地瞪了依云一眼，转头对护士说："打止血针，马上验血型。"再转向依云："你们带了医药费没有？她必须住院。"

依云又怔了一下，她转头对高皓天说："我看，你需要回去拿钱。"

"拿多少呢？"高皓天问。

医生忙着在给碧菡打针，止血，检查，护士用屏风把碧菡遮住了。半晌，医生才从屏风后面转了出来，他满脸的沉重，望着高皓天和依云。

"初步诊断，是胃出血，她一定很久以来就害了胃溃疡，现在，是由慢性转为急性，所以会吐血，而且在内出血，我们正在给她输血，如果血止不住，就要马上送手术室开刀，我看，在目前的情况下，如果不把胃上的伤口切除，她会一直失血而死去。你们谁是她的家属？"

高皓天和依云面面相觑。终于，依云推了推碧荷。

"她是。"

"她的父母呢？谁负她的责任？谁在手术单上签字？谁负责手术费、血浆和保证金？"

"大夫，"高皓天跨前了一步，挺了挺胸，"请你马上救人，要输血就输血，要开刀就开刀，要住院就住院，我们负她的全部责任！"掉转头，他对依云说："你留在这儿办她的手续，我回家去拿钱！"

依云点点头，高皓天转过身子，迅速地冲出了医院。

当高皓天折回到医院里来的时候，碧菡已经被送入了手术室，依云正在手术室外的长椅上等待着。碧荷经过这么长久一段时间的哭泣和紧张，现在已支持不住，躺在那长椅上睡着了，身上盖着依云的风衣。高皓天缴了保证金，办好了碧菡的住院手续，他走过来，坐在依云的身边。

"依云！"他低低地叫。

依云抬眼望着他。

"你真会惹麻烦啊！"他说，"幸亏你只教了一个月的书，否则，我们大概从早到晚都忙不完了。"他用手指绕着依云鬓边的一绺短发，他的眼光温存而细腻地盯着她："可是，依云，你是这样一个好心的小天使，我真说不出我有多么多么的爱你！"

依云微笑了，她把头倚靠在高皓天的肩上，伸手紧紧握住了高皓天的手。

"知道吗？皓天？"她在他耳边轻声地说，"我永远不会忘记你今晚的表现，永远不会！我在想……"她慢慢地说，"我嫁了一个世界上最好的丈夫！"

高皓天的手臂搂住了她的肩。

"我告诉你，依云，"他说，"你放心，那孩子会好的，会活过来的。"

"你怎么知道？"依云问。

"因为，她有这样的运气，碰到你当她的老师，又有这样的运气，及时找到你，还有……"

"还有这样的运气……"依云接口说，"我又有这样一个热心而善良的丈夫！"

"好吧，"高皓天说，"这也算一条，又有这样的运气，我们并不贫穷，缴得出她的保证金，还有一项运气，碰巧第一流的医生都在医院里……一个有这么多运气的女孩子，是不应该会轻轻易易地死去的！"

依云偎紧了他。

"但愿如你所说！"她说，"可是，手术怎么动了这样久呢？"

"别急，"高皓天拍拍她，"你最好睡一下，你已经累得眼眶都发黑了。"

依云摇摇头。

"我怎么睡得着？"她看看那在睡梦中不安地呓语着的小碧荷，伸手把她身上的衣服盖好，她低叹了一声，"皓天，原来世界上有如此可怜的人，我们实在太幸福了。以后，我们要格外珍惜自己的幸福才对。"

他不语，只是更紧地揽住了她。

时间缓慢地流过去，一分一秒地流过去，手术室的门一直阖着。高皓天和依云依偎着坐在那儿，共同等待一个有关生死的大问题。他们手握着手，肩靠着肩，彼此听得到对方的心跳，都觉得这漫长的一夜，使他们更加地接近，更加地相爱。天慢慢地亮了，黎明染白了窗子。依云几乎要蒙眬入睡了，可是，终于，手术室的门开了，医生们走了出来。依云和高皓天同时跳了起来。

"怎样？大夫？"高皓天问。

"切除了三分之一的胃。"医生微笑地说,"一切都很顺利,我想,她会活下去了。"

依云举首向天,脸上绽放着喜悦的光彩,半晌,她回过头来,看着高皓天,眼睛清亮得像黑夜的星光。

"生命真美丽,不是吗?"她笑着问。

高皓天目不转睛地盯着她。

"你真美丽,依云。"他说。

他们依偎着走到窗前,窗外,远远的天边,第一缕阳光正从地平线上射了出来。朝霞层层叠叠地堆积着,散射着各种各样鲜明的色彩,一轮红日,在朝霞的烘托簇拥之中,冉冉上升。

"我们从没有并肩看过日出,不是吗?"依云问。

"原来日出这么美丽!"

高皓天没有说话,只是带着一份那样强烈的激动和喜悦,望着那轮旭日所放射的万道光华。

天完全亮了。

时间不知道过去了多久,似乎又有几千几万年了,俞碧菡在那痛楚的重压下昏昏沉沉地躺着。依稀仿佛,曾觉得自己周围围满了人:医生、护士,开刀房里的灯光;也依稀仿佛,曾听到碧荷低低地抽噎,反反复复地叫姐姐;还依稀仿佛,曾有个温柔的、女性的手指在抚摸着自己的头发和面颊;更依稀仿佛,曾有过一双有力的、男性的手臂抱着自己的身子,走过一段长长的路程……终于,这所有如真如幻的叠影都模糊了,消失了,她陷入一种深深的、倦怠的、一无所知的沉睡里了。

醒来的时候，她首先看到的，是吊在那儿的血浆瓶子，那血液正一点一滴地经过了橡皮管，注射进自己的身体里去。她微微转头，病床的另一边，是大瓶的生理食盐水，自己的两只手都被固定着，无法动弹。她也不想动弹，只努力地想集中自己的思想，去回忆发生过的事情。软软的枕头，洁净的被单，刺鼻的药水和酒精味，明亮的窗子，隔床的病人……

一切都显示出一个明显的事实，她正躺在医院里。医院里！那么，她已经逃过了死亡？她转动着眼珠，深深地叹息。

这叹息声惊动了伏在床边假寐的碧荷，她直跳起来，俯过身子去喊："姐姐！"

碧菡转头看着妹妹，她终于能笑了，她对着碧荷软弱地微笑，轻声叫："碧荷！"

"姐姐！"碧荷的眼睛发亮，惊喜、欣慰而激动。她抓住了姐姐的手指，"你疼吗？姐姐？"

"还好，"她说，望了望四周，看不到父亲，也看不到母亲，"怎么回事？我怎么在医院里？"

"是萧姐姐送你来的！"

"萧姐姐？"她愣了愣。

"就是你要我打电话找的那个萧老师，她要我叫她萧姐姐！"碧荷解释着。

萧老师？是了！她记起了，最后能清楚地记起的一件事，就是叫碧荷打电话去找萧依云，那么，自己仍然做对了，那么，萧依云真的帮助了她？

"哦，姐姐，"碧荷迫不及待地述说着，"萧姐姐和高哥哥真是一对好人，天下最好的人……"

"高哥哥？"她糊涂地念着，那又是谁？

"高哥哥就是萧姐姐的丈夫。"碧荷再度解释，"他们把你送到医院里来，你开了刀，医生说你的胃要切掉一部分，你整夜都在动手术，萧姐姐和高哥哥一直等着，等到你手术完了，医生说没有什么关系了，他们才回去休息。萧姐姐说，她晚上还要来看你。"

"哦！"俞碧菡的眼珠转动着，脑子里拥塞着几千几万种思想。她衰弱地问："一定……一定用了很多钱吧？爸爸……怎么有这笔钱？"

"姐姐，"碧荷的眼睛垂了下来，她轻声说，"所有的钱都是高哥哥和萧姐姐拿出来的，他们好像跑来跑去忙了一夜，我后来睡着了，醒来的时候，你已经动完手术，住进病房了，萧姐姐要我留在这里陪你，她才回去的。"

"哦！"碧菡应了一声，转开头去，她眼里已充满了泪水。

"怎么？姐姐，你哭了？"碧荷惊慌地说，"你疼吗？要不要叫护士来？"

"不要，我很好，我不疼。"碧菡哽咽地说，眼泪滑落到枕头上。她想着萧依云，一个仅仅教了她一个月书的老师！一个比她大不了几岁的"大姐姐"！眼泪不受控制地涌了出来，奔流在面颊上。别人如果对你有小恩惠，你可以言报，大恩大德，如何言报？何况，这份"照顾"和"感情"，更非普通的恩惠可比！

一位护士小姐走了过来，手里拿着温度计。

"哎哟，别哭啊！"护士笑嘻嘻地说，"没有多严重，许多比你严重得多的病人，也都健健康康地出院了。"她用纱布拭去她的眼泪，把温度计塞进她嘴里："瞧！刚开过刀，是不能哭的，当心把伤口弄裂了！好好地躺着，好好地休息，你姐姐和姐夫就会来看你的！"

姐姐和姐夫？护士指的应该是萧依云和她的丈夫了！姐姐和姐夫？她心里酸楚而又甜蜜地回味着这几个字，姐姐和姐夫！自己何世修来的姐姐和姐夫？但是……但是，如果那真是自己的姐姐和姐夫啊！

护士走了。她望着窗子，开始默默地出着神，只一会儿，疲倦就又征服了她，她再也没有精力来思想，合上眼睛，她又昏昏入睡了。

再醒来的时候，病房里的灯都已经亮了，她刚转动了一下头，就听到一个温柔的声音，低低地喊："感觉怎么样？俞碧菡？"

她转过头，睁大着眼睛，望着那含笑坐在床边的萧依云。

一时间，她心头堵塞着千言万语，却一个字都吐不出来，泪水已迅速地把视线完全弄模糊了。

"哦，"依云很快地说，"怎么了？怎么了？刚开过刀，总是有点疼的，是不是？过几天，包你就什么事都没有了……"

"不，不是疼，"她在枕上摇着头，"是……是因为……因为你，萧老师，我不知道……不知道……"

萧依云握住了她的手。

"快别这样了，"她说，"情绪激动对你是很不好的，医生说，你的病就是因为情绪不稳定才会得的。现在，什么都好了，你多年的病，总算把病根除了，以后只要好好调养，你会强壮得像头小牛！"她忽然失笑了："这形容词不好，像你这样娇怯的女孩子，永远不会成为小牛，顶多，只能像只小羊而已。"

俞碧菡噙着满眼眶的泪，在萧依云的笑语温存下，真觉得不知道该怎么样才好。道谢？怎么谢得了？不谢？又怎么成？她只是泪汪汪地看着她。依云凝视了她一会儿，点点头，她似乎完全了解了碧菡心中所想的，收住了笑容，她很诚恳地说："记不记得你们全班送我的那朵勿忘我？"

碧菡勉强地微笑起来。

"是我设计的。"她轻声说。

"是吗？"依云惊奇地说，"那么，那反面的字也是你写的了？"

碧菡点点头。

"瞧！"依云说，"我既然是个大姐姐，怎能不管小妹妹的事呢？"她拍抚着她放在被外的手："假若你真觉得不安心，你就认我做姐姐吧！"

碧菡泪眼模糊。

"我能……叫你姐姐吗？"她怯怯地说。

"为什么不能？"依云扬起了眉，"你本来就是个妹妹，不是吗？"

“我……从没有过姐姐。”

“现在你有了！”依云说。

“嗯哼！”忽然间，有人在她们头顶上哼了一声，依云一惊，抬起头来，原来是高皓天！他正俯身望着她们，满脸笑嘻嘻的。依云惊奇地说：“你什么时候来的？”

“刚刚才来。我下班回到家里，妈说你出去了，我就猜到你一定在这儿！”他笑望着俞碧菡，“你认了姐姐没关系，可别忘了叫我一声姐夫！”

第五章

　　俞碧菡迎视着这张年轻的、男性的、充满了活力的脸庞，多么似曾相识！那对炯炯然的眼睛，是在梦中见过？为什么这样熟悉？是了！她心中一亮，曾有个男人把自己抱进医院，曾有一张男性的脸孔浮漾在水里雾里……那，那男人，就是这个姐夫了？

　　"碧菡！"依云唤回了她的神志，"你该见一见他，他叫高皓天！"

　　"什么介绍？"高皓天笑着说，"并不仅仅是高皓天，高皓天只是一个名字，"他注视着俞碧菡，"事实上，我是你刚认的姐姐的丈夫！"

　　"好了，好了，"依云笑着推他，"碧菡知道你是我丈夫，别大呼小叫的，这是医院呢！"

　　俞碧菡注视着他们，天哪！他们多亲爱、多幸福、多甜蜜！望着依云，一个像依云这样好心、善良、多情的女人，是该有个甜蜜而幸福的婚姻，不是吗？她笑了，开刀以后，这是她第一次这么开心地笑了。她的笑容使高皓天高兴，注视着她，他半开玩笑、半认真地说："这样才对，你要常常保持笑容，笑，会使你健康而美丽！"

依云再推他。

"瞧你说话那样子，老气横秋的！"

"怎么？"高皓天瞪瞪眼睛，扬扬眉毛，对依云说，"难道我说错了？你看，你越来越漂亮，就是因为我常常逗你笑！"

"哎呀！"依云叫，"你怎么不分时间场合，永远这样油嘴滑舌呢！"

"我说的是事实，毫无油嘴滑舌的成分。"他注视着碧菡，问："对不对？你这个姐夫并不很油嘴滑舌吧？"

碧菡注视着他们，只是忍不住地微笑。于是，高皓天四面望了望："你那个小妹妹呢？碧荷呢？"

"我叫她回去了。"依云说，"也真难为了她，那么小，累了这么一天一夜，我叫她回去休息，同时，也把碧菡的情形，告诉她父母一下。"

听到"父母"两个字，碧菡的眼睛暗淡了，微笑从她的唇边隐去，她悄悄地转开了头，不敢面对依云和高皓天。依云也沉默了，真的，那对"父母"，到底对这个女儿将如何处置？碧菡这条命是救过来了，但是，以后的问题怎么办？依云来到医院以后，已经和医生详细谈过，据医生说，碧菡的危险期虽然已度过了，但是，以后却必须长期调养，在饮食及生活方面都要注意，不能生气，不能劳累，要少吃多餐，要注意营养……她想起碧菡那间霉湿的、阴暗的小屋，想起她继母那凶神恶煞般的脸孔，想起那一群弟弟妹妹……天，这孩子如果重新回到那家庭里，不过是再一次被扼杀而已。望着碧菡，她禁不住陷进深深的沉思里去了。

"喂喂！"高皓天打破了寂静，"怎么了？空气怎么突然沉闷了起来？你们瞧，我不油嘴滑舌，你们就一点劲儿都没有了。"

依云回过神来，她仰头对高皓天笑了笑。注意到碧菡的盐水针瓶子快完了。

"你最好去通知护士，"她对高皓天说，"盐水瓶子要换了。"

高皓天走出了病房。依云俯过身子去，她一把握住碧菡的手。

"听着，碧菡，"她说，"你父母似乎并不关心你的死活。"

碧菡闭上了眼睛，泪水顺着眼角滚下来。

"碧菡！"依云咬了咬牙，"流泪不能解决问题，不是吗？不要哭了！如果你听我话，我要代你好好安排一下，你愿不愿意我来安排你的生活？"

碧菡睁开眼睛，崇拜地、热烈地望着依云。

"从今起，"她认真地说，"我这条命是你的，你怎么说，我怎么做！真的……姐姐。"她终于叫出了"姐姐"两个字。

依云心里一阵激荡，她抚摸着碧菡的头发。

"不要说得那么严重，"她温和地说，"让我代你去安排，我会做个好姐姐，信吗？但是，你要和我合作，第一步，从今起不许哀伤，你要快快活活地振作起来，行吗？做得到吗？"

碧菡不住地点头。

护士和高皓天来了。高皓天悄悄地扯了依云一下，在她耳边说："碧菡的父亲来了，在病房外面，他说要和你谈一谈。你最好去和他谈个清楚，我们救人，可以救一次，不能再救第二次，对不对？"

依云站起身来，对高皓天低声说："你在这儿逗逗碧菡，你会说笑话，说一点让她开开心。"

"你——"高皓天摇头，"真会惹麻烦！"

"麻烦已经惹了，就不只是我的，也是你的了！"依云嫣然一笑，走出去了。在病房外面，依云看到了那个"父亲"，今天，他没有喝醉酒，衣服穿得也还算干净，站在那儿，他显得局促而不安，看到依云，他就更不安了。他不住用两只大手，在裤管上擦着，一面嗫嗫嚅嚅地说："萧……萧老师，昨晚，很……很对不起你。"

"哦！"依云有点意外，这父亲并不像想象中那样暴戾啊。

"萧……萧老师，"那父亲继续说，"我有些话，一定要告诉你。"他顿了顿，低头望着地板："你知道，碧菡并不是我的亲生女儿，她妈嫁给我的时候，她才四岁，她八岁时，她妈又死了。我再娶了我现在这个老婆，我老婆觉得帮我带前面两个孩子还没话说，带碧菡就不情愿了，她一直对碧菡不好，我也知道……可是，可是，我家穷，我只是个工人，每天要出去做工，家里一大家子人，我实在顾不了那么多。碧菡从小身子就不好，家里苦，她又是个没娘的孩子，当然受了不少苦，并不是……并不是我不照顾她，实在是……实在是……"

"我明白了，"依云打断了他，"我也没有权利来管你的家务事，我只希望了解一下，你以后预备把碧菡怎么办？医生说过了，她再过以前那种生活的话，病还是会复发的，那时候，可就真无法救她了。"

那父亲抬眼看了看依云。

"萧老师，"他颇为困难地说，"我看……我看……你好心，你救人就救到底吧！"

"怎么说？"依云蹙起了眉头。

"是这样……是这样……"他更加困难了，"碧菡慢慢大了，我老婆是不大懂事的，我护着碧菡，她就说闲话，我不护着她，她总有一天，会……会被折磨死的！"

"哦！"依云惊愕地睁大眼睛，天下还有这种事？看样子，碧菡所受的苦，比她所了解的一定还要多。

"这些年来，"那父亲又说，"我老婆一直想把碧菡送到……送到……"他拼命在裤子上擦手，不知该如何措辞，"送到……你知道，就是那种不好的地方去。我想，我虽然没念过什么书，还不至于要女儿去卖笑，碧菡，她也算念了点书，认了点字，不是无知无识的女孩子。你，萧老师，你不如带她走吧！"

"你的意思是……"依云愣在那儿。

"我是说，为碧菡想，她最好不要再回我家了！"那父亲终于坦率地说了出来。

依云睁大眼睛，心里在迅速地转着念头，终于，她毅然地一甩头，下决心地说："好！俞先生，你的意思是，以后你们俞家和碧菡算是断绝了关系！"

"并不是断绝关系，"那父亲为难地说，"是……是请你帮忙，救她救到底！"

"我可以救她救到底，"依云坚决地说，"但是，你既然把她交给我，以后你们俞家就不许过问她的事！你必须写个字据给我，说明你们俞家和碧菡没有关联，否则，你老婆说不定会告我一状，说我诱拐了你家的女儿呢！怎样？"她挑起眉毛："你要不要我救她？你写不写字据？"

那父亲长叹了一声。

"好吧！反正碧菡原来也不是我俞家的人！萧老师，我把她交给你了，孩子的命是你救的，希望她从此也转转运。至于字据，你怎么写，我就怎么签字，这样总行了吧？"他转过身子，"请你告诉碧菡，并不是我不疼她，实在是……孩子太多了！"

"喂喂，俞先生！"依云叫，"你不进去看看碧菡吗？她已经醒了。"

"我——"那父亲苦笑了一下，"有什么脸见她？我连医药费都付不出来！我对不起她妈！萧老师，她妈也是念过书的，命苦才嫁给我！她妈曾经嘱咐我，要好好待碧菡……可是，我差点儿连她的命都给送掉了！"

掉转身子，他昂了昂头，大踏步地走了。这儿，依云呆呆地看着他的背影，愣了好一会儿。在这一刹那间，她才明白，这个父亲也有人性，也有热情，只是现实压垮了他，他那粗犷的肩上，压了太多的无可奈何！一时间，她不仅同情碧菡，也强烈地同情起这个父亲来。

好了，从此，碧菡是她的了，她将如何处置这个女孩呢？

这晚，在回家的路上，她坐在车子里，斜睨着高皓天的脸色，心里在转着念头。半晌，她俯过头去，吻了吻高皓天的鬓角，一会儿，她又俯过去，吻了吻他的耳垂，当她第三次去吻他时，高皓天开了口："好了，依云，你心里在想些什么，就说出来吧！每次你主动和我亲热，就是你有所要求了！"

依云嘟起了嘴。

"别把人家说得那么现实。"她说。

"那么，"高皓天笑嘻嘻地说，"你并没有什么事要和我商量，是吗？"

"哎呀，"依云叫，"你明知道我有！"

"好了，说吧！你这个'不'现实的小东西！到底是什么事？"高皓天笑着问。

"关于……关于……"依云吞吞吐吐地说，"关于这个俞碧菡。"

"怎样呢？你放心，我知道她家里没钱，我一定负责所有的医药费，一直到她出院为止，好了吧？"

依云悄悄地看了他一眼。

"并不止……不止医药费。"

"怎么？"高皓天皱皱眉，"还要什么？"

"你看，人家……人家已经叫你姐夫了！"

"叫我姐夫又怎么样？"高皓天不解地问。

"我们家……我们家房子大，"依云慢条斯理的，"有的是空房间，人口又少，我……我和妈也都需要伴儿，我想……我想我们不在乎多加一个人住。"

高皓天把车子刹在路边上，他瞪大了眼睛望着依云。

"天！"他叫，"你一定不是认真的！"

"很抱歉，"依云甜甜地笑着，"我完全是认真的。"

高皓天直翻眼睛。

"你知道你在做什么事吗？"他问。

"我知道，"她巧笑嫣然，"我收了一个妹妹。"

"你认为，"高皓天一字一字地说，"我父母会同意这件事？"

"那是你的事，你要去说服他们！"

高皓天瞪着依云，依云只是冲着他笑，他瞪了半天，依云却越笑越甜。终于，他重重地甩了一下头。

"你疯了！"他说，重新发动了马达，"我不懂我为什么要陪着你发疯。"

"因为你爱我。"依云仍然笑着，把头依偎在高皓天的肩上。她知道，他将会尽全力去说服父母，她知道，他一定会去安排一切！她知道，她终于有了一个小妹妹！

俞碧菡出院的时候，已经是十月初了，秋风虽起，阳光却依然绚丽。台湾的十月，是气候最好的时期，正标准地符合了"已凉天气未寒时"那句话。这天，萧依云和高皓天来接碧菡出院。碧菡已一早就收拾好了自己的东西，所谓自己的东西，只是简单的几件衣裳，都已洗得泛了白，破了洞，还是碧荷陆陆续续给她偷偷带到医院里来的。折叠这些衣裳的时候，她心中不能不充满了酸涩与感慨。虽然，开刀后的一星期，依云就告诉了她，关于她和父亲的那篇谈话。怕她难过，依云一再笑着说："这一下好了，碧菡。我有哥哥有姐姐，就是缺个妹妹，以后有你给我做伴，我就再也不会寂寞了。我公公和婆婆都是好人，他们知道你要来住，都开心得很呢！你住到我家去，千万心里不要别扭，我家……我家所有的人，都会喜欢你的！"

碧菡当然十分担忧高家的人会不喜欢她。而且，她知道这到底只是权宜之计，谁家愿意无缘无故地收养一个病孩子？这完全是因为依云太热情，太好心，又太同情自己的身世，而高家两老，不忍过分拂逆儿媳的一片善心而已。但是，自己这样走入高家以后，又将怎么办？未来的一切，前途茫茫，难以预料。她唯一清楚所能感觉的事实，只有一件：俞碧菡，俞碧菡，她在心中叫着自己的名字：你是个无家可归的孤儿！

父亲！那也"照顾"了她十四年的父亲，当她身体已恢复得差不多的时候，来看过她一次。坐在床边的椅子里，父亲显得又苍老又憔悴，两只手不住地在膝上不安地擦弄着，他口齿笨拙地说："碧菡，这次……这次你生病，我觉得……觉得非常难过，我对不起你妈妈，没有把你照顾好。

可是……你知道，你知道你弟弟妹妹那么多，我也……没什么好办法。这次，你的命是高家的人救的，难得这世界上还有像高家夫妇那么好的人，你就安心地跟他们去吧！他们最起码不会亏待你！碧菡，并不是……并不是我不要你……"父亲的头垂下去了，碧菡只看得到他那满头乱糟糟的、花白的头发，父亲！他才只有四十几岁呢！他嗫嚅着，困难地说下去，"我是……我是为了你好，你跟着我，不会有好日子过的。你妈又要生产了，脾气坏得厉害……她要你在家洗衣抱弟弟倒没关系，只怕她……只怕她要你去做阿兰那种工作，你慢慢大了，长得又漂亮，我无法留你了。你好歹……为你自己以后打算打算吧！你能嫁个好人家，我也算对你亲生的妈有了个交代！不枉她帮我生儿育女，跟了我几年！"

父亲的措辞虽不很委婉，却表达得十分明白，那个"家"是再也不能回去了。自己大了，竟成了继母的眼中钉！

父亲，她注视着他，只感到眼泪一直在眼眶里打转。父亲，他毕竟养育了她那么多年啊！

"爸爸！"她含泪叫，"我明白的，我都明白的！我……我……我从没有怪过你们！"

父亲很快地看了她一眼，那眼光里竟充满了感动与怜惜！

这一个眼光，已足以弥补她心里的创痛了。

"碧菡，"父亲点了点头，叹口气说，"你是个好心的女孩！老天应该要好好照顾你的！"

碧菡心里一阵紧缩，就这样吗？就这样结束了十四年的父女关系吗？就这样把她送出了那个"家"，再也不要了吗？

她心中有无限的酸楚和苦涩，但是，最后，她只说了一句话："爸，请你……请你多多照顾碧荷！"

"你放心！"那父亲站起身子，粗声地说，"那孩子到底是我的骨肉，对吗？我会注意她的！"

就这样，父亲走了，再也没有来看过她。她知道父亲的工作沉重，母亲又尖酸刻薄，他是不会再来看她了。离开那个"家"，对碧菡来说，应该是摆脱了一份苦刑，挣出了一片苦海，可是，不知怎的，她依然感到满心酸楚和依依不舍。

她最不放心的是碧荷，大弟虽然也不是这个母亲生的，却是家里的长子，父亲重男轻女的观念很重，母亲是不敢碰大弟的。碧荷是女孩子，将来还不知道要吃多少苦呢！可是，唉！

她深深叹息，她已经自顾不暇，还怎样照顾这个妹妹呢！

在医院里的一个多月，来看她最多的是依云，她几乎天天都来，在如此频繁的接触下，她和依云已不由自主地建立了一份最深切的友情。她对依云的感情是很特殊的，有对老师的尊敬，有对姐姐的依恋，有感恩、有崇拜、有欣赏、有激动，还有一种内心深处的知遇之感。这一切复杂的感情，在她心中汇合成一股强烈的热爱，这热爱使她可以为依云粉身碎骨，或做一切的事情。依云呢？她也越来越喜欢碧菡，越来越怜爱她。她认为碧菡与生俱来就有一种"最女性的温柔"和"天生的楚楚动人"。她真心地喜爱她，宠她，真心地以"大姐姐"自居。她叫碧菡为"小鸟儿""小白兔""小不点儿"。有时，当碧菡伤心或痛楚时，她也会搂着她，叫她

"小可怜儿"。

就这样，一个多月过去了，终于到了碧菡出院的日子。这天是星期天，上午十点多钟，依云就和高皓天来到医院里，结清了一切费用，他们走入病房，看到碧菡已装束整齐，依云就笑了，说："小鸟儿被医院关得发慌了，等不及地想飞了。"

碧菡怯怯地笑了笑，她可没有依云那样轻松，即将要走入的新环境使她紧张，即将面对高继善夫妇使她恐慌，她看起来弱不禁风，而又娇怯满面。

"怎么了？"依云笑着问，"你在担心什么？干吗这样满脸愁苦啊！难道你住医院还没住怕？还想多住一段时间吗？还是不高兴去我家啊？"

"别说笑话，姐姐，"碧菡轻声说，"我只是怕……怕高伯伯和高伯母不喜欢我！"

"我告诉你，碧菡，"高皓天走上来说，这些日子，他和碧菡也混得熟不拘礼了，"我爸爸妈妈又不是老虎，又不是狮子，也不是老鹰，所以，不管你是小鸟儿也好，小白兔也好，都用不着怕他们的！我向你打包票，他们绝不会吃掉你！"

听到这样的言语，看到高皓天那满脸的笑容，碧菡只得展颜一笑。反正，是老虎狮子也罢，不是老虎狮子也罢，她总要去面对即将来临的现实！她笑笑说："好了，我们走吧！"

依云拎起了她那可怜兮兮的小包袱，她抬了抬眉毛，轻描淡写地说了句："姑且带回去吧！过两天我陪你去百货公司，好好地买它几件漂漂亮亮的衣服！"

"已经够麻烦你们了，"碧菡叹口气说，"别再为我买东西，增加我的不安吧！"

"谁许你不安的？"依云说，"我们早就说好不分彼此的，不是吗？下次你再说这么客气而见外的话，我就决不饶你！"

碧菡看看依云，后者脸上有股颇为认真的表情，这使她心灵一阵激荡，在感动之余，竟无言可答了。

走出了医院，迎面是一阵和煦的风，天蓝得发亮，云白得耀眼，阳光灿烂地遍洒在大地上。碧菡迎风而立，忍不住深深地吸了口气，在那一刹那间，她觉得自己像闯过了鬼门关，重新获得了生命的一个崭新的人！她的眼睛发光，苍白的面颊上染上了一片红润，挺了挺瘦小的肩，她再吸了一口气，说："多好的太阳！多好的风！多好的天气！多好的人生……"她把那焕发着光彩的面孔转向高皓天和依云，大声地说："多好的你们！"

高皓天注视着这张脸，那挺秀的眉，那燃烧着光彩的眼睛，那瘦瘦的鼻梁，那柔弱的嘴唇，那尖尖的小下巴……天，这女孩清丽得像一首诗，飘逸得像一片云，柔弱得像一株细嫩的小花。他再把目光转向依云，依云站在那儿，活泼、健康、愉快、潇洒，再加上那份神采飞扬的韵味，朝气蓬勃的活力。这两个女性，竟成为一个强烈的对比。他奇怪上帝造人，怎能在一种模型里，造出迥然不同的两种"美"？

上了车，依云和碧菡都挤在驾驶座旁边的位子里，依云一直紧握着碧菡的手，似乎想把自己生命里的勇气、活力与欢愉都借着这相握的手，传到碧菡那脆弱的身体与心灵里去。

碧菡感应到了她这份好意，她不敢流露出自己的不安，只是怀着满腔怔忡的情绪，注视着车窗外的景物。车子驶向了仁爱路，转进一条巷子，这儿到处都是新建的高楼大厦，一幢幢的公寓，鳞次栉比地耸立着，所谓高级住宅区，大约就是这种地方吧？她心中朦胧地想着，不敢去回想自己那个"家"。

车子开进了一栋大厦的大门，停在车位上。依云高兴地拍了拍碧菡的手，大声地、兴奋地嚷："碧菡！欢迎你来到你的新家！"

碧菡下了车，带着勉强的微笑，她打量着那庭院里的喷水池，和沿着围墙的那一整排冬青树，以及停车场里那一辆辆豪华的小轿车……她已经有种奇异的感觉，觉得自己走入了一个神妙的幻境里。

"依云，"高皓天说，"你带碧菡先上去，我拿了东西就来！"

"好！"依云应着，牵着碧菡的手就往里面跑。碧菡被动地跟着她走入大门，进入电梯，依云按了八楼的电钮，笑着说："别忘了，我们家的门牌是八Ａ。"

"八楼上面吗？"碧菡惊叹着，"如果电梯坏了，怎么办呢？"

"这大厦的电梯都要定时保养，不会允许它坏的，这儿最高的是十一楼，否则，住在十一楼的人不是要更惨了！"

电梯停了，依云拉着碧菡走出来，到了八Ａ的门口，依云掏出钥匙开门，一面说："你要记得提醒我，帮你再配一把钥匙。"碧菡根本没注意依云在说什么，她只是望着那镂花的大门发愣。门开了，依云又拉着碧菡走了进去，通过了玄关，碧菡置身在那豪华的客厅里了，脚踩在软软的地毯上，眼睛望着那红丝绒的沙发和玻璃茶几上的一瓶剑兰，她无法说话，无法思想，那种梦幻般的感觉更深更重了。

"妈！爸爸！"依云扬着声音喊："你们快出来，我把碧菡带回来了。"

高继善和高太太几乎是立刻就出来了。碧菡局促不安地站在那儿，望着高继善夫妇。高继善瘦瘦高高的个子，戴了一副眼镜，一脸的精明与能干相。高太太是个胖胖的女人，头发整齐地梳在脑后，穿了一件深蓝色的旗袍，看起来又整洁又清爽。碧菡也不暇细看，就深深地鞠下躬去，嘴里喃喃地叫着："高伯伯，高伯母。"

"哟，别客气了。"高太太温和地说，她早已听依云讲过几百次碧菡的身世。为了博取高太太的同情起见，依云的述说又比真实的情况更添油加醋了不少。因而，高太太一见到这外形瘦弱娇小的女孩，就立即勾引起一份强烈的、母性的本能来。她赶过来，一把拉住碧菡的手，又用另一只手托起碧菡的下巴，她亲切地说："快让我看看你，碧菡。你的故事我早就知道了，天下居然有像你这样命苦的孩子！来，让我瞧瞧！"

碧菡被动地抬起头来，于是，她那张白皙的、娇柔的、怯生生的、可怜兮兮的面庞就呈现在高太太的面前了。由于伤感，由于惊惶，由于高太太那几句毫无保留的话所引起的悲切，碧菡的大眼睛中蓄满了泪水。那份少女的娇怯，那份盈盈欲涕的凄苦，使高太太又惊奇又怜爱，看到泪珠在那长睫毛上轻颤，高太太就一把把碧菡拥进了怀里，把她的头紧压在自己的肩上，她慌忙地说："哦哦，别哭别哭，从此，没有人会欺侮你了，从此，你有了一个新的家。碧菡，好孩子，别哭哦，以后，我们家就是你的家了！"

这一说，碧菡就干脆抽抽噎噎地哭了起来。她曾想过几百次拜见高家夫妇的情况，却绝未料到高太太是这样热情的。

这个自幼失母的孩子，像是一只孤独的、飞倦了的小鸟，忽然落入了一个温暖的巢，竟不知道该如何适应了。高太太把碧菡推开了一些，拉到沙发旁边，她让碧菡坐在自己身边，然后，掏出一条小手帕，她细心地拭去她的泪痕，仔细地审视着这张脸，她不住口地说："真是的，这小模样儿，怪可怜的，长得这么好，真是人见人爱，怎么有继母下得了狠心来打骂呢！如果是我的孩子啊，不被我给疼死才怪呢！"

依云眼珠一转，已计上心来，把握住机会，她赶快说："碧菡，难得我妈这么疼你，你从小没爹没娘，我爸妈又从来没个女儿，我看，你干脆拜我妈做干妈，拜我爸爸做干爹吧！"

一句话提醒了碧菡，她离开沙发，双腿一软，顿时就跪在地毯上了，她的双手攀在高太太膝上，仰着那被泪水洗亮了的脸庞，她打心中叫了出来："干妈！"

"哎呀，"高太太又惊又喜又失措，"我这是哪一辈子修来的呢？这么如花似玉的一个大姑娘，这么好，这么漂亮！"回过头去，她一迭连声地叫依云："依云，依云，你去把我梳妆台中间抽屉里那个玉镯子拿来，收干女儿可不能没有见面礼儿！"

依云大喜过望，没料到碧菡还真有人缘，一进高家就博得了两老的喜爱，看样子，自己进入高家还没引起这么大的激动呢！她急忙跳着蹦着，跑去取镯子了。这儿，碧菡又转过身子，盈盈然地拜倒在高继善面前，委委婉婉地叫了一声："干爹！"

高继善笑开了，他是个不善于表达感情的人，伸手扶起碧菡，他只转头对太太吩咐着："叫阿莲今晚开瓶酒，炖只鸡，弄点儿好菜，我们得庆祝庆祝！"

依云取了镯子过来了，同时，高皓天也拎着碧菡的包袱走了进来，正好看到碧菡跪在那儿，母亲又是笑又是抹眼泪的，不知道在干什么。高皓天怔了怔，大声问："这里在搞些什么花样呀！"

"我告诉你，皓天，"依云兴高采烈地喊着，"爸爸和妈认了碧菡做干女儿，从此，碧菡住在咱们家，可就是名正言顺的了。"

高皓天十分惊奇地望着这一切。高太太笑嘻嘻地把镯子套在碧菡的手腕上，碧菡嗫嗫嚅嚅地说："干妈，这礼太重了，我怎么受得起？"

"胡说八道！"高太太笑斥着，"怎么受不起？这镯子是一对儿，一只给了依云，一只就给你吧！"她望着那镯子，和碧菡那瘦小的手腕，镯子显得太大了。她深深地叹了口气，抚摸着她："真怪可怜的，怎么瘦成这样呢？从明天起，要叫阿莲多买点猪肝啦，土鸡啦，炖点儿好汤给你补补，女孩子，要长得丰润一点儿才好！"

"喂！"高皓天笑嘻嘻地嚷，"妈！你这样搂着碧菡，是不是不要你的湿儿子了！"

"湿儿子？"高太太不解地抬起头来。

"她是干女儿，我当然是湿儿子了。"高皓天边笑边说。

"什么话！"高太太笑得腰都弯了，"就是你，怪话特别多！"

高皓天用手抓抓头，注视着碧菡，他注意到碧菡虽然面带微笑，眼睛里却依然泪光莹然。那小脸上的哀戚之色，似乎是很难除去的。于是，他掉过头去，忽然大呼大叫地叫起阿莲来。

"你叫阿莲干吗？"高太太问。

"我要她拿瓶醋来！"他一本正经地说。

"拿醋干吗？"高太太更糊涂了。

"我要吃。"高皓天板着脸说，"你从来就没有这样疼过我，我不吃醋能行吗？"

"哎哟，"高太太又笑得喘气，"居然要吃醋呢，也不害臊！依云，你就叫阿莲拿瓶醋来，让他当着大家面前喝下去！"

依云一面笑着，一面真的叫阿莲拿醋。立刻，阿莲莫名其妙地拿了瓶醋来，还是一瓶大瓶的镇江白醋！高皓天瞪视着那醋瓶子，倒抽了一口冷气说："什么？真的要喝吗？"

"是你说要喝的，"高太太笑着嚷，兴致特别高，"你就别赖！乖乖地给我喝下去！"

"对了，"依云跟着起哄，"你说了话就得算数！你应该学我哥哥，大丈夫敢说就要敢做！"

高皓天四面望了望，忽然下定决心，回头一把抢过阿莲手里的醋瓶子，大声说："大丈夫说喝就喝！"

打开瓶盖，他对着嘴就往里灌，酸得眉毛眼睛都挤成了一团，满屋子的人都笑得前俯后仰，连碧菡和阿莲也都笑得合不拢嘴。碧菡笑了一下，看到高皓天真的在不停口地咽那瓶醋，咽得喉咙里咕嘟咕嘟响，而满屋的人，居然没有一个阻止的，不禁急起来了，她跳起身子，叫着说："好了！好了！姐夫，你别真喝呀，会把胃弄坏的！快停止吧！"

高皓天赶快拿开了醋瓶子，低下头来，咧开大嘴，一面笑一面说："全家都没良心，还是只有这个新收的干妹妹疼我！从此，不吃你的醋了！"

碧菡好奇地望着他，奇怪他喝了那么多醋，居然能面不改色。她的目光和高皓天的接触了，那么温和而鼓励人的一对眼睛，那么深刻而关怀的凝视，她心里一跳，立刻明白了，高皓天这一幕"喝醋"的戏，只是为了要逗她开心的，她觉得心里那样温暖而感动，实在不知该说些什么才好了！同时，她听到依云的一声大叫："不好，妈妈！咱们上了皓天的当！"

"怎么？"高太太问。

"你看，那醋瓶子还是满满的，"依云说，"他刚刚只是装模作样，咽的全是口水！"

"真的？"高太太望过去，可不是嘛，醋瓶子还跟没开过瓶一样呢！"你这个滑头！"高太太笑骂着，"怎么不真喝呢！"

"哎呀，妈妈！"高皓天凝视着碧菡，微笑着说，"我得了这样一个干妹妹，高兴还来不及，哪有真吃醋的道理呢？何况我刚刚答应了碧菡，不吃她的醋，男子汉大丈夫，说不吃就不能吃，知道吧？"

"他还有的说嘴呢！"依云笑嚷着，"他还是男子汉大丈夫呢！"

"我不是男子汉大丈夫，难道是女婆子小妻子吗？"高皓天瞪着眼说。

从没听过什么"女婆子小妻子"这类的怪话，大家就又笑得上气不接下气。在这一片笑声里，碧菡心中充满了喜悦及温情，惊奇着人间竟有如此美满的家庭，庆幸着自己终于挨过了那漫长的愁苦的岁月，而从地狱里跳进了天堂。

十一月，天气凉了，依云带着碧菡，到百货公司买了大批的新装，她热心地帮碧菡挑选、配色。从毛衣到长裤，从衬衫到外套，从睡衣到晨褛，只要想得到的，她都买全了。碧菡根本没有反对及提出意见的余地，只要她不安地一开口，依云就迅速地把她堵回去："怎么？不想要我这个姐姐了，是不是？"

碧菡不敢说话了，只得带着那满怀的感动与激情，一任依云去挑选、购买和付款。和依云处久了，她已经完全了解了依云的个性，依云天生是那种爽朗，热情，而又处处喜欢做主，爱逞强的人。碰到碧菡，是那么温顺，听话，而又柔弱。因此，她们相处得如此和谐，如此融洽，不认识的人，看她们这样亲切，还都以为她们是亲生姐妹呢！依云喜欢打扮碧菡，尤其，她发现碧菡换上一身新衣，稍事修饰之后，竟那样娇美动人！于是，她热心地打扮她，修饰她，教她化妆，带她去烫头发，给她穿最流行的服装……到十二月，碧菡已经变成了一个新人。

当依云在醉心于打扮碧菡的时间里，高太太就醉心于调理碧菡的身体，多年以来，这个母亲没有孩子可以照顾，现在有了碧菡，她就一心一意地当起母亲来了。今天炖鸡，明天熬汤，后天煮猪肝，她把她几十年不用的婆婆妈妈经都搬了出来，最后，连人参和当归都出现了。一会儿汤，一会儿水，她忙得不亦乐乎。碧菡无法拒绝这样的好意，她只是一味地顺从，然后，再无限感激地说一声："干妈！你真好！你真是好妈妈！"

高太太是个单纯的女人，虽然没有受过什么很高深的教育，却是大家出身，除了思想保守一点之外，倒也通情达理。

她很喜欢儿媳依云，可是依云个性强，意见多，思想复杂，口齿伶俐，她对高太太尊敬有余而亲热不足。高太太也始终无法和儿媳完全打成一片。碧菡却不同了，这孩子本来就柔顺，自幼失母，从来也没享受过什么父爱母爱，一旦走入高家，全家都那样照应她，她就恨不得把心都挖出来献给高家了。因而，她对高太太又亲热，又谦虚，又柔顺，又委婉，再加上她脾气好，对什么事都有耐心，她可以坐在那儿，听高太太说她年轻时候的故事，或述说皓天的童年，无论听多久，她都不会厌倦。因此，高太太对她是越来越怜惜，越来越宠爱了。

在这样的调理和照顾之下，碧菡的身体逐渐复原，而且一天比一天健康，一天比一天丰润。十八岁，正是一个少女最美好的时期。她面颊红润，眼睛明亮，整日笑意盎然。她喜欢穿件红色套头毛衣，绣花的牛仔裤，有时，依云会强迫她戴一顶小红帽，她身材修长，纤腰一握，文雅中再充满了青春气息，显得那样俏皮、优雅而迷人。难怪高皓天常常瞪视着她，对依云说："你们弄了一个小美人在家里，不出两年，我们家就会被追求者踩平了，你们等着瞧吧！"

背着人，依云会调侃高皓天："你如果怕那些追求者把碧菡抢去，我看，干脆你把她收作二房吧！现在，我也离不开她，妈也离不开她，这样做，就皆大欢喜了。"

"胡说八道！"高皓天搂过依云来，在她耳边亲亲热热地说，"我不想干缺德事，我也无心于碧菡，我只要我的母猴儿！"

"呸！"依云啐了一口，"谁是你的母猴儿？"

"你是。"高皓天正正经经地说，一面拉过依云的手来，把那双手紧握在他的大手掌中，他正视着依云的眼睛，诚诚恳恳地说，"依云，你知道自从碧菡来到我们家里，你和妈都有点儿变态地宠爱她，你们把她当一个洋娃娃，你们都成了玩洋娃娃的孩子。这表示，你和妈都很空虚，你们需要的不是碧菡，而是一个真的小娃娃。"他亲昵地睨视着她，低声说："我们结婚已经半年多了，怎么你一点儿消息都没有呢？"

依云垂下了睫毛，谈到这问题，她仍然有点儿羞答答。

"我怎么知道为什么没有，你晓得，我又没避孕，反正，这事总得顺其自然，对不对？"她抬眼看他，微笑着，"你急什么？我们还这样年轻呢！你就等不及想当爸爸了吗？"

"我并不急，"高皓天笑着，"只是，我爱孩子。"揽着依云的肩，他笑嘻嘻地低语："你说，我们要生多少个孩子？"

"你想要多少个？"依云也笑着问。

"十二个，六男六女，最好有一对双胞胎。"

"呸！"依云大叫，推开了他，"早知道啊，你该娶个老母猪来当太太的！"

"十二个孩子有什么不好？"高皓天还在那儿振振有词，"我去买一辆旅行车，每到假日，载着一车子孩子去野餐，我只要发号施令，孩子们端盘子的端盘子，端碗的端碗，生火的生火，切菜的切菜……哈，才过瘾呢！"

"少过瘾吧，"依云嘲弄地说，"你记得碧菡家里的情形吗？孩子算是够多了吧，整天尿布奶瓶弄不完，再加上大的哭，小的叫……你去过瘾吧！"

"你不懂，"高皓天沉吟地说，"像碧菡那种家庭，就不该生那么多孩子，生了也是糟蹋小生命，经济情况不好，带又带不好，书也不能念，生下来干什么？小孩受苦，大人也被拖垮。像我们这样的家庭呢？正相反，就该多有几个孩子，一来没有经济的压力，二来我们都有足够的爱心和时间来带他们，三来……"他俯在依云耳边说，"生物学上说，要培育优良品种，所以，像我们这么好的品种，实在该多多地培育一下。"

"哎呀！"依云笑着跳开，"你这人呀，越说就越不像话，亏你说得出口，一点也不害臊！"

"害臊？"高皓天挑高了眉毛，"我为什么要害臊？难道像我们这样聪明能干、品学兼优的人，还不算优良吗？那么，怎样的人才算优良？"

"我不跟你胡扯了！"依云笑着走出房间，"如果跟你扯下去，你是没完没了的！"

经过这篇谈话，依云也相当明白，高皓天的话确有点儿道理。现在，大家对碧菡的这份宠爱，只是因为大家在感情上都有点儿空虚。一个孩子！是的，这家庭里最需要的，是一个孩子！

但是，不管高皓天夫妇私下的谈论，不管碧菡到底因何得宠。总之，碧菡是越来越可爱，越来越楚楚动人了。她成了依云和高太太两人的影子，她经常陪依云逛街，陪依云回娘家，在萧家，她和在高家同样受欢迎。那个鲁莽的傻哥哥，在见到碧菡第二次的时候就说："如果我不是先遇到小琪的话，我准追你！"

碧菡羞红了脸。依云却叫着说："好啊，哥哥，我把这话告诉小琪去！"

"别，别，别！"那哥哥慌忙打躬作揖，一迭连声地说，

"这不能开玩笑，小琪会生气的！我天不怕，地不怕，还就怕小琪生气！"

"你这个风在啸啊，怎么会这样怕一个女人呢？"

"天下狮子老虎鳄鱼毒蛇……都不可怕，最可怕的就是女人！"萧振风正色说，"这是我最近悟出来的大道理，可以申请学术奖。"

"为什么女人最可怕？"依云笑着问。

"唉！"萧振风长叹了一声，低声下气地说，"因为……她们最可爱呀！你爱她们，就只好怕她们了！否则，她来一个不理你，或者眼泪汪汪一番，你就惨了！有时候，我也想威风一下，可是，我威风了五分钟，却要用五小时，五天，甚至五星期来弥补那五分钟闯下的祸，所以，威风了两三次之后，我学了乖，从此再也不威风了！"

听他这样一说，大家都笑不可抑，高皓天笑着说："我看，你这个风在啸，只好改名叫风不啸了！"

"什么风不啸？"萧振风叫着说，"根本就连风都没有了！正经就叫风不来还好些！"

大家又笑了。碧菡望着这一切，奇怪怎么每个家庭里，都有这么多的笑声，而自己以前那个家，出产的却是眼泪呢！

这天在回家的路上，高皓天对依云说："瞧吧！你哥哥快结婚了。"

真的，这年圣诞节，萧振风和张小琪结了婚。和高皓天的情形一样，他们小夫妻也住在萧成荫家里，倒不是萧成荫夫妇坚持这样，而是小夫妻觉得这样热闹些，萧太太最乐意了，嫁出去了两个女儿，终于赚回来一个儿媳妇，借用萧振风的一句话是："还是赔了点本！"

新的一年来临了。碧菡的胃已经全部长好了，她更加可爱，更加动人了。当旧历年过后不久，她开始要求高皓天给她介绍一个工作，她的话也合情合理："我不能总是这样待在家里，不事生产，也不工作，白用你们的钱，虽然我知道你们并不在乎，但是，我心里总不好受。而且……而且，我妹妹碧荷小学快毕业了，马上就进中学了，我想……我想……如果我能够的话，多少帮她一点忙。所以，姐夫，不论什么工作，我都愿意做，文书也好，电话接线生也好，我不计较名义，也不计较待遇。"

高皓天注视着碧菡，他知道她说的是真心话，她到底不是高家的人，这样不工作的寄人篱下，决非长久之计。但是，她那样荏弱，那样细致，那样娇嫩，什么工作才能适合她呢？

他动了很久的脑筋，最后，他把她介绍进了自己的公司里，做一名绘图员。因为碧菡的绘画和设计都不错，她负责拷贝工程师们的作业，这工作是相当轻松的。事实上，她每天只要上半天班，早上搭高皓天的车子去公司，中午又搭他的车子回家，她对这份工作胜任而愉快，当然，她心里明白，公司之所以用她，完全是高皓天的面子。他们并不缺少绘图员。

无论如何，碧菡在公司里表现得非常好，她温文有礼，而又永远笑脸迎人。上班不到一个月，她已经成为公司里所有光杆们注意的目标。大家知道她是高皓天的干妹妹，就纷纷向高皓天献殷勤，打听行情。

"皓天，你这个干妹妹还没男朋友吧？"

"皓天，帮帮忙，给我安排点机会怎么样？"

"皓天，星期天我去你家玩，好不好？"

正像高皓天所预料，碧菡引起了所有男士的注意。这些追求者之中，有个名叫方正德的男孩子，刚从大学毕业，长得也还端正，只是有点娘娘腔。他的攻势最猛也最烈，他每天早上在她案头上放一封情书，每天故意打她身边经过几十次，每天要约她去看电影。碧菡只是微笑，既不和他多说话，也不回他信，可是，她也不明显地拒绝他，她总是笑，这笑容那样甜蜜而温馨，那个追求者就更加如痴如狂了。这样，终于有一天，她被那男孩子的不屈不挠所动，下班后，她没有和高皓天一起回家，她答应了方正德的邀请，一起吃了午餐，并且看了一场电影。

这天下午，高皓天的脾气非常坏，他向手下一个笨职员摔了东西，又和上司吵了一架，回家的路上，他的车子撞了前面一辆计程车的尾巴，他下了车，差点和那个计程车司机打起来。回到家里，他是诸事不对劲，嫌阿莲的菜炒焦了，嫌电视广告太多，嫌母亲太啰唆，嫌生活太单调……他一直在发脾气，碧菡已经看完电影回家了，她悄悄地注视着高皓天，默默不语。依云呢？等高皓天回到了卧房里，她才凝视着他说："你今天到底是怎么了？吃错了药吗？"

高皓天一愣，这才觉得自己有些失常。为什么？他自己也不知道。望着依云，他感到歉然，感到不安，拥住依云，他轻叹了一声说："我想，我太累了。"

"何不休假一段时间，我们到南部去玩玩？"依云说，轻轻地依偎着他，"你近来工作太多了。"

"我想想办法看，公司里实在少不了我！"高皓天说，躺在床上，他把依云的头拥在胸前，低声地说，"依云，我爱你。"

依云微微一怔，也拥住高皓天说："皓天，我也爱你。"

他用手指抚摸着她的头发，不再说话，他们静静地躺着，彼此听得见对方的呼吸，对方的心跳。

第二天，在去上班的路上，高皓天非常地沉默，他板着脸，像和谁赌气一般地开着车，完全不理坐在他旁边的碧菡。

这张严肃的脸孔和他平日的谈笑风生是那么不同，碧菡害怕了，胆怯了，她悄悄看他，他的眉毛紧锁着，嘴唇闭得紧紧的。好一会儿，碧菡终于开了口："姐夫，请你不要生气啦！"

高皓天把车子转向慢车道，在街边刹住了车。他掉过头来，狠狠地盯住她。

"谁告诉你我生气了？"他气势汹汹地问。

碧菡垂下了眼睛，低下头去，用手抚弄着长裤上的褶痕，只一会儿，高皓天就看到有一滴滴的泪珠，落在那褶痕上了。

高皓天大吃了一惊，不由自主地声音就放软了："怎么了？碧菡，我没有骂你啊！"

碧菡抬起眼睛来望着他，她那被泪水所浸透的眸子黑蒙蒙的，充满了祈谅与求恕，她的声音软绵绵的，带着几分可怜兮兮的震颤："我以后再也不敢了，姐夫。我再也不会跟他出去了。"

高皓天怔了，他死盯着面前这张柔弱的、娇怯的、雅致的、可怜的、动人的面庞，心里掠过了一阵强烈的、反叛般的思想：不，不，不，不，不！他有何权干涉她？他又为什么要干涉她？他转开头去，心中有如万马奔腾，几百种不着边际的思想从他脑子里掠过，几百种挣扎与战争在一刹那间发生。然后，他听到自己的声音，很软弱，很勉强，很无力地在说："碧菡，我并不是要干涉你交男朋友，只是你年纪太小，阅世未深，我不愿意你上男孩子的当，那个方正德，工作时左顾右盼，不负责任，又浑身的娘娘腔，我怕你糊里糊涂就掉进别人的陷阱里。你……你长得漂亮，心地善良，这社会却充满了险恶，你只要对男孩子笑一笑，他们就会以为你对他们有意思了。你不了解男人，男人是世界上最会自作多情的人物。现在，你住在我们家，叫我一声姐夫，我就不能不关心你，等慢慢地，我会帮你物色一个配得上你的男朋友……你……你明白吗？"

　　碧菡深深地凝视着他，那对眸子又清亮，又闪烁。

　　"我明白，姐夫，我完全明白。"她低低地说。

　　从此，碧菡没有再答应那方正德的邀请，也从此，她上班时不再笑脸迎人，而变得庄重与严肃，她不苟言笑，不聊天，不和男同事随便谈话，她庄重得像个细致的大理石雕像。

　　高皓天高兴她这种变化，欣赏她那份庄重，虽然，一上了他的车，她就又笑逐颜开而软语呢喃了。高皓天从不分析自己的情绪，但是，他却越来越喜欢那段短短的、车上的时间了。

第六章

　　就这样，日子过得很快，一眨眼间，夏天就来临了。这
是个星期天，碧菡显得特别高兴，因为她一早去看了妹妹碧
荷，又把工作的积蓄给了父亲一些。回来之后，她一直热心
地谈碧荷，说她长高了，更漂亮了，功课又好，将来一定有
出息。她的好兴致使大家都很开心，依云望着她，简直不敢
相信，她就是一年前那个奄奄一息的女孩，现在的她，明丽、
娇艳、愉快、笑语如珠。高皓天同样无法把眼光从她身上移
开，他注视着她的一举一动，一言一笑，她手腕上那个翠绿
的镯子在她细腻的肌肤上滑动，他把眼光转向依云，依云手
腕上也有个相同的镯子，他忽然陷进呆呆的沉思里了。

　　依云的呼唤惊醒了他，他抬起头来，依云正笑着敲打他
的手臂，说他像个入定的老僧。她提议高皓天开车，带她和
碧菡出去玩玩，碧菡开心地附议，带着甜甜的笑。他没话说，
强烈地感染了她们的喜悦。于是，他们开车出去了。

他们有了尽兴的一日，去碧潭划了船，去容石园看猴子，又去荣星花园拍照。这天，碧菡穿了一身的绿，绿上衣，绿长裤，绿色的缎带绑着柔软的、随风飘飞的头发。依云却穿了一身的红，红衬衫，红裙子，红色的小靴子。她们并肩而立，一个飘逸如仙，一个艳丽如火，高皓天不能不好几次都望着她们发起愣来。

黄昏的时候，他们坐在荣星花园里看落日，大家都有些倦了，但是兴致依然不减。他们谈小说，谈文学，谈诗词，谈《红楼梦》，谈曹雪芹……夕阳的余晖映红了她们的脸，照亮了她们的眼睛，在她们的头发上镶上了一道金环。高皓天坐在她们对面，只是轮流地望着她们两个人，他常说错话，他总是心不在焉，好在两个女性都不在意，她们正沉浸在一片祥和的气氛里。

"喂！皓天！"忽然间，依云大发现般地叫了起来。

"什么事？"高皓天吓了一跳。

"你猜怎么，"依云笑嘻嘻地说，"我忽然有个发现，把我们三个人的名字，各取一个字，合起来刚好是范仲淹的一阕词里的第一句。我考你，是什么？"

高皓天眼珠一转，已经想到了。他还来不及念出来，碧菡已兴奋地喊了出来："碧云天！"

"是的，碧云天！"高皓天说，"怎么这样巧！这是一阕家喻户晓的词儿，以前我们怎么没发现？"

"碧云天，黄叶地，"依云已背了出来，"秋色连波，波上寒烟翠，山映斜阳天接水，芳草无情，更在斜阳外。"她念了上半阕，停住了。

"黯乡魂，追旅思，"高皓天接下去念，"夜夜除非，好梦留人睡，明月楼高休独倚，酒入愁肠，化作相思泪！"念完，他望着那落日余晖，望着面前那红绿相映的两个人影，忽然呆呆地愣住了，心里只是反复着"酒入愁肠，化作相思泪"那两句。不知怎的，他只是觉得心里酸酸的，想流泪，一阵不祥的预感，无声无息地、浓重地向他包围了过来。

这年夏天的台风特别多，一连两个轻度台风之后，接着又来了一个强烈台风。几乎连续半个月，天气都是布满阴霾，或风狂雨骤的。不知道是不是受天气的影响，高家的气氛也一反往日，而显得浓云密布，阴沉欲雨。

首先陷入情绪低潮的是高太太，从夏天一开始，她就一会儿喊腰酸，一会儿喊背痛，一会儿头又晕了，一会儿风湿又发作，闹不完的毛病。碧菡每天下了班，就不厌其烦地陪高太太去看病，去做各种检查，从心电图到 X 光，差不多都做完了，最后，医生对碧菡悄悄说："老太太身体还健康得很呢，一点儿病都没有，更年期也过了。我看，她是有点儿心病，是不是家里有什么不愉快的事？"

碧菡侧头凝思，百思而不得其解，摇摇头，她迷惑地说："没有呀！全家都和和气气的，没人惹她生气呀！"

"老人家，可能心里有什么不痛快，嘴里不愿意说出来，郁结成病，也是有的！"医生好心地说，"我看，不用吃药，也不用检查了，还是你们做小辈的，多陪她出去散散心好些！"

于是，碧菡一天到晚缠着高太太，一会儿说："干妈，我们看电影去好吗？有一部新上演的滑稽片，公司同事都说好看呢！"

一会儿又说："干妈，我们去给干爹选领带好吗？人家早就流行宽领带了，干爹还在用细的！"

要不然，她又说："干妈！我发现一家花瓶店，有各种各样的花瓶！"

高太太也顺着碧菡，东跑西转，乱买东西，可是，回家后，她就依然躺在沙发上唉声叹气。碧菡失去了主张，只得求救于依云，私下里，她对依云说："真不知道干妈是怎么回事？无论做什么都提不起她的兴致，医生又说她没病，你看，到底是怎么了？"

"我怎么知道？"依云没好气地说，一转身就往床上躺，眼睛红红的，"还不是看我不顺眼！"

"怎么？"碧菡吃了一惊，看样子，依云也传染了这份忧郁症，"姐姐，你可别胡思乱想，"她急急地说，"干妈那么喜欢你，怎么会看你不顺眼呢？"

"你是个小孩子，你懂什么？"依云打鼻子里哼着。

"姐姐，我都十九岁了，不小了！"碧菡笑着说，"好了，别躺着闷出病来！起来起来，我们逛街去！你上次不是说要买宽皮带吗？"

"我什么都不买！"依云任性地嚷着，把头转向了床里面。

"你最好别打扰我，我心里够烦了！"

"好姐姐，"她揉着她，"你出去走走就不烦了，去嘛去嘛！"

她一直搓揉着她，娇声叫唤着："好姐姐！"

"好了！"依云翻身而起，笑了，"拿你真没办法，难怪爸妈喜欢你，"她捏了捏碧菡的面颊："你是个讨人喜欢的小妖精！"

穿上衣服，她跟碧菡一起出去了。

可是，家里的空气并没有好转，就像飓风来临前的天空，阴云层层堆积，即使有阳光，那阳光也是风雨前的征兆而已。

在上班的路上，碧菡担忧地对高皓天说："姐夫，你不觉得家里有点问题吗？是不是干妈和姐姐之间有了误会？她们好像不像以前那样亲热了。"

高皓天不说话，半晌，他才叹了一声。

"谁知道女人之间的事！"他闷闷地说，"她们是世界上最纤细的动物，碰不碰就会受伤，然后，为难的都是男人！"

哦！碧菡睁大眼睛，什么时候高皓天也这样牢骚满腹起来？这样一想，她才注意到，高皓天已经很久没有说笑话或者开玩笑了。她瞪大眼，注视着高皓天，不住地摇着头，低低地说："啊啊，不行不行！"

"什么事不行不行？"高皓天不解地问。

"不行不行！"碧菡继续说，"姐夫，你可不能也传染上这种流行病的！"

"什么流行病？"

"高家的忧郁症！"碧菡说，"我不知道这病的学名叫什么，我就称它为高家的忧郁症！家里已经病倒了两个，如果

你再被传染，那就连一点笑声都没有了！姐夫！"她热心地俯
向他："你是最会制造笑声的人，你多制造一点好吗？别让家
里这样死气沉沉的！"

高皓天转头望望碧菡那发亮的眼睛。

"唉！"他再叹了口气，"碧菡，你不懂，如果我也不快
乐，我如何去制造笑声呢？"

碧菡怔了怔。

"你为什么不快乐？"她问。

他又看了她一眼。

"你不要管吧，碧菡，如果我们家有问题，这问题也不是
你能解决的！"

"为什么？"碧菡天真地追问，"天下没有解决不了的问
题，你看，以前我那么大的问题，你们都帮我解决了。假若
你们有问题，我也要帮你们解决！"

车子已到了公司门口，高皓天停好了车，他回头凝视了
碧菡好一会儿，然后，他拍了拍她的手，轻声说："你不知道
你在说什么，碧菡。我也不知道我在说什么，或者，我们家
一点问题都没有，只是大家的情绪不好而已。也可能，再过
几天，忧郁症会变成欢乐症也说不定！所以，没什么可严重
的。总之，碧菡，"他深深地凝视她，"我不要你为我们的事
烦恼，我希望——你快乐而幸福。"

碧菡也深深地凝视他，然后，她低声地说："你知道的，
是吗？"

"知道什么？"

"只要你们家的人快乐和幸福，我就能快乐和幸福。"她低语。

高皓天心中感动，他继续望着她，柔声喊了一句："碧菡！"

碧菡推开车门，下了车，转过头来，她对着高皓天朦朦胧胧一笑，她的眼睛清幽如梦。

"所以，姐夫，"她微笑地说，"你如果希望我快乐和幸福，你就要先让你们每个人都快乐和幸福，因为，我的世界，就是你们！"说完，她转过身子，盈盈然地走向了办公大楼。

高皓天却呆呆地站在那儿，对着她的背影出了好久好久的神。

高家酝酿着的低气压，终于在一个晚上爆发了出来。

问题的导火线是萧振风和张小琪，这天晚上，萧振风和张小琪到高家来玩。本来，大家都有说有笑地谈得好热闹，两对年轻人加上一个碧菡，每个人的兴致都很高，萧振风又在和高皓天大谈当年的趣事。高太太周旋在一群年轻人中间，一会儿拿瑞士糖，一会儿拿巧克力。她看到张小琪就很开心，这女孩虽没有成为她的儿媳妇，她却依然宠爱她，不住口地夸小琪婚后更漂亮了，更丰满了。依云望着小琪，笑着说："她怎能不丰满，你看她，从进门就不住口地吃糖，不吃成一个大胖子才怪！"话没说完，张小琪忽然用手捂着嘴，冲进了浴室。高太太一怔，紧张地喊："小琪！小琪！你怎么了？"

萧振风站起身来，笑嘻嘻地说："高伯母，没关系的，你如果有什么陈皮梅啦、话梅啦、酸梅啦……反正与梅有关的东西，拿一点儿出来给她吃吃就好了！否则，你弄盘泡菜来也行！"

"哦！"高太太恍然大悟，她站直身子，注视着萧振风。

"原来……原来……你要做爸爸了？"

"好哦！"高皓天拍着萧振风的肩，大声地说，"你居然保密！几个月了？赶快从实招来！"

"才两个多月，"萧振风边笑边说，有些不好意思，却掩藏不住心里的开心与得意，"医生说预产期在明年二月。"他重重地捶了高皓天一拳，大声说："皓天，这一下，我比你强了吧！你呀，什么都比我强，留学，拿硕士，当名工程师，又比我早结婚，可是啊……"他爽朗地大笑起来，"哈哈！我要比你早当父亲了！你呢？结婚一年多了，还没影儿吧！我才结婚半年就有了，这叫作后来者居上！哈哈！"

他的笑声那么高，那么响，震动了屋宇。可是，室内的空气却僵了，笑容从每一个人的脸上隐去。最先受不了的是高太太，她忽然坐倒在沙发里，用手蒙住脸，就崩溃地哭了起来，一面哭，一面诉说："我怎么这样苦命！早也盼，晚也盼，好不容易把儿子从国外盼回来，又左安排、右安排，给他介绍女朋友，眼巴巴地盼着他结了婚，满以为不出一年，就可以抱孙子了，谁知道……谁知道……人家年轻姑娘，要身材好，爱漂亮，就是不肯体谅老年人的心……"

依云跳了起来，她的脸色顿时变得雪白雪白，她气得声音发抖："妈！你是什么意思？你以为是我存心不要孩子吗？你娶儿媳妇唯一的目的就是要孩子吗？……"

"依云！"高皓天大声喊，"你怎么能用这种态度对妈说话？"

依云迅速地掉转身子来望着高皓天，她的眼睛睁得好大好大，一层泪雾很快地就蒙上了她的眼珠，她重重地喘着气，很快地说："你好，高皓天，你可以对我吼，你们母子一条心，早就在怪我了，别以为我不知道！你好，你狠，高皓天！早知道你们要的只是个生产机器，我就不该嫁到你们高家来！何况，谁知道没孩子是谁的过失？你们命苦，我就是好命了！"说完，她哭着转过身子，奔进了卧室，砰然一声带上了房门。

"这……这……这……"高太太也气得发抖，"还像话吗？家里还有大有小吗？"

高皓天站在那儿，左右为难，不知该如何是好，但是，依云的哭声直达户外，终于，他选择了妻子，也奔进卧房里去了。

这一下不得了，高太太顿时哭得天翻地覆，一边哭一边数落："养儿子，养儿子就是这样的结果！有了太太，眼睛里就没有娘了！难道我想抱孙子也是我错？我老了，我是老了，我是老古董，老得早该进棺材了，我根本没有权利过问儿子的事，啊啊，我干什么生儿子呢？这年头，年轻人眼睛里还有娘吗？啊啊……"

碧菡是被吓呆了，她做梦也没想到，会有家庭因为没孩子而起纠纷。看到高太太哭得伤心，她扑过去，一把抱住了高太太，不住口地说："干妈，你不要伤心啊！干妈，姐姐并不是真心要说那些话，她是一时急了。干妈，你别难过啊……"

高继善目睹这一切，听到太太也哭，儿媳也哭，这个不善于表达感情的人，只是重重地跺了一下脚，长叹一声，感慨万千地说："时代变了！家门不幸！"

听这语气，怪的完全是依云了。那闯了祸，而一直站在那儿发愣的萧振风开始为妹妹打抱不平起来，他本是个鲁莽的浑小子，这时，就一挺肩膀，大声说："你们可别欺侮我妹妹！生不出儿子，又不是我妹妹的问题，谁晓得高皓天有没有毛病？"

"哎呀！"张小琪慌忙叫，一把拉住了萧振风，急急地喊，"都是你！都是你！你还在这儿多嘴！你闯的祸还不够，你给我乖乖地回家去吧！"

萧振风涨红了脸，瞪视着张小琪，直着脖子说："怎么都是我？他们养不出儿子，关我什么事？"

"哎呀！"张小琪又急又气又窘，"你这个不懂事的混球！你跟我回家去吧！"不由分说地，她拉着萧振风就往屋外跑。

萧振风一面跟着太太走出去，一面还在那儿叽里咕噜地说："我管他是天好高还是天好低，他敢欺侮我妹妹，我就不饶他……"

"走吧！走吧！走吧！"张小琪连推带拉地，把萧振风弄出门去了。

这儿，客厅里剩下高继善夫妇和碧菡，高继善又长叹了一声，说："碧菡，劝你干妈别哭了，反正，哭也哭不出孙子来的！"

说完，他也气冲冲地回房间去了。

高太太听丈夫这么一说，就哭得更凶了，碧菡急得不住跑来跑去，帮她绞毛巾，擦眼泪，好言好语地安慰她，又一再忙着帮依云解释："干妈，姐姐是急了，才会那样说话的，你可别怪她啊，你知道姐姐是多么好心的人，你知道的，是不是？你别生姐姐的气啊！干妈，我代姐姐跟你赔不是吧！"说着，她就跪了下来。

高太太抹干了眼泪，慌忙拉着碧菡，又怜惜、又无奈、又心疼地说："又不是你的错，你干吗下跪呀？赶快起来！"

"姐姐惹你生气，就和我惹你生气一样！"碧菡楚楚动人地说，"你答应不生姐姐的气，我才起来！"

"你别胡闹，"高太太说，"关你什么事？你起来！"

"我不！"碧菡固执地跪着，仰着脸儿，哀求地看着高太太，"你说你不生姐姐的气了。"

"好了，好了，"高太太一迭连声地说，"你这孩子真是的，我不生气就是了，你快起来吧！"

"不！"碧菡仍然跪着，"你还是在生气，你还是不开心！"

"你……"高太太注视着她，"你要我怎样呢？"

"碧菡！"

忽然间，一个声音喊，碧菡抬起头来，依云正走了过来，她面颊上泪痕犹存，眼睛哭得红红肿肿的，但是，显然的，她激动的情绪已经平复了不少，她一直走到她们面前，含泪说："碧菡，你起来吧！哪有你代我赔不是的道理！"

"姐姐！"碧菡叫，"你也别生气了吧！大家都别生气吧！”

依云望着那好心的碧菡，内心在剧烈地交战着，道歉，于心不甘，不道歉，是何了局？终于她还是开了口。

“妈！”依云喊了一声，泪珠顿时滚滚而下，“我不好……我不该说那些话……您……您别生气吧！”她说完，再也熬不住，就放声痛哭了起来。

“哎呀，依云！”高太太激动地嚷，“妈并没有怪你，真的没有！”她一把拉住依云，依云腿一软，再也支持不住，也跪了下去，滚倒在高太太的怀里，高太太紧抱着她的头，泪珠滴滴答答地落下来，她抽抽噎噎地说，“是妈不好，妈不该说那些话让你难堪！都是妈不好，你……你原谅我这个老太婆，只是……只是抱孙心切呀！”

“妈妈呀！”依云哭着叫，“其实我也急，你不知道，我也急呀！我跟您发誓，我从没有避过孕，我不知道为什么会这样，并不是我不想要孩子，皓天他——他——他那么爱孩子，我就是为了他，也得生呀！我绝不是为了爱漂亮，为了身材而不要孩子，我急——急得很呀！”她扑在高太太怀中，泣不成声了。

高太太抚摸着她的头发，不住抚摸着，眼泪也不停地滚落。

“依云，是妈错怪了你，是妈冤枉了你，”她吸了吸鼻子，说，“反正事情过去了，你也别伤心了，孩子，迟早总会来的，是不？”她托起依云的下巴，反而给她擦起眼泪来了：“只要你存心要孩子，总是会生的，现在，医学又那么发达，求孩子并不是什么难事，对不对？"

依云点了点头，理解地望着高太太。

"我会去看医生。"她轻声说，"我会的！"

高皓天走了过来，看到母亲和依云已言归于好，他如释重负地轻吐了一口气。走到沙发边，他坐下来，一手揽住母亲，一手揽住依云，他认真地、诚恳地、一字一字地说："你们两个，是我生命里最亲密的两个女人，希望你们以后，再也没有这种争吵。如果有谁错了，都算我的错，我向你们两个道歉，好不好？"

高太太揽住儿子的头，含泪说："皓天，你没有怪妈吧？"

"妈，"皓天动容地说，"我从来没有怪过你。"他紧紧地挽住母亲，又低头对依云说："依云，别哭了，其实完全是一件小事，人家结婚三四年才生头胎的大有人在。为了这种事吵得家宅不和，闹出去都给别人笑话！"他望望母亲，又看看依云，"没事了，是不是？现在，都心平气和了，是不是？"

高太太不说话，只是把依云更紧地揽进了自己怀里，依云也不说话，只是把头依偎过去，于是，高皓天也不再说话，而把两个女性的头，都揽进了自己的怀抱中。

碧菡悄悄地站起身来，悄悄地退开，悄悄地回到了自己房里。她不敢惊扰这动人的场面，她的眼睛湿漉漉的，躺在床上，她用手枕着头，模糊地想，在一个幸福的家庭里，原来连争吵和眼泪都是甜蜜的。

早上，当高皓天醒来的时候，依云已经不在床上了。看看手表，才八点钟，摸摸身边的空位，被褥凉凉的，那么，她起床已经很久了？高皓天有些不安，回忆昨夜，风暴早已过去，回房就寝的时候，她是百般温柔的。躺在床上，她一直用手臂挽住他的脖子，在他耳边轻言细语："皓天，我要帮你生一打孩子，六男六女。"

"傻瓜！"他用手爱抚着她的面颊，"谁要那么多孩子，发疯了吗？"

"你要的！"她说，"我知道孩子对这个家庭的重要性，在我没有嫁给你之前，我就深深明白了。可是，人生的事那么奇怪，许多求儿求女的人偏偏不生，许多不要儿女的人却左怀一个，右怀一个。不过，你别急，皓天，我不相信我们会没孩子，我们都年轻，都健康。有时候，小生命是需要慢慢等待的，等待得越久，他的来临就越珍贵，不是吗？"

"依云，"他拥紧了她，吻着她的面颊，"你是个通情达理的好妻子，我一生不可能希望世上有比你更好的妻子。依云，我了解，今晚你对母亲的那声道歉是多难说出口的事情，尤其，你是这么倔强而不肯认输的人。谢谢你，依云，我爱你，依云。"

依云睫毛上的泪珠濡湿了他的面颊。

"不，皓天。"她哽咽着说，"我今晚表现得像个没教养的女人，我给你丢脸，又让你左右为难，我好惭愧好惭愧，"她轻轻啜泣，"你原谅我的，是不？"

他把她的头紧压在自己的肩上，他的唇吻着她的鬓角和耳垂。

"哦哦，快别这样说，"他急促地低语，"你把我的心都绞痛了。该抱歉的是我，我怎能那样吼你？怎能那样沉不住气？我是个不知天多高地多厚的傻瓜，以后你不要叫我天好高了，你就叫我皮好厚好了！"

她含着泪笑了。

"你是有点皮厚的！"她说。

"我知道。"

"但是，"她轻声耳语，"不管你是天'好'高，或是皮'好'厚，我却'好'爱你！"

世界上，还有比"爱情"更动人的感情吗？还有比情人们的言语更迷人的言语吗？还有什么东西比吵架后那番和解的眼泪更珍贵更震撼人心的吗？于是，这夜是属于爱的，属于泪的，属于温存与甜蜜的。

但是，在这一清早，她却到何处去了？会不会想想就又生气了呢？会不会又任性起来了呢？他从床上坐起身子，不安地四面望望，轻唤了一声："依云！"

没有回应。他正要下床，依云却推开房门进来了，她还穿着睡衣。面颊光滑而眼睛明亮，一直走到他身边，她微笑着用手按住他："别起床，你还可以睡一下。"

"怎么呢？"他问。

"我已经让碧菡上班时帮你请一天假，所以，你今天不用上班，你多睡睡，我们到九点半才有事。"

"喂喂，"高皓天拉住了她的手，"你能不能告诉我，你葫芦里在卖什么药？"

"你想，昨晚吵成那样子，"依云低低地说，"我哥哥的火暴脾气，怎么能了？所以，我一早就打电话回家去，告诉我妈我们已经没事了。妈对我们这问题也很关心，所以……又把小琪找来，问她的妇科医生是谁。然后，我又打电话给那位林医生，约好了上午十点钟到医院去检查，我已经和医生大致谈了一下，他说要你一起去，因为……"她顿了顿，"也要检查一下你。"

"哦！"高皓天惊奇地说，"一大清早，你已经做了这么多事吗？"

"是的。"

"可是……"高皓天有点不安，"你这样做，会不会太小题大做了？结婚一年多没孩子是非常普遍的事，我们所要做的，不过是……"他俯在她耳边，悄悄地说了一句，"多亲热一些。"

依云红了脸。

"去检查一下也好，是不是？"她委婉地说，"如果我们两人都没问题，就放了心。而且……而且……医生说，或者是我们时间没算对，他可以帮我们算算时间。他说……他说，这就像两个朋友，如果阴错阳差地永远碰不了面，就永远不会有结果的。"

"天哪！"高皓天翻了翻眼睛，"这样现实地来谈这种问题是让人很难堪的。这不是一种工作，而是一种爱，一种美，一种艺术。"

"医生说了，如果想要孩子，就要把它看成一种工作来做。是的，这很现实，很不美，很不艺术，但是，皓天，你是要艺术呢？还是要孩子呢？"

他抱住了她，吻她，在她耳边说："既要艺术，也要孩子。"

"总之，你要去医院。"

"你不是已经都安排好了吗？"他说，多少带着点勉强和无可奈何，"我只好去，是不是？"

"别这样愁眉苦脸，好不好？"依云说，坐在床沿上，叹了一口气，"难道我愿意去做这种检查？我还不是为了你，为了你妈和你爸爸。不孝有三，无后为大，我再也没料到，在二十世纪的今天，我依然要面对这么古老的问题。如果检查的结果是我不能生，我真不知道……"

"别胡说！"高皓天打断了她，"你这么健康，这么正常，你不会有一点问题的。说不定是我……"

"你才胡说！"依云又打断了他。

"好吧，依云。"高皓天微笑起来，"看样子，我们要去请教医生，如何让那两个朋友碰面，对不对？"

依云抿着嘴角，颇为尴尬地笑了。

于是，他们去看了医生。在仁爱路一家妇产医院里，那虽年轻却经验丰富的林医生，给他们做了一连串很科学的检验。关于高皓天的部分，检查结果当场就出来了，林医生把显微镜递给他们，让他们自己观察，他笑着说："完全正常，你要生多少孩子都可以！"

关于依云的部分，检查的手续却相当复杂，林医生先给她做了一项"通输卵管"的小手术，然后，沉吟地望着依云：

"你必须一个月以后再来检查。"

依云的心往下沉，她瞪视着医生："请坦白告诉我，是不是我有问题？"

医生犹豫着，依云急切地说："我要最真实的答案，你不必瞒我！"

"你的输卵管不通，我要查明为什么。"

"如果输卵管不通，就不可能生孩子吗？"依云问。

林医生沉重地点了点头。

"那是绝不可能生的。"他说，"可是，你也不必着急，输卵管不通的原因很多，我们只要把那个主因解除，问题就解决了，如果输卵管通了，你就可以怀孕。所以，并不见得很严重，你了解吗？"

依云睁大了眼睛，她直视着林医生。

"有没有永久性的输卵管不通？"她坦率地问。

"除非是先天性输卵管阻塞！"医生也坦白回答，"这种病例并不多，可是，如果碰上这种病例，我们只有放弃治疗。"

"可能是这种病例吗？"依云问。

"高太太，"林医生说，"你不要急，我们再检查看看，好不好？现在我无法下结论。不过，总之，我们已经找出你不孕的原因了。"

依云抬头望着高皓天，她眼里充满了失望，脸上布满了阴霾，高皓天一把拉起了她，故作轻松地耸了耸肩。

"我们走吧，依云，等检查的正式结果出来了再说，你别把任何事都往最坏的方向去想，依我看来，不会有多严重的，林医生会帮我们解决，对不对？"

"是的，"医生也微笑着说，"先放宽心吧，高太太，我曾经治疗过一位太太，她结婚十九年没有怀孕，治疗了一年之后，生了个儿子，现在儿子都两岁了。所以，不孕症是很普遍的，你别急，慢慢来好吗？"

依云无言可答，除了等待，她没有第二个办法。回到家里，她是那样沮丧和担忧，她甚至不敢把检查的结果告诉婆婆。倒是高太太，在知道情况之后，反而过来安慰依云："不要担心，依云，"她笑嘻嘻地说，"现在已经找出毛病所在，一切就简单了。听皓天说，只要把病治好，就会怀孕。那么，我们就治疗好了。"

"皓天难道没有告诉你，"她小声说，"也可能是先天性，无法治疗的病吗？"

"别胡说！"老太太笑着轻斥，"我们家又没做缺德事，总不会绝子绝孙的！"

依云心里一沉，立即打了一个冷战，万一自己是无法治疗的不孕症，依高太太这个说法，竟成为祖上缺了德！这个逻辑她是不懂的，这个责任她却懂。她心里的负担更重了，更沉了，压抑得她简直透不过气来。整整一个月，她忧心忡忡，面无笑容，悲戚和忧愁使她迅速地憔悴和消瘦了下来。高皓天望着她，忍不住握住她的手臂喊："我宁可没有儿子，也不愿意你没有笑容。"

她一把用手捂住他的嘴，眼睛睁得好大好大，眼里充满了恐惧和紧张。

"请你不要这样说！求你！"

"我偏要说！"高皓天挣脱她的手，"我要你面对现实，最坏的结果，是你根本不能怀孕，那么，就是注定我命中无子，那又怎么样呢？没儿没女的夫妇，在这世界上也多得很，有什么了不起？"

"皓天！"依云喊，"求你不要再说这种话吧！求求你！"她眼里已全是泪水："你不知道我心里的负担有多重！"

"我就是要解除你心里的负担！"高皓天嚷着，把依云拉到身边来，他紧盯着她的眼睛，"依云，你听我说，我爱你，爱之深，爱之切，这种爱情，决不会因为你能否生育而有所变更！现在不是古时候，做妻子的并没有义务非生孩子不可！"依云感动地望着他，然后，她把面颊轻轻地靠近他的怀里，低声自语了一句："但愿，爸爸和妈妈也能跟你一样想得开！"

在这段等待的低气压底下，碧菡成为全家每个人精神上的安慰，她笑靥迎人，软语温存，对每个人都既细心，又体贴，尤其对依云。她会笑着去搂抱她，笑着滚倒在她怀里，称她为"最最亲爱的姐姐"。她会用最最甜蜜的声音，在依云耳边细语："姐姐，放心，你是世界上最好最好的人，老天会保佑好人，所以，姐姐，你生命里不会有任何缺憾。"

对高皓天，她也不断地说："姐夫，你要安慰姐姐，你要让她快乐起来，因为她是那么那么爱你！"

高皓天深深地注视着碧菡。

"碧菡，"他语重心长地说，"人类的许多悲剧，就是发生在彼此太相爱上面。"

碧菡那对黑白分明的眸子静静地望着他。

"你家里不会有悲剧，"她坚定地说，"你们都太善良，都太好，好人家里不会有悲剧。"

"这是谁定的道理？"他问。

"是天定的。"她用充满了信心的口吻说，"这是天理，人类或许可以逃过人为的法律，却逃不过天理。"

高皓天注视了她好一会儿。

"但愿如你所说！"他说，久久不能把眼光从她那张发亮的脸孔上移开。半晌，他才又低低地加了一句，"你知道吗？碧菡，你是一个可人儿。"

终于，到了谜底揭晓的那一日，这天，他们去了医院，坐在林医生的诊断室里，林医生拿着依云的X光片子，满面凝重地望着他们。一看到医生的这种脸色，依云的心已经冷了，但她仍然僵直地坐着，听着医生把最坏的结果报告出来："我非常抱歉，高先生，高太太，这病例碰巧是最恶劣的一种——先天性的输卵管阻塞，换言之，这种病症无法治疗，你永不可能怀孕。"

依云呆坐着，她的心神已经不知道游离到太空哪个星球上去了，她没有思想，也没有感情，没有眼泪，也没有伤怀，她是麻木的，她是无知的。她不知道自己怎样走出了医院，也不知道自己怎样回到了家，更不知道自己怎么会躺在床上。她只晓得，在若干若干若干时间以后，她发现高皓天正发疯一般地摇撼着她的身子，发狂一般地在大叫着她的名字："依云！依云！依云！这并不是世界末日呀！没孩子的人多得很呀！依云！依云！依云！我只要你！我只要你！我根本不要什么该死的孩子！依云！依云！依云！你看我！你听我！"他焦灼地狂吼了一声："依云！我不要孩子！"

依云骤然间回过神来，于是，她张开嘴，"哇"的一声大哭了起来，她一面号啕痛哭，一面高声地叫着："你要的！你要的！你要的！你要一打孩子，六男六女！你还要一对双胞胎！你要的！你要的！你要的！"她泣不可抑。

"天！"高皓天大叫着，"那是开玩笑呀！那是我鬼迷心窍的时候胡说八道呀！天！依云！依云！"他搂她、抱她、吻她、唤她："依云，你不可以这样伤心！你不可以！依云，我心爱的，我最爱的，你不要伤心啊！求你，求你，你这样哭，把我的五脏六腑都哭碎了。"

"我要给你生孩子，我要的！"依云哭得浑身抽搐，"生一打，生两打，生三打都可以！我要！我要！我要！哦，皓天，这样太不公平，太不公平！"

"依云，听我说，孩子并不重要，我们可以去抱一个，可以去收养一个，最重要的，是我们彼此相爱，不是吗？依云，"他抱着她，用嘴唇吻去她的泪，"依云，我们如此相爱还不够吗？为什么一定要孩子呢？"

"我怎么向你父母交代？我怎能使你家绝子绝孙！"她越想越严重，越哭越沉痛，"我根本不是个女人，不配做个女人！你根本不该娶我！不该娶我！"

"依云，你冷静一点！"高皓天按住她的肩膀，强迫她面对着自己，他眼里也满含着泪，"让我告诉你，依云，即使我们现在还没有结婚，即使我在婚前已知道你不能生育，我仍然要娶你！"

依云泪眼迷蒙地望着他，然后，她大叫了一声："皓天！"就滚倒在他的怀里。

在客厅中，高太太沉坐在沙发深处，只是轻轻地啜泣。高继善双手背在身后，不住地从房间的这一头，走到那一头，不住地唉声叹气。碧菡搂着高太太的肩，不知该怎么办才好。过了好久，碧菡才轻言细语地说："干妈，你别难过。可以去抱一个孩子，有很多穷人家，生了孩子都不想要。我们这么好的家庭，他们一定巴不得给了我们，免得孩子吃苦受罪。干妈，如果你们想要，我可以负责去给你们抱一个来。"

"你不懂，"高太太抹着眼泪，拼命地摇头，"抱来的孩子，又不是高家的骨肉！"

碧菡不解地望着高太太。

"这很有关系吗？"

"否则，你继父继母为什么不疼你呢？"高太太说。

碧菡愣了，是的，所谓骨肉至亲，原来意义如此深远。她呆了，站起身来，走到窗子旁边，仰着头，她一直望着天空，望了很久，一动也不动。

高皓天从屋里走出来了，他看来疲惫、衰弱、伤感而沮丧。高太太抬眼望望他，轻声问："依云呢？"

"总算睡着了。"高皓天说，坐进沙发里，把头埋在手心中，他的手指都插在头发里。"真不公平，"他自语着说，"我们都那么爱孩子！"

"皓天，"高继善停止了踱步，望着儿子，"你预备怎么办？"

"怎么办？"高皓天惊愕地抬起头来，"还能怎么办呢？这又不是人力可以挽回的事情，除非是——去抱一个孩子。"

高继善瞪视着高皓天，简单明了地说："我们家不抱别人家的孩子，姓高的也不能从你这一代就绝了后，我偌大的产业还需要一个继承人，所以，你最好想想清楚！"

说完，他转过身子，头也不回地走开了。

高皓天怔了，他觉得脑子里像在烧着一锅糨糊，怎么也整理不出一个思绪来，他拼命摇头甩头，脑子里仍然昏昏沉沉。好半天，他才发现，碧菡一直站在视窗，像一尊化石般，对着天空呆望。

"碧菡，"他糊里糊涂地说，"你在做什么？"

碧菡回过头来，她满脸的泪水。

"我在找天理，可是，天上只有厚厚的云，我不知道天理躲在什么地方，我没有找到它。"

高皓天颓然地垂下头来。

"它在的，"他自言自语地说，"只是，我们都很难遇见它。"

接下来的一段时间，高家都陷在一片愁云惨雾之中。那厚重的阴霾，沉甸甸地压在每一个人的身上。其中最难受的是依云，她觉得自己像个罪魁祸首，是她，断绝了高家的希望，是她，带走了高家的欢笑。偏偏这种缺陷，却不是任何能力所可以弥补的。私下里，她只能回到娘家，哭倒在母亲的怀抱里。

"妈，我怎么办？我怎么办？"

萧太太不相信女儿不能生育，因此，她又带着依云一连看了三四个医生，每个医生的结论都是一样的，先天性的病症，即使冒险开刀，也不能保证生效，所以，医生的忠告是：不如放弃。依云知道，生儿育女这一关，她是完全绝了望。萧太太也只能唉声叹气地对女儿说："收养一个孩子吧！许多人家没孩子，也都是收养一个的！"

萧振风却妙了，他拍着依云的肩膀说："没什么了不起！等小琪多生几个，我送一个给你们就是了！"

听了这种话，依云简直是哭笑不得，看着小琪的肚子，像吹气球一般的每日膨胀，她就不能不想，如果当年高皓天娶的是张小琪，那么，恐怕高家早就有了孩子了。这样一想，她也会马上联想到，高太太也会做同样的想法，因而，她心里的犯罪感就更深更重了。

高太太是垂头丧气达于极点，高继善每日面如寒冰，他们都很少正面再谈到这问题。但是，旁敲侧击、冷嘲热讽的话就多了："收养孩子当然简单，但是收养的也是人家的孩子，与我们高家有什么关系？"

"要孩子是要一个宗嗣的延续，又不是害了育儿狂，如果单纯只是喜欢孩子，办个孤儿院不是最好！"

"人家李家的儿媳妇，结婚两年多，就生了三胎！"

"我们高家是冲克了哪一个鬼神哪？一不做亏心事，二不贪无义财，可是哦，就会这样倒霉！"

"小两口只顾自己恩爱，他们是不在乎有没有儿女的！我们老一辈的，思想古老，不够开明，多说几句，他们又该把代沟两个字搬出来了！"

这样左一句、右一句的，依云简直受不了了，她被逼得要发狂了。终于，一天晚上，当高皓天下班回家的时候，他发现依云蒙着棉被，哭得像个泪人儿。

"依云！"他惊骇地叫，"怎么了？又怎么了？"

依云掀开棉被坐起来，她一把抱住高皓天的脖子，哭着说："我们离婚吧！皓天，我们离婚吧！"

高皓天变了脸色，他抓住依云，让她面对着自己，他紧盯着她，低哑地问："你在说些什么鬼话？依云？你生病了吗？发烧了吗？你怎会说出这样的话来？"

"皓天！"依云含泪说，"我是认真的！"

"认真的？"高皓天的脸色更灰暗了，"为什么？我做错了什么？"

"不是你做错了什么，是命运做错了！"依云泪光莹然。

"你知道，如果这是古时候，我已经合乎被出妻的条件。我们离婚，你再娶一个会生孩子的吧！"

"笑话！"高皓天吼了起来，"现在是古时候吗？我们活在什么时代，还在讲究传宗接代这种废话！真奇怪，我在外面生活了七年，居然回来做古代的中国人！我告诉你，依云，如果因为你不能生育，而在这家庭中受了一丝一毫的气的话，我们马上搬出去住！我要的是你，不是生儿育女的机器，假若上一辈的不能了解这种感情，我们就犯不着……"

"皓天!"依云慌忙喊，瞪大了眼睛，在泪光之下，那眼睛里既有惊惶，又有恐惧，"你小声一点行不行？你一定要嚷得全家都听到是不是？你要在我种种罪名之外，再加上一两条是不是？你还要不要我做人？要不要我在你家里活下去？"

"可是，你说要离婚呀!"高皓天仍然大声嚷着，他的手指握紧了依云的胳膊，"这种离婚的理由是我一生所听到的最滑稽的一种！你要和我离婚，你的意思就是要离开我！难道你不知道，你在我心目里的分量远超过孩子！难道你不知道我爱你！我要你！如果失去你，我的生活还有什么意义？我连生命都可以不要！还要什么孩子？"

他喊得那样响，他那么激动，他的脸色那么苍白，他的神情那么愤怒……依云顿时崩溃了，她扑进高皓天的怀里，用遍布泪痕的脸庞紧贴着他的，她的手搂住了他的头，手指痉挛地抓着他的头发，她哭泣着喊："我再也不说这种话了，我再也不说了！皓天！我是你的，我永远是你的！我一生一世也不离开你!"

高皓天闭上了眼睛，搂紧了她，泪水沿着他的面颊滚下来，他吻着她，凄然地说："依云，或者我命中无法兼做儿子、丈夫和父亲！这三项里，我现在只求拥有两项也够了，你别使我一项都做不好吧!"

依云哭着，不住用袖子擦着他的脸。

"皓天，我不好，都是我不好!"她急急地说，"皓天，你不能流泪，皓天，从我认识你起，你就是只会笑不会哭的人!"

"要我笑，在你！要我哭，也在你！"他说，"依云，依云。"

他低喊着："我宁愿失去全世界，也不能失去你！不能！不能！不能！"

依云把头紧埋在他怀中，埋得那样紧，似乎想把自己整个身子都化进他的身体里去。她低语着："在我们恋爱的时候，我就曾经衡量过我们爱情的分量，但是，从没有一个时刻，我像现在这样深深地体会到，我们是如何的相爱！"

高皓天感觉到依云的身子在他怀中颤动，感觉到她浑身的抽搐，他低语了一声："我要把这个问题做个根本的解决！"

说完，他推开依云，就往屋外走，依云死拉住他，眼睛睁得大大的，她说："你要干什么？"

"去找爸爸和妈妈谈判！"他毅然地说，"他们如果一定要孙子，就连儿子都没有！我们搬走！不是我不孝，只是我不能眼睁睁看着你憔悴至死！我不能让这问题再困扰我们，我不能允许我们的婚姻受到威胁，我想过了，两代住在一起是根本上的错误，解决这问题，只有一个办法，我们搬出去！"

他的话才说完，房门开了，高太太满脸泪痕地站在门口，显然，她听到了他们小夫妻间所有的话，她一面拭泪，一面抽抽噎噎地说："很好，皓天，你是读了洋书的人，你是个二十世纪的青年，你已经有了太太，有了很好的工作，你完全独立了，做父母的在你心里没有地位，没有分量。很好，皓天，你搬出去，如果你愿意，你马上就搬，免得说我虐待了你媳妇。只是，你一搬出门，我立刻就一头撞死给你看！你搬吧！你忍心看我死，你就搬吧！"

高皓天怔住了，他望望母亲，再望望依云，他的手握紧了拳，跺了一下脚，他痛苦地大嚷："你们要我怎么办？"

依云推开皓天，挺身而出，她把双手交给了高太太，紧握着高太太的手，她坚定地、清晰地说："妈，我们不搬出去，决不搬出去，你别听皓天乱说。我还是念过书，受过教育的女人。不能生育，我已经对不起两老，再弄得你们两代不和，我就更罪孽深重！妈，您放心，我再不孝，也不会做这种事！"

"依云，"高太太仍然哭泣着，她委委屈屈地说，"你说，我怎么欺侮了你？你说，我不是尽量在维持两代的感情吗？你说，我该怎么做，你们才会满意呢？依云，我不是一直都很疼你的吗？"

"是的，妈。我知道，妈。"依云诚恳地说，"你别难过啊！我已经说了，打死我，我也不搬出去！"

高皓天望望这两个女人，他长叹了一声，只觉得自己五内如焚，而心中似捣，几千几万种无可奈何把他给击倒了，他再跺了一下脚，就径自转过身子，和衣躺到床上去了。

第七章

问题是不是就此解决了呢？问题并没有解决。依云一连思索了好几天，衡量着她和高皓天之间的爱情，也衡量着一个孩子在这家庭中的重要性。终于，这天，她走进高太太的卧房，对婆婆说："妈，我要跟你商量一件事。"

"哦？"高太太狐疑地望着依云，自从高皓天表示过要搬出去之后，她就吓得再也不敢提孩子的事，连暗示和嘲讽都不敢了。望着依云，她有些担心，她怕依云会提出搬家，那么，她就连个儿子都没有了。"什么事？"她忧心忡忡地问。

"妈！"依云坐在她身边，带着满脸温柔的笑意，她心平气和地，又亲亲热热地说："我想和您谈谈有关孩子的事。"

"孩子！"高太太烦恼地转过头去，"算了，别提了，我知道那不是你的错。"

"不是的，妈！"依云拉住她的手，"您有没有听说过一种事情，在台湾也很流行，我们称它为'借肚子'。"

"借肚子？"高太太的精神集中了，眼睛发亮了，她紧盯着依云，"你的意思是——"

"你看，妈，我是决不能生育的，但是——"依云热心地说，"皓天并没有丝毫的毛病，所以，如果我们能找一个乡下女孩子，给她一笔钱，让她和皓天生一两个孩子，不见得做不到。我听说——很多不能生育的太太，都用这种方式让丈夫有了儿女。"

"哦，依云！"高太太惊喜交集，她一把搂住了儿媳妇，含泪说，"你是真心的吗？你愿意这样做吗？你不是拿我这个老太婆寻开心的吧？"

"妈！"依云也含满了泪，但她却微笑着，"我完全是真心真意的，如果我不是真心，让我不得好死！"

"哦哦，"高太太慌忙说，"依云，好孩子，别发誓，我相信你！这种事情，我也听说过，只是你们小两口感情太好，我怕你会——你会——"

"妈，我决不会吃醋！"依云坚决地说，"我信任皓天对我的感情！我也知道高家不能因为我而绝了后代，这样做，是唯一的、两全其美的办法，问题只是……"

"只要你愿意，"高太太兴奋地打断了她，"其他的问题就好办了，是不是？依云，哦，依云，你真好，你真是个懂事的孩子，真是个孝顺的媳妇！"她高兴得又是哭，又是笑。

"至于那个乡下女孩子，我会去找，我会去想办法，对了，叫阿莲回乡下去找找看，我们家不怕出钱，把待遇提高一点，给她十万八万的，一定有穷人家的女孩会愿意，这一方面，你不用管，妈会安排。"

"我……"依云犹豫地说，"我并不担心找不到这女孩子，我只怕——只怕皓天不肯合作。"

"为什么不肯？"高太太不解地问，"这对他又没有损失，孩子生了，就打发那女人走路，他有了孩子，又没有失去妻子。我们可以和那女人说好条件，事后一定不会有瓜葛的。这样的事，他为什么不愿意？"

"妈！"依云咬咬嘴唇，"你自己的儿子，你还不晓得他那脾气吗？到时候，他的人道主义就出来了！"

"人道？"高太太说，"我们并不强迫别人来做这事的，是不是？我们付款的，是不是？这有什么不人道呢！依云，你放心，这事的关键都在你，只要你愿意，一定行得通！"

"我不但愿意，"依云微笑地说，"而且求之不得，我自己——也爱孩子，不管是哪个女人生的，只要是皓天的孩子，就和我自己的孩子一样！"

"噢，依云！你太好了！你真是太好了！"高太太乐得不知该怎么是好，拉着依云的手，她深深地注视她，"依云，你原谅妈前一阵心情不好，说了一些刺心的话，你原谅妈。你这样好心，让高家有了孙子，你一定会得到好报的，妈会加倍地疼你，加倍地宠你……"

"妈！"依云喊，"你待我已经够好了，是我自己不争气……"

"这怎么能怪你呢？"高太太慌忙说，"这又不是你的过失呀！好了，我们现在要做的，就是说服皓天，以及——去物色这个女孩子。"

于是，高皓天下班回家时，这个决议被提出来了。

高皓天听到这个决议之后，他的反应却比依云预料的还要激动，他瞪大眼睛，像听到一件不可思议的怪事一般，哇哇大叫着说："你们都疯了！你们所有的人都疯了！借肚子！闻所未闻的怪事！既然能借母亲，就也可以借父亲，那么，为什么不去干脆收养一个？我不干！这事我决不干！"

"皓天，"高继善正色说，"只要是你的孩子，就是我们高家的骨肉，我们并不在乎母亲是谁，好不容易，我们可以把这问题解决了，你不同意，是不是存心和我过不去？"

"爸爸！"皓天不耐烦地说，"现在这种时代……"

"皓天！"高继善厉声说，"你不要动不动就搬出时代两个字来，不管你生在什么时代，你都是我的儿子！你就有义务帮我生孙子！"

"皓天，"依云俯过去，好温柔地说，"你不要太认死理好不好？把你的观念稍稍改变一下，好吗？你想，你有了孩子就等于我有了孩子。就算是为了我，请你做这件事好吗？"

"依云，"皓天睨视着她，压低声音说，"你是昏了头了！你以为——我可以和一个不认识的女孩子，仅仅为了传宗接代，而干那种事吗？我告诉你，不可能的，不可能！我会有犯罪感，我会觉得对不起我的良心，对不起那个女孩子，也对不起你！"

"可是……"高太太说，"你让高家绝了后，你就对得起父母了吗？"

"最起码，我并不是成心要高家绝后！"

"你不同意这件事，"高继善说，"就是成心要高家绝后！"

高皓天气得直瞪眼睛。

"你们！"他轻蔑地说，"你们把人全看成了机器！去买一个女人来生孩子，然后赶她走，你们想得出来！如果那个女人爱她的孩子，舍不得离开，怎么办？如果买来的女人其貌不扬，生出个丑八怪，怎么办？如果那女人有什么先天性的痴呆症，生出个白痴儿子，怎么办？你们只要孩子，不择手段地要孩子，有没有想到过后果？"

"我懂了，"高太太说，"我一定会帮你物色一个很漂亮，很文雅，没有任何疾病的女孩！"

"妈！"皓天吐了一口气，"你不要找麻烦，好不好？积点德，好不好？孩子出世了，人家母子不肯分离了，怎么办？你有没有想过人性的本能？"

"她真不肯离开孩子，"依云冲动地说，"我们就连母亲一起留下来！"

"依云！"皓天惊愕地喊，"你神志还清不清楚？你想帮我娶个姨太太吗？"

"又有何不可？"依云扬着眉毛说，"古时候的人，三妻四妾的多得很呢，还不是一团和气。"

"天！"高皓天仰头看上面，翻着眼睛，拼命用手敲自己的头，"我看我忽然掉进什么时光隧道里去了，现在到底是什么朝代，我真的弄不清楚了。如果不是你们的神经有问题，一定是我的神经有问题，我简直……我简直……"他低下头，忽然看到一直坐在旁边，默默地听他们讨论的碧菡。他像抓住了一个救星一般，很快地说："碧菡，你觉得他们有理还是我有理？"

碧菡静静地瞅着他，眼睛像一潭深不见底的湖水。

"我觉得，姐夫，"她轻声说，"为了解除姐姐的责任感，为了满足干爹和干妈的期望，为了你以后的欢乐，你——应该有一个孩子！"

"哎呀！"高皓天大叹了一口气，"连你都不肯帮我说话！我……我……我需要一杯酒，碧菡，你给我倒一杯酒来！"

碧菡真的去倒酒了。依云望着高皓天。

"你看！"依云说，"连碧菡都能体会我们大家的心，难道你还不能体会吗？你忍心再拒绝？"

"依云，"高皓天低声地、祈求般地说，"他们不了解我，你难道也不了解吗？我永远不可能和一个陌生女人发生关系，我说过几百次了，'性'是一种美，一种爱，一种艺术，而不是工作呀！"

"除非——"依云咬着嘴唇，深思地说，"那个女孩，是你所喜欢的？"

碧菡端着一个小酒杯走过来了，依云抬起眼睛，她的视线和碧菡的碰了一个正着，像闪电一般，一个念头迅速地闪过她的脑海，而借她的眼睛表现出来了。碧菡一接触到依云这道眼光，心里已经雪亮，她一惊，手里的杯子就倾倒了，一杯酒都泼在高皓天身上。她慌忙俯身用手帕去擦拭高皓天身上的酒渍，于是，高皓天的目光和碧菡的也接触到了，那样惊惶、娇怯、羞涩、闪亮而又热烈的一对目光！高皓天愕然地瞪视着这对眼睛，整个地呆住了。

第二天早上，在上班的路上，碧菡一直非常沉默。高皓天不时悄悄地打量她，这又是冬天了，天气相当冷，碧菡穿了一件鹅黄色的套头毛衣，咖啡色的长裤，外面罩着件咖啡色镶毛领的短外套，头发自自然然地披垂在肩上，睫毛半垂，目光迷蒙，她的表情是若有所思的。浑身都散发着青春的、少女的气息。

"碧菡！"终于，他喊了一声。

"嗯？"她低应着。

"有件事请你帮忙，"他真挚地说，"你不要加入家里那项阴谋。"

"阴谋？"碧菡的眼睛抬起了，她瞅着他，那眼光里充满了薄薄的责备和深深的不满，"姐夫，你用这两个字是多么不公平。不是我说你，姐夫，你是个自私的男人！你根本不了解姐姐，不爱姐姐！"

"什么？"高皓天睁大眼睛，"你这个罪名是怎么加的？我拒绝一个女人，竟然是不了解依云？不爱依云？"

"当然啦！"碧菡一本正经地说，"你如果细心一些，深情一些，你就该了解姐姐有多痛苦，她身上和心灵上的压力有多重。因为她不能生育，她现在已成为高家的罪人，她向你诉苦，你就闹着要搬出去，弄得干妈寻死，干爹生气。她不向你诉苦，是把眼泪往肚子里咽。于是，千思万想，她要经过多少内心的挣扎，才安排出这样一条计策，让你们高家有了后代，也解除她自己的负罪感。现在，你居然拒绝，你是存心逼得姐姐无路可走，你这还叫作爱？叫作了解吗？"

"照你这样说，"高皓天蹙紧了眉，一脸的困惑，"我接受一个女人，反而是爱依云？"

"当然啦！"碧菡又说了一句，"不但是爱姐姐，而且是爱干爹和干妈！干爹说得也对，不管你生在什么朝代，你总是为人子的人，上体亲心，是中国自古的训念，你也别因为自己出国七年，就把中国所有的传统观念，都一笔抹杀了吧！"

高皓天把车停在停车场上，他瞪视着碧菡。

"碧菡，"他沉吟地说，"是不是依云要你来说服我的？"

"没有任何人要我来说服你，"碧菡坦率地说，直视着他的眼睛，"你已经迷糊了，我却很清楚，你需要一个人来点醒你的思想，我就来点醒你！"

"可是，碧菡，"高皓天怔怔地说，"天下会有这种女人，愿意干这件事吗？"

碧菡深深地凝视着他。

"人是有的，只怕你不喜欢！"她轻声说。

推开车门，她翩然下车，走进办公大楼里去了。高皓天注视着她的背影，那苗条的身段，那修长的腿，那均匀的、女性的弧线，他注视着，一直坐在车中，动也不动。

这天，碧菡在办公厅里特别沉默，特别安静，她一直显得若有所思而又心不在焉。那个方正德，始终没有放弃对她的追求，他好几次借故和她说话，她总是那样茫茫然地抬起一对眼睛，迷迷蒙蒙地瞅着他。这种如梦如幻的眼光，这种静悄悄的凝视，使那个方正德完全会错了意，他变得又兴奋又得意又紧张起来，开始神经兮兮地绕着她打圈子，讲些怪里怪气的话，使整个办公厅里的人都注意到了。只有碧菡，她似乎完全沉浸在自己的一个秘密的、不为人知的世界里，对周遭所有的一切，都视若无睹。

高皓天一直在暗中注意着她，看到那方正德在那儿又指手，又画脚，又梳头，又吹口哨的，他实在看不下去了，走到碧菡身边，他轻声说："你能不能不去招惹那个方正德？"

"哦？"碧菡惊愕地抬起头来，一副茫然不解的样子，她的眼睛黑黝黝的、雾蒙蒙的、怯生生的。"姐夫？"她轻柔地说，"你在说什么？"

他注视着这对眼睛，心中陡然间怦然一动，他想起她昨晚把酒洒在他身上，当她去擦拭时，她这对眼睛曾经引起他心灵上多大的震动。他咳了一声，咽了一口口水，他的声音变得又软弱，又无力。

"我在说，"他费力地开了口，"你怎么了？你一直引得那个方正德在发神经。"

"哦？是吗？"她轻蹙眉头，看了看方正德。"对不起，姐夫，"她低语，"我没有注意。"

"你——"他凝视她，"最好注意一点。"

"好的，姐夫。"她柔顺地说，那样柔顺，那样温软，好像她整个人都可以化成水似的。

中午，在回家的路上，她也一直沉默不语，那样安静，那样深沉，像个不愿给人惹麻烦的孩子，又像个莫测高深的谜。

他几度转头看她，她总是抬起眼睛来，对他静静地、微微地、梦似的一笑。于是，他也开始若有所思而心不在焉起来。

午后，高皓天又去上班了，碧菡一个人待在卧室里，静静地坐在床上，她用手托着下巴，想着心事。一声门响，依云推开门走了进来。

"碧菡！"她柔声地叫。

碧菡默默地瞅着她，然后，她把手伸给依云，依云握住了她的手，坐在她身边，一时间，她们只是互相望着，谁也不说话。但是，她们的眼睛都说明白了，她们都知道对方在想些什么。

"姐姐！"终于，还是碧菡先开口，"我以前就说过了，我愿意帮你做任何事！"

"碧菡，"依云垂下了睫毛，"我是不应该对你做这样的要求的！"

"你并没有要求，是吗？"碧菡说，"是我心甘情愿的。"

"碧菡！"依云握紧了她的手，"我只想对你说明一件事。昨夜，我想了整整一夜。想起我第一天见到你，很巧，那天，也是我和皓天在电梯里相撞的日子。仿佛是命定，要把我们三个人串连在一起。记得你给我的那篇作文，首先就提出生命的问题，没料到，我今天就面临了这个问题，却需要你来帮我解决。碧菡，我要说明，我无权要求，这件事太大，可能关系到你的终身幸福，所以，请你坦白告诉我，不要害羞，你有没有一点喜欢皓天呢？"

碧菡凝视着依云，她的眼光是坦白的。

"这很重要吗？"她反问。

"很重要。"依云诚恳地说，"如果你根本不喜欢他，我不能让你做这件事，因为你不是一个买来的乡下女孩，你是我的小妹妹。假若你喜欢他，那么，碧菡，我们……我们——我们何不仿效娥皇女英呢？"

碧菡的眼睛闪亮了一下。

"姐姐，"她轻呼着，"你的意思是说，生了孩子，我不用离开吗？"

"你永远不可以离开，"依云热烈地说，"让我们三个人永远在一起！我们在一起不是很快乐吗？不要去管那些世俗的观念。碧菡，命中注定，我们应该在一起的，碧云天，记得吗？"

碧菡的面颊红润，眼睛里绽放着光彩。

"姐姐，"她低语，"我不可能希望，有比这样更好的安排了。我愿意，百分之百地愿意！"

依云一把拥抱住了她，眼里含满了泪。

"碧菡，谢谢你。你相信我，绝不会亏待你，你相信我，不是那种拈酸吃醋的女人，更不是刻薄……"

"姐姐！"碧菡打断了她，"你还用解释吗？我认识你已经两年多了，这两年相处，我们还不能彼此了解吗？姐姐，你是世界上最好心最善良的女人，我愿意一生一世跟随你！从我懂事到现在，我只有从你身上，才了解了人类感情之可贵！姐姐，别说仿效娥皇女英，即使你要我做你们的婢仆，我也是引以为荣的！"

"噢，碧菡，快别这样说！"依云抚弄着她的头发，含泪凝视她，"从此，我们是真正的姐妹了，是不是？"

"早就是了，不是吗？"她天真地反问。

依云含泪微笑。

"我们现在剩下的问题，"她说，"是如何说服皓天！他真是个顽固派！"

碧菡垂下眼睛，睫毛掩盖住了眼珠，她羞涩地低语："我想，我们行得通。"

"为什么？"

"我们可以想想办法。"她的声音低得像耳语，"我想……这件事，是无法和他正面讨论的，我们所要做的，是如何去……如何去……"她羞红了脸，说不下去了。

"哦！"依云了解地望着碧菡，"看样子，我们需要定一条计策了。"

碧菡俯头不语。

于是，这天晚上，高皓天回家的时候，他惊奇地发现，家里竟有一屋子人，萧振风和张小琪来了，任仲禹和依靠也来了，加上依云、碧菡和高继善夫妇，一个客厅挤得满满的。

阿莲川流不息地给大家端茶倒水，高太太笑脸迎人，不知为什么那样兴奋和开心，连高继善都一直含着笑，应酬每一个人。高皓天惊奇地看着这一切，问："怎么回事？今天有人过生日吗？"

依云笑望着他，轻松地说："什么事都没有，这些日子以来，实在闷得发慌，家里的空气太沉重，所以，特地把哥哥姐姐们约来吃顿饭，调节调节气氛。"

"哦，"高皓天高兴地说，"这样才对，我们四大金刚剩下了三大金刚，应该每星期聚会一次才对！"

萧振风仍然是爱笑爱闹，张小琪挺着大肚子，不住帮依云拿糖果瓜子，任仲禹在发表宏论，大谈美国的经济问题，一屋子热热闹闹的。高皓天被大家的情绪所鼓动，又难得家里有这样好的气氛，他就更加兴奋了，因而，在餐桌上，他不知不觉地喝了过多的酒。依云又忍不住悄悄地拉萧振风："多灌他几杯，"她低语，"可是，只能灌得半醉，不能全醉。"

"你在搞什么鬼呀？"萧振风是丈二和尚摸不着头脑，"把我们都叫了来，又要灌他酒，又不许灌醉，这简直是出难题嘛！我们怎么知道他是半醉还是全醉！"

"嘘！不许叫！"依云说，"你先灌他喝酒就对了！"

萧振风俯在依云耳边，自作聪明地说："是不是他得罪了你，你要灌醉他之后好揍他？我告诉你，你别揍他，你呵他痒，男人最怕呵痒，小琪就专门这样整我！"

依云啼笑皆非，拿这个混哥哥毫无办法。好在高皓天兴奋之余，也不待人灌，就自己左一杯、右一杯地下了肚。大家又笑又闹又开玩笑，一顿饭吃到九点多钟。高皓天已经面红耳赤，酒意醺然，高太太拉了拉依云的袖子，低声地说："差不多了吧？"

依云点了点头。于是，酒席撤了，大家回到客厅，继续未谈完的话题，但是，不到十点钟，依云又拉住萧振风，在他耳边说："你该告辞回家了！"

"什么？我谈得正高兴……"萧振风叫。

"嘘！"依云说，"叫你告辞，你就告辞，知道吗？"

"哦！"萧振风也压低了声音，"你来不及想整他了？呵痒！我告诉你，呵痒最好！"

"你走吧！"依云笑骂着，"快走！"

萧振风立即跳起身子，一迭连声地嚷："走了！走了！走了！再不走有人要讨厌了。"

碧菡的面颊猛然间绯红了起来，她的心跳得那样厉害，头脑那样昏乱，她不得不悄悄地溜回了自己的房间里，坐在床沿上，她心慌意乱而又紧张恐惧。她沉思着，一时间，她觉得又迷惑又不安，这样做是对的吗？自己的未来将会怎样？但是，她回忆起以往的许多事情，那双男性的手，曾经把她抱往医院。依云那件白色的大衣，曾裹住她瑟缩的身子。医院里的输血瓶，曾救了她一条生命。无家可归时，依云把她带回高家……一连串的回忆从她脑海里掠过，然后，这一连串的回忆都消失了，剩下的，只是高皓天的凝视，和依云所说的那句话："命中注定，我们应该在一起的！碧云天，记得吗？"

是的，碧云天！碧云天！这是他们三个人的名字，冥冥中的神灵，早已决定要把他们三个人拴在一起。碧云天，碧云天，碧云天！

时间不知道过去了多久，有人轻敲房门，她惊悸地站起身子，恐慌地瞪视着门口，高太太和依云一起走了进来。高太太一直走到她面前，一言不发地就把她拥进了怀里。好半天，高太太才平复了她自己激动的情绪，她低声地、怜爱地说："好孩子，委屈你了！妈会疼你一辈子！"

"干妈！"碧菡轻声地叫。

"以后，该改口叫妈了。"高太太说。

依云拉住了她的手。

"碧菡，你该去了，他已经上了床。"

碧菡面红心跳，睁大眼睛，她可怜兮兮地看着依云。

"姐姐，我很怕。"她低语。

"你随机应变吧，"依云说，"高家的命运，在你手里。"她把碧菡拉到面前来，附耳低语了几句，碧菡的脸红一阵又白一阵，她忽然想逃走，想躲开，想跑得远远的，但是，她接触到高太太那感激的、热烈的眼光，又接触到依云那祈求的、温柔的神情，她挺直了背脊，深吸了一口气，鼓足勇气说："好了，我去！"

依云很快地在她面颊上吻了一下，高太太又给了她一个热烈的拥抱，她望着面前这两个女人，从没有一个时刻，发现自己竟有如此巨大的重要性。生命的意义在哪里？生命的意义在于觉得自己被重视！她昂起头，推开房门，头也不回地走出去了。

悄悄地推开高皓天的房门，再悄悄地闪身进去，把门关好。她的心狂跳着，房里只亮着一盏小小的台灯，光线暗幽幽的。她站在那儿，背靠在门上，高皓天在床上翻身，带着浓重的酒意，他模糊地说："依云，是你吗？"

她走到床边，高皓天伸过手来，握住了她的手，她不动，也不说话，皓天醉意朦胧地抚弄着她手腕上的镯子，似清楚，又似糊涂地说："你近来是真瘦了，镯子都越来越松了。"

碧菡伸手关掉了桌上的小灯，房里一片黝黑。她轻轻地、轻轻地宽衣解带，轻轻地、轻轻地蹑足登床。高皓天在醺然半醉下，只感到她温软的身子，婉转投怀。不胜娇弱地，她瑟缩在他的怀抱里，带着些轻颤。一股少女身上的幽香，绕鼻而来，他用手紧抱着她，心里有点迷糊，有点惊悸，有点明白。

"你不是依云，你是谁？"

她震颤着，可怜兮兮的，他不由自主地抱紧了她。

"你浑身冰冷，"他说，"你要受凉了。"

她把头紧埋在他胸前，他抚弄着她的头发："你是依云吗？"他半醉半醒地问。

"不。"她轻声回答，"我是碧菡。"

"碧菡？碧菡？碧菡？"他喃喃地念着，忽然惊跳起来。

"你是碧菡？"他问，"你为什么在这儿？"

她把面颊偎向他的，她面颊滚烫，泪水濡湿了他的脸，她战栗地、轻声地、耳语地说："请你不要赶我走！我在这儿，我是你的！请不要赶我走！我是你的，不仅仅是我的人，也包括我的心！姐夫，"她偎紧了他，"我是你的，我是你的！请不要赶我走！请你！请你！请求你！"

他的手指触到她柔软的肌肤，身体感到她身子的颤动，耳中听到她软语呢喃，他想试着思索，但他想不透，只觉得血液在身体中加速地流动，一股热力从胸中上升，迅速地扩展到四肢里去。他甩甩头，努力想弄清楚这件事，努力想克制那股本能的欲望，他说："碧菡，谁派你来的？"

"我自愿来的。"她轻语。

"你知道你在做什么吗？"

"我知道。"

"碧菡。"他挣扎着，他的手碰触到那少女身体上最柔软的部分，感到那小小的身子一阵战栗，一阵痉挛。"碧菡，"他努力挣扎着说，"别做傻事，乘我脑筋还清楚，你赶快走吧，赶快离开这儿！"

"我走到哪里去？"她低声问，"到方正德那儿去吗？"她微微蠕动着身子。

"不，不，"他抱紧了她，"你不许去方正德那儿，你不许！"

他吻着那柔软的小嘴唇，她唇上有着淡淡的甜味，理智从他脑海里飞走，飞走，飞走……飞到不知道多高多远的地方去了。他喘息着，抚摸着她光滑的背脊，他模糊地说："你哪儿都不能去，因为你没有穿衣服。"

她的嘴唇滑向他的耳边，她的手悄悄地抓住了他的手，她在他耳边低低地、低低地说："我好冷，姐夫，抱紧我吧！"

再也没有理智，再也没有思想的余地，再也没有挣扎，没有顾忌，他怀抱里，是一个温软的、清新的、芳香的、女性的肉体！而这女性，还有一颗最动人的、最可爱的、最灵巧的、最细致的心灵！他在半清醒半迷糊中，接受了这份

"最完整"的奉献！

早上，高皓天从沉睡中醒了过来，一缕冬日的阳光，正从窗帘的隙缝中透进来，天晴了，他模糊地想着，浑身懒洋洋的，不想起床。夜来的温馨，似乎仍然遍布在他的四肢和心灵上。夜来的温馨！他陡地一震，睡意全消，天哪！他做过了一些什么事情？翻转身子，他立即接触到碧菡那对清醒的眸子，她正蜷缩在棉被中，静悄悄地、含羞带怯地、温温柔柔地注视着他。

"碧菡！"他哑声喊，"碧菡！"

"我不敢起来，"她微笑着低语，"我怕我一动，就会把你吵醒了。"

"碧菡！"他摇头，自责的情绪强烈地抓住了他，夜来的酒意早成过去，理智就迅速地回来了。他蹙紧眉头，瞪视着她："哦！我怎么会做出这种事情来？碧菡，"他咬紧嘴唇，用拳头捶着床垫，"你怎么这样傻？你为什么要这样？你这个……这个……这个小傻瓜！谁要你这样做的？依云吗？她疯了，居然拖你下水！碧菡，你实在不该……"

碧菡滚到他身边，她用手一把抱住了他的脖子，她的眼睛明亮而清幽地凝视着他。轻声地，温柔地，她打断了他的自怨自艾。

"别怪姐姐，别怪你自己，"她说，眼睛一眨也不眨地望着他，"所有的事，都出于我的自愿，与姐姐和干妈都没有关系。"

"你的自愿！"他叫，"为什么？"

碧菡的睫毛垂了下来，她把面颊埋进枕头里去，她的身子瑟缩了一下，那眼光顿时显得暗淡了。

　　"或者，"她低低地、自卑地说，"你觉得……我是很不害羞的吧！或者，你会看不起我吧！"

　　"碧菡！"他激动地叫了一声，把她的面颊从枕头里扳转过来，她抬起了睫毛，眼里已凝贮着泪水。这带泪的凝视使他的心脏猛抽了一下，他一把拥住了她，用面颊紧紧地贴着她的鬓角，他低声地叫："碧菡，你怎会这样想？我看不起你？我该看不起的，是我自己！我是一个伪君子，一个衣冠禽兽！我居然……糟蹋了你！你，一直在我心里是那样纯洁，那样美好，那样高雅的女孩！我一天到晚防范别人会糟蹋了你，污辱了你，结果，我自己却做了这种事情！哦，碧菡，你不该让它发生的，你应该逃开我，逃得远远的！"

　　碧菡把脸从他面颊边转开，她正对着他的脸，她小小的手指抚摸着他的下巴，她眼里依然带泪，唇边却挂着个美丽的、动人的、娇怯的微笑。

　　"你真把我想得那样好吗？"她低问。

　　"是的！"

　　"那么，现在我在你心里就不纯洁、不高雅、不美好了吗？"

　　"你在我心里永远纯洁而美好！"

　　"那么，你在乎什么呢？"她紧盯着他，眼里有种天真的光芒，"我并没有改变，不是吗？"

　　"你……"他结舌地说，"你不在乎别人怎样想吗？你以后的幸福、前途，你全不管吗？"

"全世界的男人里，我只在乎你一个！"她坚定地说，"我以后的幸福、前途，我在昨夜，已经一起交给你了！我还有什么可担心的呢？"

"碧菡！"他紧盯着她，"你明知道，我有太太。"

"是的，"她轻语，"姐姐说，我们是娥皇女英，所以，你是现成的舜帝。当昨晚我走进你的房门的时候，我就已经决定了我自己的命运。我既不要名分，也不要地位，我心甘情愿，和姐姐永远在一起，并为你生儿育女！我仔细想过，这是我最好的遭遇，最好的结果。"

他的眼睛一眨也不眨地望着面前这张年轻的、焕发光彩的面庞。

"天哪！"他低叫，"你居然放弃了恋爱的机会？"

"没有。"她摇头，热烈地看着他，"告诉我，"她轻幽幽地说，"昨晚，你虽喝多了酒，你并没有醉到不知道我是谁的地步，是吗？"

"是的，"他赧然地说，"我知道是你，我——明知故犯，所以罪不可赦。"

"为什么你要明知故犯？"她问，忽然大胆起来，她的眼睛里有着灼灼逼人的光彩。

"我……"他犹豫着，那对眼睛那样明亮地盯着他，那光洁的面庞那样贴近他，他心荡神驰，不能不说出最坦白的话来，"我想——我早已爱上了你，碧菡，你使我毫无拒绝的能力。"

她的眼睛更亮了，有两小簇火焰在她眼中燃烧。

"我就要你这句话！"她甜甜地说，一抹嫣红染上了她的面颊，"你看，我并没有放弃恋爱的机会，你又何必有犯罪感，而自寻烦恼呢？"她的手从他下巴上溜下来，玩弄着他睡衣上的纽扣，她睫毛半垂，眼珠半掩，继续说："至于我呢？说一句老实话，我……自从在医院里，第一次见到你……哦，不，可能更早，当你把我抱进汽车，或抱进医院的那时起，我已经命定该是你的了。因为……因为……我心里从没有第二个男人！"

"哦，碧菡！"他轻呼着，听到她做如此坦白的供述，使他又惊又喜又激动又兴奋，"你是说真心话吗？不是因为我已经占了你的便宜，所以来安慰我的吗？我能有这样的运气吗？我值得你喜欢吗？"

"姐夫！"她低叫，"我从没在你面前撒过谎，是不是？我从没欺骗过你，是不是？"

他凝视她，深深地凝视她，他注视得那样长那样久，使她有些不安，有些瑟缩了。然后，他拥住了她，他的嘴唇捕捉到了她的。她心跳，她气喘，她神志昏沉而心魂飘飞。昨夜，他也曾吻过她。但是，却绝不像这一吻这样充满了柔情，充满了甜蜜，充满了信念与爱。她昏沉沉地回应着他，用手紧揽着他的脖子。泪水沿着她的面颊滚下来，他的唇热烈地、辗转地紧压着她，她听得到他心脏沉重的跳动声，感觉得到他呼吸的热力。然后，他的嘴唇滑过她的面颊，拭去了她的泪，他在她耳边辗转低呼，一遍又一遍："碧菡！碧菡！

碧菡！"

"姐夫！"她轻应着。

"嘘！"他在她耳边说，"这样的称呼让我有犯罪感，再也不要这样喊我！叫我的名字，请你！"

碧菡期期艾艾，难以开口。

"你……你……是我姐夫嘛。"

"经过了昨夜，还是姐夫？"他问。

她红着脸，把头埋在他的胸前。

"皓天！"她叫。

她听到他的心脏一阵剧烈地狂跳。他半晌无语，她悄悄地抬起头来看他，于是，她看到他眼里竟有泪光。

"碧菡，"他望着天花板，幽幽地说，"我从没有做过这样的梦想。在我和依云婚后，我觉得我已拥有了天下最好的妻子，我爱依云，爱得深，爱得切，我从不想背叛她。即使现在，你躺在我怀里，我仍然要说，我爱依云。你来到我家以后，每天每天，你和我们朝夕相共，我必须承认，你身上有种崭新的、少女的清幽，你吸引我，你常使我心跳，使我心动。但我从没有转过你任何恶劣的念头，我只想帮你物色一个好丈夫，我做梦也没想到过要占有你。或者，在潜意识中，我确实嫉妒别的男性和你亲近，明意识里，我却告诉自己，你像一朵好花，我只是要好好栽培你，让你开得灿烂明媚，而不是要采撷你。依云的不孕症，造成家庭里的低潮，她太大方，你太善良，她要孝顺，你要报恩，竟造成我坐享齐人之福！我何德何能，消受你们两个？我何德何能，拥有你们两个？”

碧菡用手轻轻地环抱住他，她诚挚地说：“让我告诉你，我绝不会和姐姐争宠，她是世界上最好的人，你应该爱她，远超过爱我！否则，我会代姐姐恨你！你要记住，她是你的妻子，我是你的侍妾……”

他用手一把捂住了她的嘴。

“永不许再用这两个字！”他哑声说。

她挣脱了他的手，固执地说：“我要用，我必须用！因为这是事实，你一定要认清这事实。否则，我不是报姐姐的恩，而是夺姐姐的爱，那我就该被打入地狱，永不翻身！”

“你多矛盾！”他说，“你要我爱你，你又怕我爱你，你是为爱而献身，还是为报恩而献身？”

“我确实矛盾。”她承认，“我既为爱而献身，也为报恩而献身，我既要你爱我，又不许你太爱我。如果你的爱一共一百分，请你给姐姐九十八分，给我两分，我愿已足。”

他吻她的面颊。

“你是个太善良太善良的小东西，你真让我心动！”他说，“为什么要这样委屈你？如果我有一百分的爱，让我平均分给你们两个人。”

“啊啊，不行不行。”她猛烈地摇头，“你记牢了，你要给姐姐九十八分，只给我两分，超过这个限度，我就会恨你，不理你！你发誓！”

“我不发，”他摇头，“感情是没有一个天平可以衡量的，我永不会发这种誓，我爱你们两个！”

"但是，"她正色地看着他，"你发誓，你永不会为了我而少爱姐姐！"

"为了你吗？"他低叹着，"我应该为了你而多爱依云，因为，她把你送进了我怀里！像芸娘为沈三白而物色憨园，用情之深，何人可比？沈三白无福消受憨园，我却何幸，能有你和依云！"他再叹了口气，抚摸着碧菡的头发，他深思地说："《花月痕》里面有两句话，你知道吗？"

碧菡摇摇头。

"《花月痕》是一部旧小说，全书并不见得多精彩，只是，其中有两句话，最适合我现在的心情。"他清晰地念了出来："薄命怜卿甘作妾，伤心恨我未成名！"

她凝思片刻。

"知道吗？"她说，"这两句话对我们并不合适。"

"怎么？"

"这是中国古代的士大夫思想。现在呢，我既不能算是薄命，你也没有什么可伤心。我病得快死了，却被你们救活，我爱上你，竟能和你在一起，我享受我的生活，享受你和姐姐对我的疼爱，不说我命好已经很难，怎能说是薄命呢？你年纪轻轻，已有高薪的工作，是个颇有小名的工程师，家里又富饶，不愁衣食，不缺钱用，除非你贪得无厌，否则，你还有什么不知足？有什么可伤心呢？"

他思索了一会儿，忍不住扑哧一笑。

"没料到，你这小小脑袋，还挺有思想呢！"

"好不容易，"碧菡说，"你笑了。"

他凝视她，那娇羞脉脉，那巧笑嫣然，那柔情万缕，那软语呢喃……他不能不重新拥住了她，深深地，深深地吻她。

一吻之后，她抬起头来，看到了那射进房来的阳光。她惊跳起来，问："几点钟了？"

他看看手表。

"快九点了。"

"天！"她喊，"我们不上班了吗？而且……而且……"她张皇失措，"这么晚不起床，要给干妈和姐姐她们笑死！"她慌忙下床穿衣。

一句话提醒了皓天，真的，依云会怎么想？即使事情是她安排的，难道在她内心深处，不会有丝毫的嫉妒之情？他赶快也跳下床来穿衣服。

梳洗过后，他们走出了房间，碧菡是一脸的羞涩，皓天却是既尴尬，又不安。他们在客厅里看到了依云和满面春风的高太太。依云似乎起床已经很久了，坐在沙发中，她正在呆呆地啃着手指甲，一份没有翻阅过的报纸，兀自放在咖啡桌上。看到了他们，她跳起来，轮流望着皓天和碧菡的脸色，然后，她扬了扬眉毛，微笑地说："恭喜你们啦！"

碧菡满脸红霞，羞涩得几乎无地自容。皓天也红了脸，紧捏了依云的手一下，他说："你们定的好计！"

"不管计策多好，"依云似笑非笑地瞅着皓天。"也要人肯中计呀！"

"咳！"皓天干咳了一声，望望四周，"有可吃的东西没有？我们还要赶去上班呢！"

"有，有，有，"高太太一迭连声地说，"早给你们准备好牛奶面包了，还有一锅红枣莲子汤。"她走过去，亲热地牵着碧菡的手，低问了一句什么，碧菡的脸更红了，红得像个熟透了的美国苹果。皓天悄悄地看了她一眼，正好她也斜睨过来，两人的目光一接触，就又慌忙地各自闪开。高太太看在眼里，乐在心里，她挽着碧菡，说："今天请一天假，不要去上班了吧！"

　　"不，不，"碧菡立即说，"一定要去的，好多工作没做完呢！"

　　阿莲端了牛奶面包进来，又捧来一锅红枣莲子汤，她只是笑吟吟地望着高皓天和碧菡，看得两人都浑身不自在。高太太亲自给碧菡盛了一碗红枣莲子汤，笑嘻嘻地说："碧菡，先把这碗汤喝了吧！取个好兆头！"

　　好兆头？碧菡一愣，不知高太太指的是什么，但是，当她顺从地喝那碗汤时，她才明白过来，原来那里面是红枣、花生、桂圆、莲子四样东西，合起来竟成为"早生贵子"四个字！中国老古董的迷信都出来了。她一面喝汤，一面脸就红到脖子上。

　　匆匆地吃完早餐，高皓天走到依云身边，闪电般地在她面颊上吻了一下，他低声凑着她耳朵说："今晚要找你算账！"

　　依云怔了怔，会过意来，脸就也红了，瞅着他，她低语了一句："别找我，找那个需要喝莲子汤的人吧！"

　　"我找定了你！"高皓天悄悄说，"别以为你从此就可以摆脱我了！"说完，他掉转头，大声喊："碧菡！快一点，要去上班了！"

碧菡冲进屋里，穿上大衣，她走了出来。望着依云，碧菡腼腼腆腆地一笑，羞羞涩涩地说了一声："再见！姐姐！"又回头对高太太说："再见，干妈！"

高太太一直追到门口去，嚷着说："中午早点回来吃饭哦，我已经叫阿莲给你炖了一只当归鸡了。"

碧菡和皓天冲进了电梯，碧菡才如释重负地吐出一口气来，高皓天也像卸下了一个无形的重担一般，他们彼此对视着，都不由自主地微微一笑。碧菡垂下了眼睑，用手拨弄大衣上的扣子，皓天伸出手去，抓住了她的手。

"不后悔吗？碧菡？"他深沉地问。

她抬眼注视他，眼里一片深情。

"永不！"她说。

他抓紧了她的手，握得好紧好紧。电梯门开了，他挽着她走出电梯，走出公寓，走上汽车。那种崭新的、温柔的情绪，一直深深地包围着他们。

第八章

这儿，依云目送他们两个双双走出大门，她就又坐回沙发里，深思地啃着手指甲。高太太笑嘻嘻地关好了门，回过头来，她用手揉着眼睛，又是笑，又是哭地说："他们不是很好的一对吗？依云？"

"哦！"依云怔着，牙齿猛地一咬，手指头被咬得出血了。

她赶快把整个手指头伸进嘴里去含着。高太太似乎惊觉到自己说错了什么，她对依云尴尬地笑了笑，说："依云，你真是天下最贤惠的儿媳妇。"

不知百年以后，有没有人来给她立贤惠牌坊？她心里懵懵懂懂地想着，牙齿仍然拼命啃着手指甲。高太太踌躇满志地四面望望，又说："真难为了碧菡那孩子，我们也不能亏待了人家，过两天要叫人来把房子改装一下，也布置一个套房给碧菡和皓天，像你们那间一样的。在没布置好以前，只好先委屈你一下，依云，你就先住碧菡的房间吧，待会儿，让阿莲把你们的东西换一换……"她歉然地望着依云,有点不好意思地说,"依云,你不会介意吧!你看……我们是从大局着想,等碧菡有了孩子,当然……就随皓天,爱去哪个房间,就去哪个房间了。依云,"她注视着儿媳妇,"你真的不介意吗?"

"哦,哦,当然,当然。"依云下意识地回答着,手指被啃掉了一层皮,好痛好痛。她把手指从嘴里拿出来,望着那破皮的地方,指甲被啃得发白了,破口之处,正微微地沁出血来。她用另一只手握住这受伤的手指,嘴里自言自语地说:"从小就是这毛病,总是自己弄伤了自己。"

高太太诧异地回过头来。

"你在说什么?"她温和地问。

"哦,没有什么,没有什么。"她睁大了眼睛说,站起身来,"我去叫阿莲帮忙换房间!"她很快地冲进了卧房,一眼看到那张已被收拾干净,换了床单的双人床,她就呆呆地愣住了。不知不觉地,又把那只受伤的手指,送进嘴里去啃了起来。

这天在公司中,高皓天是无心于设计图了,他总是要悄悄地抬起头来,悄悄地窥探着碧菡。他奇怪,在昨天以前,这个女孩只是他的一个小妹妹,两年以前,她只是给依云惹麻烦的一个女学生,但是,现在呢?她却成了他生命里的一部分。她那一颦眉,一微笑,一举手,一投足……都带给他那样深切的温柔和说不出的亲切。他不能不常常走近她身边,对着她莫名其妙地微笑。

碧菡呢？这个上午的工作也是天知道，她一直像驾在云里，像行在雾里，对所有的事物都是迷迷糊糊的。一个女孩，怎能在一夜间，从一个少女变成一个妇人？她常痴痴地出起神来，动不动就觉得面红心跳。每当皓天从她身边掠过，每当他对她投来那深情款款的微笑时，她就感到自己根本不存在了，天地也不存在了，世界也不存在了，办公厅也不存在了……她眼里只有他的眼睛，他的微笑。

一个上午就在这种缥缥缈缈、迷迷蒙蒙中度过了。终于，他们下了班，坐进汽车，他立刻伸过手来，紧紧地握住了她的，两人相对凝视，千言万语，尽在不言中。他发动了车子，一路上，他们除了交换眼神和微笑以外，几乎什么话都没有谈。回到家中，碧菡先跑回卧房去脱大衣，一进卧房，她呆了呆，书桌上放的不是她的东西，化妆台上是依云的化妆品，她愣在那儿，依云已在客厅里叫了起来："你走错房间了，碧菡！"

碧菡退回客厅里，她诧异地问："我的房间呢？"

高太太笑嘻嘻地迎了过来。

"碧菡，"她温柔地说，"你先和依云换换房间住，等你的房间装修好了，你再搬回来。"

碧菡瞪大了眼睛，她愕然地说："什么？我和姐姐换房间？"她的脸涨红了，却不仅仅由于羞涩，而有更多的激动。"干妈，"她猛烈地摇头，"这样不行，这样绝对行不通！"她冲进卧房里去，一面急急地叫着："我要马上换回来！"说着，她立即动手去抱化妆台上那些瓶瓶罐罐。

"碧菡！"高太太追过去，叫着，"你何必这样呢？先和依云换换房间有什么关系！"

碧菡站住了，她直视着高太太。

"有关系的，干妈，"她诚恳、真挚而激动地说，"我之所以愿意做这件事，是希望能解决高家的问题，带给高家欢乐。是因为姐姐待我太好，除此以外，我不知怎么做才能报答姐姐。可是，如果换了房间，就等于是鸠占鹊巢！我再不懂事，我再糊涂，我再忘恩负义，也做不出这种事情来！干妈，您如果疼我，不要陷我于不义！姐姐！"她扬着头叫依云，"你怎么能这样做？如果你一定要我换房间，我还是回我松山区的老家去，你另外给姐夫找一个女人吧！"她急得眼睛里充满了泪水，"姐姐，你把我想成怎样的女人了？"

依云呆站在客厅中，一时间，她不知道该说什么才好，在内心深处，却有一股温柔的、酸楚的情绪，迅速地升了起来，把她给密密地包围住了。她正迟疑间，高皓天已冲到她的面前来，他一把抓住了她的手腕，脸色苍白，眼睛黝黑地盯着她。"依云！"他说，"你是什么意思？你是在惩罚我？还是在责备我？还是安心咒我不得好死？事情是你们安排的，计策是你们定下的，假如我得到碧菡而失去你，那么，我还是剃了头当和尚去！我谁也不要了！"

"哎哟！"高太太看出事态严重，有点手忙脚乱了。她开始一迭连声叫阿莲："阿莲！阿莲！把她们的东西再换回来，赶快赶快！"她看着碧菡，小心翼翼地说："给你换一张双人床，总可以吧！"

碧菡垂下了眼睫毛，半晌不语。然后，她抬起头来，注视着高太太，她像是在一瞬间长大了，成熟了。她压抑了自己的羞涩，轻声地，却坚决地说："干妈，请你原谅我，我必须要表明自己的立场。今天我们所做的一切事情，都不合乎常理，尤其不合乎这个时代。可是，我们做了，像一百年前的中国人一样的做了。那么，我们就维持一百年前的礼数吧。尊卑长幼不可乱，大小嫡庶必须分！否则，我会无地自容！"

　　"碧菡！"依云忍不住赶了过来，迅速地，她把碧菡拥进了怀里，憋了一个上午的眼泪，忽然像决了堤一般泛滥起来。她哭泣着抱紧了碧菡，喃喃地、含糊地嚷："你是我的小妹妹！我们说好了的，没有什么尊卑长幼，没有什么大小嫡庶！你只是我的小妹妹！"

　　碧菡也哭了，她拥着依云说："姐姐，你是那么好的姐姐，你还不了解我？如果我早知道你这样不了解我，我就不会答应你做这件事了！"

　　听到碧菡这样说，依云感到连心都碎了，她忽然觉得那样惭愧，那样抱歉，只因为自己早上的态度并不很好。她感激，她心酸，她紧拥住碧菡，恨不得将自己所有的感情，都借这一个拥抱而传达给她。

　　于是，房间又换了回来，在碧菡的坚决反对之下，高太太连装修的念头都打消了，只给碧菡屋里换了张床而已。但是，对高皓天来说，现实的问题却是相当难堪的。晚上，依云把他推出房门，在他耳边说："去碧菡那儿吧，并不是我不要你，只是妈会不高兴，而且，你也该待碧菡好些，她……

她还是新娘子呢！"

"依云！"他想留下来，"你不能……"

"嘘！"依云把手指头按在他唇上，"快去！你听话，才是我的好丈夫！"

他无可奈何地去敲碧菡的房门，碧菡一打开就呆了，拦在门口，她一脸的紧张和抗议："姐夫，你来干什么？"她正色凛然地说，"赶快回姐姐那儿去！否则，我就再也不理你了！"说完，她不由分说地就关上了房门，随他怎么敲门，怎么低唤，怎么哀求，她就是相应不理。高皓天迫不得已，又折回依云那儿，依云却对着他一个劲儿地摇头："不行！不行！你还是到碧菡那儿去，要不然，妈一定以为我是醋坛子！"

说完，她也要关门，皓天慌忙把脚一伸，顶住了门，瞪视着她说："喂喂，你们是不是预备要我睡在走廊上？无论如何，总该给我一个地方睡呀！整天，你们又是换房间，又是买床，怎么我反而连可待的房间也没有了？可睡的床也没有了？何况，天气很冷呢！别太没良心，把我冻死了，你们两个都当寡妇！"

依云"扑哧"一声笑了，这才放他进房间。

可是，这样的节目，是经常演出了，高皓天这才知道，齐人之福实在是齐人非福。他常终夜奔走于两个房门口之间，哀求这个开门或哀求那个开门。碰到两个都不肯开门的时候，他就是"为谁风露立中宵"，把自己冻得浑身冰冰冷。这样闹了两个月，他夜里睡眠不足，白天脸色发青。高太太又错会了意，赶快炖鸡汤给他补身体，一面暗示两个儿媳妇要"适可而止"，弄得依云和碧菡都绯红了脸，而皓天却一肚子的"有苦说不出"。

二月，张小琪生了一个八磅重的胖儿子。碧菡那儿仍然没有消息。三月，张小琪的儿子满了月，碧菡仍然毫无动静。

高太太心里纳闷，嘴里也不好说什么。可是，这天清晨，高太太起了一个早，却发现皓天裹了一床毛毡，睡在沙发上。高太太这一惊非同小可，慌忙推醒了皓天，急急地问："怎么了？两张床不去睡，怎么睡在沙发上呢？"

"妈呀！"皓天这才苦笑着说，"你不知道，这几个月以来，我是经常睡沙发的！"

"怎么回事？"高太太蹙着眉，大惑不解地问。

"这边把我往那边推，那边把我往这边推，两边都不开门，你叫我睡到哪里去？"

还有这种事？高太太又好气又好笑，怪不得碧菡不怀孩子，睡沙发怎么睡得出孩子来？于是，这天午后，高太太把两个儿媳妇都叫到屋里来，私下里，谈了一大篇话。然后，依云又把碧菡拉到房里，恳切地说："碧菡，我们这样确实不是办法。弄得皓天连个睡觉的地方都没有，也太过分了。"

"还不是怪你！"碧菡脸红红地说，"你为什么不开门嘛？"

"你又为什么不开门呢？"依云问。

姐妹两个相对瞪眼睛，然后都忍不住地笑了起来。

依云拉住了碧菡的手，她亲热地说："碧菡，我们不要幼稚了吧，这样做，实在太傻气！你心平气和想一想，最重要的问题，你是不是该有个孩子呢？假若你一直把他关在门外，怎么怀孩子？我想，从今天起，你不许关门，他以你那儿为主，以我这儿为副。等你怀了孩子，我们再定出个办法来。这样，好不好呢？"

碧菡俯首不语。

于是，从这天起，皓天才算不吃闭门羹了。他经常睡在碧菡那儿，偶然睡在依云那儿。日子平静地滑过去，依云和碧菡，始终维持着姐妹般的亲情。皓天这才享受到一段真正温馨而甜蜜的生活。

天气渐渐热了。依云、碧菡和皓天喜欢结伴郊游，他们三个那样亲切，那样融洽，常常使旁观的人都闹糊涂了，实在看不出他们三个人的关系。可是，好景不长，这种亲密的三人关系，很快就成了过去。随着天气的燥热，高家的气氛像是周期性地又陷入了低潮，这一次，连碧菡都有些不安了。

私下里，碧菡悄悄地问高皓天："会不会我也和姐姐一样，有了毛病！"

"别胡说！"皓天不安地望着她，"怎么会这么巧，你们都有了毛病？"侧着头，他想了想，然后，他把碧菡拉进怀里，警告地说："不过，有件事，我还是先讲明白的好，万一你真有了什么毛病，你可不许和依云联合起来，再给我弄第三个女人！"

"那可说不定！"碧菡笑吟吟地说，"可能你命中注定，是该有七十二个老婆的，那么，你只好一个一个地弄来了！"

皓天望着碧菡，这半年多以来，她更加丰润、更加明媚了，举手投足间，她天生就有一种动人的韵致。她细腻，她温柔，她是女人中的女人。以前，他总觉得她过分地飘逸，常给人一种如梦如幻的不真实感。现在呢？她却是实在的。总之，当她依偎在他怀中时，她是那样一个真实的、完整的女人。

"碧菡，"他常叹息着说，"我还记得第一次到你家去，你奄奄一息地躺在病榻上，我把你抱进车里，你躺在我怀中，轻得像一片羽毛。我怎会料到，这一抱，我就抱定了你！"

她凝视他，眼里闪着光，那脸上的表情是动人的，柔情如水，温馨如梦。

"我却已经料到了。"她低语，"在我昏迷中，我脑子里一直浮动着一张面孔，我醒来，看到你以后，我就对自己说，这是你的姐夫，可是，他却可能会主宰了你的一生！"

"为什么？"

她坦白地看着他。

"我爱你，皓天！"她说，"我一直爱你！你是属于姐姐的，不属于我。因此，我常想，我可以一辈子不结婚，跟随着你们，做你们的奴隶。谁知，命运待我却如此优厚，我竟能有幸侍奉你！皓天，我真感激，感激这世上所有的一切！感激我活着！"

听她这样说，皓天忍不住心灵的悸动。

"哦，碧菡！"他喊，"别感激，命运对你并不公平！像你这样的女孩，应该有一个完整的婚姻！"

她长长久久地瞅着他。

"可是，这世界上只有一个高皓天！不是吗？"

他抱住了她，深深地吻她。

"这个高皓天有什么好？值得你倾心相许？"

"这个高皓天或许没有什么好，"她轻轻地，柔柔地说，"只是，这世界上有一个痴痴傻傻的小女孩，名字叫俞碧菡，她就是谁也不爱，只爱这个高皓天！"

他凝视她的眼睛，轻轻叹息。

"是的，你是个痴痴傻傻的小女孩！你痴得天真，你傻得可爱！"把她紧拥在怀里，他在心里无声地叫着："天哪，我已经太喜欢太喜欢她了！天哪！那爱的天平如何才能维持平衡呢！天哪！别让我进入地狱吧！"

是的，皓天和碧菡是越来越接近了，白天一起上班，晚上相偕入房，他们的笑声，常常洋溢于室外，他们的眼波眉语，经常流露于人前。依云冷眼旁观，心中常像突然被猛捶了一拳，说不出的疼痛，说不出的酸楚。夜里，她孤独地躺在床上，听尽风声，数尽更筹，往往，她会忽然从床上坐起来，用双手紧抱住头，无声地啜泣到天亮。

八月，碧菡仍然没有怀孕。高太太又紧张了，这天，她悄悄地带碧菡去医院检查，那为碧菡诊断的，依旧是当初给依云看病的林医生。检查完毕，他笑吟吟地对高太太说："你儿媳妇完全正常，如果你儿子没毛病的话，她是随时可能怀孕的。"

高太太乐得合不拢嘴。

"我儿子检查过了，没病！"她笑嘻嘻地说，不敢说明她

199

的儿子就是来检查过的高皓天，"可是，为什么结婚九个月了，还没怀孕呢！"

"这是很平常的呀，"林医生说，"不要紧张，把情绪放松一点，算算日子，在受孕期内，让她多和丈夫接近几次，准会怀孕的！只是你儿媳妇有点轻微贫血，要补一补。"

回到家来，高太太兴致勃勃的，又是人参，又是当归，一天二十四小时，忙不完的汤汤水水，直往碧菡面前送。又生怕她吃腻了同样的东西，每天和阿莲两个，挖空心思想菜单。

依云看着这一切，暗想：这是碧菡没有怀孕，已经如此，等到怀了孕，不知又该怎样了。高太太又生怕儿子错过什么"受孕期"，因此，只要皓天晚上进了依云的房间，第二天她就把脸垮下来，对依云说："医生说碧菡随时可能怀孕，你还是多给他们一点机会吧！"

依云为之气结，冲进卧房里，她的眼泪像雨一般从面颊上滚下来，她会用手捂住脸，浑身抽搐着滚倒在床上，心里反复地狂喊着："我该怎么办？我该怎么办？我该怎么办？"

高皓天沉浸在与碧菡之间那份崭新的柔情里，对周遭的事都有些茫然不觉。再加上碧菡在公司里仍然是小姐的身份，那些光杆同事并不知道碧菡和皓天的事情，所以，大家对碧菡的追求非但没有放松，反而越来越热烈起来，因为碧菡确实一天比一天美丽，一天比一天动人，像一朵含苞的花，她正在逐渐绽放中。这刺激了高皓天的嫉妒心和占有欲，他像保护一个易碎的玻璃品般保护着碧菡，既怕她碎了，又怕她给别人抢去。每次下班回家，他不是骂方正德不男不女，就是骂袁志强鬼头鬼脑，然后，一塌刮子得给他们一句评语："癞蛤蟆想吃天鹅肉！"

"哦，"碧菡笑吟吟地说，"他们都是癞蛤蟆，你是什么呢？"

他瞪大眼睛，趾高气扬地说："你是天鹅，我当然也是天鹅了！你是母天鹅，我就是公天鹅！"他的老毛病又发作了，侧着头，他说，"让我想想，天鹅是怎么样求爱的，天鹅叫大概和水鸭子差不多！"于是，这天晚上，碧菡和高皓天的屋里，传出了一片笑声，和皓天那不停口的"呱呱呱"的声音。

依云听着那声音，她冲进卧房，用手紧紧地捂住了耳朵。

坐在床上，她浑身痉挛而颤抖，她想着那"吱吱吱""吼吼吼"的时代，似乎已经是几千几百万年以前的事了。现在的时代，是属于"呱呱呱"的了。

这种压力，对依云是沉重而痛楚的，依云咬牙承担着，不敢做任何表示。因为皓天大而化之，总是称赞依云大方善良，碧菡又小鸟依人般，一天到晚缠着她叫姐姐。风度，风度，人类必须维持风度！稍有不慎，丈夫会说你小气，妹妹会说你吃醋，婆婆一定会骂你不识大体！风度！风度！人类必须维持风度！可是，表面的风度总有维持不住的一天！压力太重总有爆发的一天！

这天中午，碧菡和高皓天冲进家门，他们不知道谈什么谈得那么高兴，碧菡笑得前俯后仰，一进门就嚷着口渴。皓天冲到冰箱边，从里面取出了一串葡萄，他仰头衔了一粒，就把整串拎到碧菡面前，让她仰着头吃。碧菡吃了一粒，他又自己吃了一粒，那串葡萄，在他们两个人的鼻子前面传来传去，依云在一边看着，只觉得那串葡萄越变越大，越变越大，好像满屋子都是葡萄的影子。就在这时，皓天一回头看到了依云，他心无城府地把葡萄拎到依云面前来，笑嘻嘻地说："你也吃一粒！"

依云觉得脑子里像要爆裂一般，她一扬手，迅速地把那串葡萄打到地下，她大叫了一声："去你的葡萄！谁要你来献假殷勤！"说完，她转头就奔进了卧房，倒在床上，她崩溃地放声痛哭。

高皓天愣住了，望着那一地的葡萄，他怔了几秒钟，然后，他转身追进了依云的房间，把依云一把抱进了怀里，他苍白着脸，焦灼地喊："依云！依云！你怎么了？你怎么了？"

依云哭泣着抬起头来，她语不成声地说："你已经不再爱我了，不再爱我了！"

"依云！"皓天哑着喉咙喊，"如果我不爱你，让我死无葬身之地！让我今天出了门就被车撞死！"

依云睁大了眼睛，立即用手捂住了皓天的嘴。

"谁让你发毒誓？你怎么可以发这种誓？"

皓天含泪望着她。

"那么，你信任我吗？"

她哭倒在他怀里。

"皓天！皓天！"她喊着，"不要离弃我！不要离弃我！因为，我是那么那么爱你呀！"

高皓天满眼的泪。

"依云，"他战栗着说，"如果我曾经疏忽了你，请你原谅我，但是，我从没有停止过爱你！"

"可是，"她用那满是泪痕的眼睛盯着他，"你也爱碧菡！是吗？"

他不语。他们默默相视，然后，依云平静了下来，她低下头，轻声说："以前看电影《深宫怨》，里面就说过一句话：你并不是世界上第一个同时爱上两个女人的男人！"

一声门响，碧菡闪身而进，关上房门，她怯怯地移步到他们面前，站在床前面，她的脸色苍白如纸，两行泪水正沿颊滚落，她一句话也没有说，就在依云面前跪了下去。

"碧菡！"依云惊喊，溜下床去，她抱住了碧菡，顿时，两个人紧紧拥抱着，都不由自主地泣不成声。

高皓天的手圈了过来，把她们两个都圈进了他的臂弯里。

不知不觉地，冬天又来了。

由夏天到冬天，这短短的几个月，对高家每个人来说，似乎都是漫长而难耐的。碧菡天天在期待身体上的变化，却每个月都落了空，她始终没有怀孕。高太太失去了弄汤弄水的兴致，整天只是长吁短叹。高继善埋怨自己三代单传，竟连个兄弟都没有，否则也可从别的房过继一个孩子来。高皓天自从依云发过脾气以后，就变得非常小心，他周旋于碧菡和依云之间，处处要提醒自己不能厚此薄彼，他比"孝子"还要难当，活了三十四岁，才了解了什么叫"察言观色"。依云很消沉，很落寞，常常回娘家，一住三四天，除非皓天接上好几次，否则就不肯回来。

这样的日子是难过的，是低沉的。尽管高皓天生来就是个乐天派，在这种气氛中也乐不起来了。这年十二月，张小琪居然又怀了孕，高太太知道之后，叹气的声音就简直没有间断了。

"唉！人家是一个媳妇，怀第二个孩子了，我家两个媳妇，却连个孩子影儿都没有。唉！我真命苦！唉！"

听到这样的话，高皓天就有点儿心惊肉跳，依云已经因为没生孩子变得罪孽深重，难道还要弄得碧菡也担上罪名？于是，他对母亲正色说："妈，我看不孕的毛病，根本就在我们高家！"

"什么话？"高太太生气地嚷，"你又不是没有检查过，身体好好的，怎么问题会出在高家！"

"说不定祖上没积德！"皓天脱口而出。

"你——你——"高太太气得发抖，"你再说这种莫名其妙的话，我让你爹给你两耳光！"

"好了，妈，算我不该说。"皓天慌忙转圜，"我的意思是说，有些人生孩子很容易，有些人生孩子很难，我没孩子，很可能是我这方面的问题。你看，你生孩子也很难，和爸爸结婚快四十年，你不是也只生了我一个吗？讲遗传律的话，我就也不容易有孩子！"

他这套似是而非的道理，倒把高太太讲得哑口无言。可是，思索片刻之后，她却又有了新花样："我看，越是乡下女人，没受过什么教育的，越容易生孩子，说来说去，还是应该弄个乡下女人来。"

"啊啊，妈呀！"皓天大喊着，"你如果再弄个乡下女人来，我立刻离家出走，永远不回来！我说到做到，你去弄吧！"

看儿子说得那样严重，高太太吓住了，她嗫嗫嚅嚅地说："不过说说而已，紧张些什么？"

"妈，"皓天一本正经地说，"以后，希望连这种'说说而已'都不要有！我现在已经很难做人了。碧菡是个纯洁无辜的小女孩，糊里糊涂就跟了我，名不正，言不顺。依云是个善良多情的好妻子，却必须眼睁睁看着丈夫和别的女人亲近，你叫她情何以堪？我是既对不起依云，也对不起碧菡！你如果爱儿子，就不要再加深我的罪过！"

"好吧，好吧！"高太太无奈地叹着气，"我以后再也不说了，好吧！"

再也不说了！可是，这种心病，是嘴里不说，也会流露于眼底眉尖的。碧菡取代了一年前依云的地位，越来越感到心情沉重。再加上，在公司中，人类的事情，是纸包不住火的。若要人不知，除非己莫为！何况，碧菡和皓天成对成双地出入，又从不知避人耳目。于是，公司里蜚短流长，开始传不完的闲话，说不完的冷言冷语。那些追求碧菡失败了的人，更是口不择言，污声秽语起来。

"以为她是圣女呢！原来早就和人暗度陈仓了。"

"本来嘛，越是外表文秀的女孩子，骨子里就越淫荡！"

"听说她出身是很低贱的，高皓天有钱，这种出身贫贱的女孩子，眼睛里就只认得钱！"

"她在高家住了两三年了，怎么干净得了呢？"

"瞧她那风流样子，天生就是副小老婆的典型！"

"算了吧，什么小老婆？别说得那么好听，正经点儿，就是姘头！"

这种难听的话，传到高皓天耳朵里的还少，因为高皓天地位高，在公司里吃得开，大家不敢得罪他。传到碧菡耳朵里的就多了，有的是故意提高声音讲给她听，有的是经过那些多嘴多舌的女职员，添油加醋后转告的。碧菡不敢把这些话告诉皓天，可是，她的脸色变得苍白了，她的笑容消失了，她的大眼睛里，经常泪汪汪了。皓天常抓住她的手臂，关怀地问："你怎么了？碧菡？你不开心，是吗？你心里不舒服，是吗？为什么？是我待你不够好吗？是我做错了什么吗？是你姐姐说了什么吗？是我妈讲你了吗？告诉我！碧菡，如果你心里有什么不痛快，都告诉我，碧菡，让我帮你解决，因为我是你的丈夫呀！"

碧菡只是大睁着那对泪蒙蒙的眼睛，一语不发地望着他。

被问急了，她会投身在他怀中，一迭连声地说："没有什么，没有什么，我很快乐，真的很快乐！"

真的很快乐吗？她却憔悴了。终于，有一天，她怯怯地对高皓天说："皓天，你帮我另外介绍一个工作好吗？"

高皓天睁大了眼睛，忽然脑中像闪电一般闪亮了，他心里有了数，抓着碧菡，他大声问："谁给你气受了？你告诉我！是方正德还是袁志强？你告诉我！"

"没有！没有！没有！"碧菡拼命摇头，"你不要乱猜，真的没有！只是，我做这工作，做得厌倦了。"

"你明天就辞职！"高皓天说，"你根本没有必要工作！你现在是我的妻子，我有养活你的义务！我们家又不穷，你工作就是多余！"

"不！"碧菡怯生生地垂下睫毛，轻声说，"我要工作，我需要一个工作。"

"为什么？"

她的眼睛垂得更低了。

"第一，"她低低地说，"我并不是你的妻子。第二，你明知道我每个月都要拿钱给碧荷他们。"

高皓天正视着碧菡，他有些被激怒了，重重地呼吸着，他压低嗓子，低沉地说："你解释解释看，为什么你不是我的妻子？为什么碧荷他们的钱不能由我来负担？"

她抬眼很快地看看他，她眼里有眼泪，有祈求，有说不出的一股哀怨。

"因为事实上我不是你的妻子……"

"好了！"他恼怒地跳起来，"你的意思是，我没有给你一个妻子的名分？你责怪我把你变成一个情妇？你认为我应该和依云离婚来娶你……"

"皓天！"她惊喊，眼睛睁得好大好大，泪珠在眼眶里滚动，"你明知道我不是这意思！你明知道！你这样说，我……我……"她哭了起来，嘴唇不住抖动着，"我无以自明，你这样冤枉我，我……还不如……还不如一死以明志！"

"碧菡！"他慌忙拥住她，用嘴唇堵住了她的唇，他辗转低呼："是我不好！是我不好！碧菡，我心情坏，乱发脾气，你不要和我认真，再也不要说死的话！"他手心冰冷，额汗涔涔，"碧菡，你受了多少委屈，我都知道，我并不是麻木不仁的呆瓜！我都知道。碧菡，如果我再不能体会你，谁还能体会你？你原谅我！别哭吧，碧菡！"

碧菡坐在床沿上，肩膀耸动着，她只是无声地啜泣。皓天紧抱住她，觉得她那小小的身子，在他怀中不断地震颤，不断地抽搐，他长叹了一声："我实在是罪孽深重！"

第二天，碧菡照样去上了班。这天，高皓天已特别留心，时时刻刻都在注意碧菡的一切。果然，十点多钟的时候，方正德拿了一个图样到碧菡面前去，他不知道对碧菡说了一句什么，脸上的表情是相当轻浮和暧昧的。碧菡只是低俯着头，一句话也不说。皓天悄悄地走了过去，正好听到方正德在说："神气什么嘛？我虽然不如高皓天有钱，可是，我也不会白占你的便宜，你答应了我，我一定……"

他的话没有说完，因为，皓天已经把手搭在他的肩上了。

他回过头来，一眼看到高皓天那铁青的脸，就吓得直打哆嗦，他慌忙一个劲儿地赔笑，说："啊啊，我开玩笑，开玩笑，开玩笑……"

高皓天举起手来，不由分说地，对着他的下巴，就是重重的一拳。皓天从小和萧振风他们，都是打架打惯了的。这一拳又重又狠，方正德的身子直飞了出去，一连撞倒了好几张办公桌。整个办公厅都哗然了起来，尖叫声，桌子倒塌声，东西碎裂声响成了一片。碧菡吓得脸色发白，她惊恐地叫着：

"皓天！不要！"

高皓天早已气得眉眼都直了，他扑过去，一把抓住了方正德胸前的衣服，挥着拳头还要打。方正德用手臂护着脸，不住口地叫："别打！别打！别打！我知道她是你的人，以后我不惹她就是了！"

同事们都围了过来，拉高皓天的拉高皓天，劝架的劝架，扶桌子的扶桌子，收拾东西的收拾东西。皓天瞪视着方正德，半晌，才把他用力地一推，推倒在地上，他站直身子，愤愤地说："我如果不是看你浑身一点男人气都没有，我一定把你打得扁扁的！你这股窝囊相，我打了你还弄脏了手！"说完，他回过身子，一把抓住碧菡说："我们走！"

碧菡一句话也不敢说，跟着他冲出了办公厅，冲下了楼，一直冲进汽车里。皓天发动了车子，疾驰在街道上。碧菡怯怯地偷偷看他，他的脸色仍然青得怕人，眼睛里布满了红血丝。她不敢说话，垂下头，她死命地、无意识地绞扭着一条小手帕。

时间不知过去了多久，车子停住了。她抬起头来，发现车子正停在圆山忠烈祠旁的路边上。皓天刹好了车，他的双手依旧扶着方向盘，眼睛依旧瞪着前面的公路。好一会儿，他一动也不动，然后，他的头扑在方向盘上面，用手指顶着额，他痛苦地，辗转摇头。

"有多久了？"他哑声问，"他们这样欺侮你有多久了？"

碧菡把手温柔地放在他的后脑上。

"不要提了，好不好？"她轻声地说，"我并不介意。真的，我不介意。"

他很快地抬起头来，紧盯着她。

"你撒谎！碧菡，你介意的，你一直介意的。"

她无力地垂下头去，两滴泪珠滴落在大衣上。

"皓天，"她低声地，幽幽地说，"我介意过，现在想来，我介意只因为我幼稚，我想维持我自己的自尊。事实上，在爱情的国度里，只有彼此，我又何必在乎别人对我的看法！皓天，请答应我一件事，你永不会轻视我。只要我在你心目里有固定的价值，我将永不在乎别人的批评和讥笑了。皓天，请答应我！"

他注视着她，她那对眸子那样雾蒙蒙地、委委屈屈地看着他，他心碎了。长叹一声，他握紧了她的手，低低地、发誓地说："我永不负你！碧菡。"

从这一天开始，碧菡不再去公司上班了。可是，皓天为了碧菡在公司里打架的事，却传得尽人皆知。依云瞅着皓天，似笑非笑地说："动拳头还没关系，将来别为了她动刀子啊！"

听出依云话里有调侃的意味，皓天瞪着她问："难道你忍心让你妹妹被人欺侮？"

"我妹妹？"依云轻哼了一声，"我没有那么好的命，她姓她的俞，我姓我的萧，什么妹妹？"

皓天瞠目结舌。天哪，你无法了解女人，你永远无法了解女人！她们是只有下意识的动物！

碧菡不再去上班，当然也没有薪水，皓天很细心，他每月都拿一笔钱给她，他知道她是常常回娘家去看碧荷的。碧菡认了命，抛开所有的自尊，放弃了工作，她吃的是高家的饭，用的是高家的钱，她安心地做高皓天的"小妻"。

这天晚上，她又去看碧荷，碧荷已经十五岁了，长得亭亭玉立，已俨然是个少女。她懂事、聪明、伶俐而能干。

碧菡看到她就很高兴，她喜欢上上下下地打量这个妹妹，考问她的学业成绩，然后点着头说："碧荷，你比姐姐强！"

碧荷用惯了姐姐的钱，她发奋用功，埋头努力，每个月，她都拿出最好的成绩来给姐姐看。碧菡的母亲呢？自从碧菡去了高家以后，因为常拿钱回家，她又打不着她，骂不着她了，当然无法再像以前那样撒泼。碧菡难得回家一次，她对她的脸色也好多了。可是，今晚，她却迎了过来，怀里抱着最小的一个孩子，她坐在椅子中，斜睨着碧菡，她细声细气地说："碧菡，有件事，我可要问一问你。"

"哦？"碧菡望着她。

"按理呢，我也管不着你的事，"那母亲慢条斯理地说，"可是哦，你不是一向说嘴要强的吗？你那个萧老师不是要教你的吗？怎么听说你到他们家去当起小老婆来了？是真的呢？还是假的呢？"

碧菡的脸色青一阵，红一阵。

"是真的。"她终于说。

"哎哟！"那母亲尖叫了起来，"我的大小姐，你做些什么糊涂事呀？咱们家虽然穷，也是好人家呀！你怎么这样没出息，去当他的小老婆呢？你平日也念了不少书，从小就拼命要什么什么——出人头地，你现在可真是出人头地呀！他们高家算什么呢？有钱有势的阔少爷，就可以占我们穷人家的便宜吗？这事情，我可要和你爹商量商量不可，你给人欺侮了，我们俞家也不能不管！"

听这口气，她根本是想敲诈！碧菡急了，她很快地说："妈，这事是我自愿的！既没有人欺侮我，也没人占我便宜。"

"哎哟！大小姐！"那母亲尖叫得更响了，"你自愿的？你发疯了吗？我们把你养得这么大，是让你去当人家的小老婆的吗？以前要你像阿兰一样找个事做，你还嫌那工作侮辱了你，结果，你真好意思，居然去做人家的小老婆！"

碧菡睁大了眼睛，涨红了脸，她想说话，却觉得无言可答。母亲那左一个"小老婆"，右一个"小老婆"已叫得她头发昏，她根本就无招架之力。她只觉得屈辱，屈辱得想找个地洞钻下去。

"妈！"忽然间，一个清脆的声音喊，碧荷已挺身而出，她站在那儿，头昂得高高的，很快地说："你别左一声小老婆右一声小老婆的，姐姐和高大哥情投意合，他们愿意在一起，你也管不着，姐姐早就满了二十岁，别说你不是亲生母亲，你就是亲生的，也管不了！何况，当初姐姐在医院病得快死的时候，爸爸已亲笔写过字据，把姐姐交给人家了。人家没控告你们遗弃未成年儿女，没告到妇女会去，已经是人家的忠厚之处。至于小老婆，姐姐跟了高大哥，即使算是小老婆，也只是一个人的小老婆，如果当了阿兰，就是千千万万人的小老婆了！"

"哎哟！"那母亲尖叫，"你反了！你反了！"她气得发抖，举起手来，想打碧荷，碧荷挺立在那儿，动也不动，那母亲就是不敢打下去。终于，她放下手，忽然大哭起来："哎哟，我造了什么孽，要来受这种气呀？哎哟，我为什么要当后妈呀？"她一面哭着，一面借此下台阶，跑到屋里去了。

"碧荷！"碧菡惊奇得眼睛都睁大了，她简直不敢相信，这就是当初那个和她同受虐待的小碧荷！她不止身材是个大人，说话也像个大人，而且，她是那么坚强、锐利，充满了锋芒和勇气！是一株在风雨中长成的松树！"碧荷！"她惊喜地喊，"你怎么懂得这么多！"

"姐姐，"碧荷黯然地说，"生活是最好的教育工具，不是吗？我不能再做第二个你！"

碧菡望着她，泪水滑下了面颊，她站起身来，把碧荷紧紧地拥抱了一下，碧荷已长得比她还高了。

"碧荷，"她哑声说，"好好努力，好好读书，我会看着你成功！"穿上大衣，她准备走了。

"姐姐！"碧荷叫了一声。

"嗯？"她回过头来。

"姐姐，"碧荷盯着她，"你爱高哥哥吗？"

碧菡默然片刻。

"是的，我爱。"她坦白地说。

碧荷安慰地笑了。

"姐姐，"她低语，"祝你幸福！"

幸福？她是不是真的有"幸福"呢？夜深时刻，她躺在高皓天的臂弯里，一直默默地出着神。幸福，这两个字到底包括了多少东西？她真有吗？她能有吗？皓天侧过身来，抚摸她的头发。

"碧菡，"他轻声说，"你有心事，你在想什么？"

"我在想，"她慢吞吞地说，"什么叫幸福？"

什么叫幸福？高皓天一怔，情不自禁地，他也陷进深深的沉思里了。

早上，依云起床的时候，碧菡和高皓天的房门仍然紧紧地阖着。她下意识地看了那房门一眼，再望望窗外的阳光。这是春天了，从上星期起，公寓的花园里，就开满了杜鹃花，那姹紫嫣红，粉白翠绿，把花园渲染得好热闹。她走到客厅里，百无聊赖地在窗台上坐下，用手抱着膝，她凝眸注视着阳台上的一排花盆。春天，春天是属于谁的？她不知道。那阳光射在身上，怎么带不来丝毫暖气？她把下巴放在膝上，开始呆呆地沉思。

一对不知名的小鸟飞到阳台上来了，啁啾着，跳跃着，它们忽上忽下、忽左忽右地兜着圈子。套用皓天的话：这是一只公鸟儿和一只母鸟儿。她的背脊上一阵凉，不自禁地打了个寒战。春天，春天怎么这样冷呢？

以后的岁月将会怎样呢？她再也想不透，人生的问题，她已经想得头都痛了。她唯一知道的，是她必须每年迎接春天，因为每年都有春天，而春天，再也不是她的了。

眼眶发热，泪雾迷蒙。从什么时候起，她变得如此软弱？

从什么时候起，她变得如此孤独？她有个幸福的家庭，不是吗？她有丈夫，有公婆，还有个亲亲爱爱的小妹妹！那小妹妹自愿分她的忧，帮她的忙，为她做一切的事情——包括接受她的丈夫！不，你无法怨怼，不，你无法责怪，一切都是你自己安排的！谁要你生不出一个孩子？可是，那小妹妹，又何尝生了孩子？

世界是混沌的，冥冥中绝对没有神灵。依云常常在层云深处去找天理，只因为混沌中根本没有天理！她还记得初见碧菡时，她那对怯生生的、惊惶的、可怜兮兮的眸子曾怎样强烈地吸引她，她竟疏忽这样的一对眸子可能更吸引一个男性！她救了碧菡一条命，碧菡是好女孩，她有恩必报，为了报恩，她，抢走了她的丈夫！天哪，无论你是多好的数学家，你也无法算清楚这之中的道理！是的，人类是一笔糊涂账，从开天辟地以来，人类就是一笔糊涂账！谁也算不清的糊涂账！

一声门响，她下意识地抬起头来。皓天正大踏步地走进客厅，他没有发现瑟缩在窗前的依云，扬着声音，他在一迭连声地喊："阿莲！阿莲！快点，快点，给我弄点吃的来！我又要迟到了！"

当然会迟到啦！依云模糊地想，每天早上都是"春眠不觉晓"，还有不迟到之理！

"皓天！"碧菡从屋里追了出来，一件大红色的套头毛衣裹着她那苗条娇小的身子，白色的喇叭裤拖到地，更显出她那种特有的飘逸。她的脸红扑扑的，脸上睡靥犹存。这是张年轻的、姣好的、细嫩的、充满青春气息与女性温柔的脸庞。

她跑到客厅，手里拿着一条羊毛围巾。"围上这个！"她说。走到皓天身边，亲手把围巾绕到他脖子上去。"你别看太阳大，"她软语低声，"外面冷得很呢！来嘛，身子低一点，让我帮你围围好！"

皓天弯下了腰，顺势就在碧菡唇上吻了一下，碧菡扭扭身子，红了脸，微笑着说："别胡闹！当心给别人看见！"

"看见又怎么样？"皓天理直气壮地说，"难道我不能吻我的太太吗？"

太太！依云把身子更深地缩在窗台上，几乎整个人都隐到窗帘后面去了。是的，太太！在客厅里的，俨然是一对恩爱夫妻，那么，躲在窗帘后的，又是谁呢？

阿莲端了牛奶、面包、果酱、牛油什么的出来了。碧菡慌忙拿起面包来抹牛油。皓天端起一杯牛奶，三口两口地咽了下去，就急着想跑。碧菡一把拉住了他，说："不行！不行！吃了面包再走！"

"我来不及了，好太太！"皓天说。

"人家已经帮你抹好了牛油了嘛！"碧菡垂着眼睛，噘起嘴，娇嗔满面，"你爱吃不吃！"

"好好好！"皓天慌忙站住，笑着说，"我拿你一点办法都没有！"接过面包，他大口大口地吃着，碧菡又去抹第二片。

"喂喂！"皓天嚷，"别再抹了，我没时间吃了！"

碧菡抬眼瞅着他，把第二片面包放在手心里，一直送到他的面前来，她的眼光是柔情脉脉的，唇边有个楚楚动人的微笑。

皓天瞪视着她的脸，他显然无法抗拒这样的"侍候"，他接过了第二片面包，同时，他用另一只手把她的身子一拉，碧菡站立不住，就整个人扑进了皓天的怀里，皓天立即拥住了她，用嘴唇堵住了她的唇，碧菡先还要挣扎，怕人看见。但是，她马上就投降了，她的胳膊软软地围住了皓天的脖子，整个人贴在他的身上。她的眼睛阖着。隔了那么远，依云几乎都可以看到她脸上的表情，和她那睫毛的颤动。一吻之后，他并没有马上放开她。他的头抬了起来，眼睛紧紧地盯着她的脸，他用暗哑的、低沉的嗓音，温柔地说："碧菡，我真无法衡量出，我到底有多么爱你！"

碧菡深深地回视他，然后，她把面孔贴在他的胸口，低声问："告诉我，你有多么爱姐姐？"

依云的心一跳，她完全藏到窗帘后面去了。咬紧嘴唇，她等着那句答案，似乎等了一个世纪那么长久，她才听到皓天的声音在说："依云和你不同，碧菡。依云是个坚强、独立而比较理智的女人。你却纤细、柔弱、细致而温存。我爱依云的善良与倔强，我爱你的纤巧与温柔。我欣赏依云，而我却——更怜惜你。"

碧菡半晌没有声音。依云不能不从窗帘的缝隙里望出去。

天！原来他们又在接吻！人类，怎能这样不厌其烦地接吻呢？

一世纪、两世纪、三世纪、四世纪，几千千万万个世纪以后，他们终于分开了。皓天用手指抚摸着碧菡的面颊，怜爱地问："小鸟儿，你今天预备做些什么？"

"我有事做，"她笑吟吟地说，"我昨天已经买好了毛线，我要帮你打一件毛衣。"

"不要把自己弄得太累了。"他体贴地说，"你乖乖地待在家里，我带牛肉干回来给你吃！"

"别忘了带一点巧克力。"她叮嘱着。

"怎么？又爱上巧克力了？"

"不是我，"她笑着，"是姐姐爱吃！"

谁要你来提醒他呢？依云咬紧牙根，手心里冒着汗。谁要你假惺惺摆姿态？你贤惠，你温柔，你细致，你纤巧，你占尽了人间的美丽！占尽了女性的娇柔！你甚至不忘记提醒他，对另一个女性"施舍"一点温情！只是，我是什么呢？我无知，我麻木，我下贱……我捧着你们的残羹剩饭，还要吃得津津有味？

第九章

　　时间不知道过去了多久，客厅里静悄悄的。皓天显然去上班了，碧菡也回到了她自己的屋里。依云仍然呆坐在窗台上，一动也不动。她弓着的腿已经麻木了，裤管上被泪水濡湿了一大片。她隐约地听到，碧菡正在她房里哼着歌，她仔细倾听，可以模糊地辨别出一两句歌词："我曾经深深地爱过，所以知道爱是什么，它来时你根本不知道，知道时已被牢牢捕捉！"

　　泪水滑下她的面颊，一滴一滴地滴落。她想，这歌词可以稍改几个字："我曾经深深地失恋过，所以知道失恋是什么，它来时你根本不知道，知道时已经无可奈何。"

　　泪水滴在窗台上，她用手指拭去了它，新的泪水又涌了出来。然后，她听到高太太的声音，在客厅中叫阿莲给她煎蛋。高太太都起床了，她不能永远躲在这窗帘后面。掏出手帕，她小心地拭净了泪痕，掀开窗帘，她从藏身的地方走了出来。高太太被吓了一跳，回过头，她说："依云！你在那儿干什么？"

"我——哦，我——"她勉强地笑着，望向窗外，"我在看那对小鸟儿，它们跳来跳去的好亲热。"

回到卧室里，她把背靠在门上。碧菡的歌声，仍然隐隐约约地在屋子里飘送，她用手捂住耳朵，摆脱不掉那余音袅袅。睁大眼睛，触目所及，是那张双人床。"忆共锦衾无半缝，郎似桐花妾似桐花凤"，这是多久以前的情景了？如今，应该是"此际闲愁郎不共"了？她闭目摇头，不行，她不能待在这幢房子里，她无法听那歌声，她无法忍受这番孤寂。抓起一件大衣，她不声不响地出去了。

在街上漫无目的地走着，阳光很好，街上全是人潮。她随着人潮波动、汹涌。她只是波浪里的一个小小的分子，一任波澜起伏。她走着，一条街又一条街，一条小巷又一条小巷，她的眼光从商店橱窗上掠过，从那些人影缤纷上掠过。她像个没有思想、没有意识、没有感情的机器，她只能行走，行走，行走。

终于，她累了，而且饥肠辘辘。她头晕目眩，四肢无力，这才想起，她早上起来到现在，还一点东西都没有吃。长叹一声，她叫了一辆计程车，回到了娘家。

一走进萧家的大门，一眼看到母亲那张温和的脸，她就整个地崩溃了。扶着门框，她的脸色发青，身子摇摇欲坠，萧太太赶过来，一把扶着她，惊愕地喊："依云！你怎么了？"

依云扑进了母亲的怀里，开始号啕痛哭。萧太太更慌了，抱紧了依云，她急急地问："怎么了？怎么了？别哭呀，依云！有什么委屈，你慢慢告诉妈！我们慢慢解决，好吗？"

依云一阵大哭之后，心里反而舒服了不少，头脑里也比较清楚了。她坐在沙发里，拭去了泪，轻声说："妈！我饿了。"

萧太太心疼地看着女儿，还像小时候，在外面受了气，哭着回来找妈妈，每次哭完了，萧太太还没把事情闹清楚，她就会说"妈，我饿了！"等到把她喂饱，她已经又破涕为笑了。

但是，她现在不再是一个小女孩，长大了，结婚了，她有了成人的烦恼，成人的忧郁。她这个做母亲的，无法帮她解除烦恼，能做的，仍然像小时候一样，只是抱抱她。

吃了一大碗肉丝面，依云的精神恢复了不少，沉坐在沙发中，她默然不语。正像萧太太所预料的，她对于自己眼泪的来由，不愿再提了。当萧太太问她的时候，她只是摇摇头，消沉地说："没什么，只是情绪不好。"

萧太太知道，追根究底，仍然是儿女私情，还是不问的好。张小琪抱着孩子出来，那刚满周岁的小东西已经牙牙学语，满地爬着闹着，没有片刻安静。依云望着那肥肥胖胖的小家伙，她是更加沉默，更加萧索了。

一整天，依云都在娘家度过，晚上，皓天打电话来，催她早些回家，放下听筒，她默默地出神，如果是以前，皓天会开车来接她，现在呢？他只是一个电话：早些回家！回去做什么呢？看你和碧菡亲热吗？听你们屋里传出来的呢呢哝哝吗？她呆着，眼光定定的，一脸的麻木，一脸的迷茫。

"依云！我告诉你！"萧振风突然在她面前一站，大声说，"你不要再做呆瓜了好不好？你与其整天失魂落魄，还不如把问题根本解决！你别以为我是个混球不懂事，我最起码懂得一件事，爱情是不能有第三者来分享的！你所要做的，只是把那个俞碧菡送回她的老家去！天下只有你这样傻的女人，才会要俞碧菡来分享丈夫，那个俞碧菡，她生来就是美人坯子，几个男人禁得起她的吸引！你不除去她，你就永远不会快乐！何况，碧菡又没有生儿育女！你留着她干什么？"

依云惊愕地抬起头来，瞪视着那个混球哥哥。真的，萧振风这几句话才真是一语中的，讲到了问题的核心。谁说他混？原来越混的人越不怕讲真心话！依云一直瞪着哥哥，像醍醐灌顶一般，似有所悟。

这晚，依云回到家里时，已经相当晚了。她打开门进去，满屋子静悄悄，暗沉沉。显然"各归各位"的，都已入了睡乡。碧菡和皓天呢？大概还在床上喁喁私语吧。她叹了口气，摸索着回到自己的房里，打开电灯开关，满屋大放光明。她这才惊愕地发现，她床上躺着一个人！皓天正用手枕着头，笑嘻嘻地望着她。

"嗨！依云！"他的眼睛亮晶晶的，"等了你好久了！谈什么谈得这么晚？"她走到床边，脱下大衣，丢在椅子上，她注视着他，冷冷地说："你怎么睡在这里？"

他蹙了蹙眉头。

"什么意思？"他问，"这不是我的床吗？"

"你的床在隔壁屋里。"她一笑也不笑地说。

"依云？"他拉住了她的手，"你怎么了？生气了吗？为什么？"他用力一拉，她身不由己就倒在他怀里了，他用胳膊紧紧地圈住了她，审视着她的眼睛。

"依云，"他轻唤着，"如果我不是对你了解太深，我会以为你在吃碧菡的醋了！"

我是吃她的醋！我是吃她的醋！我是吃她的醋！依云心中在狂喊着，嘴里却一句话也说不出来。皓天那对深沉而明亮的眼睛在她眼前放大，天哪！这是她的丈夫，她爱得那样深、那样切的丈夫！她从十五岁时就爱上了的那个丈夫！眼泪冲出了她的眼眶，柔情崩溃了她的武装，她俯下头来，把嘴唇贴在他的唇上。

皓天的手臂紧箍着她，热烈地吻着她。气愤、不满、怨恨……都从窗口飞走，飞走，飞走……留下的是眼泪、柔情、激动和说不出来的甜蜜与辛酸。抱着我吧！皓天！永远抱着我吧，再也不要离开我！哦！皓天！皓天！皓天！她心中辗转呼号，浑身瘫软如绵。皓天的手摸索着她的衣扣，轻轻地解开，轻轻地褪下……他伸手关掉了灯，用棉被一下子裹紧了她，把她裹进了他温暖的怀抱里。她的身子紧贴着他的，感到他那热热的呼吸吹在自己的面颊上，感到他的手在她身上温柔地蠕动。哦！怎样醉人的温馨！怎样甜蜜的疯狂！

片刻以后，一切平静了。她躺在他的臂弯中，用手指温柔地抚弄着他凌乱的头发。他的手仍然抱着她，却有些睡意蒙眬了。

"皓天!"她低低地叫。

"嗯?"他答着,把头深深地埋在她的胸前。

"你爱我吗?"她问,怯怯的。

"当然,碧菡。"他迷糊地回答。

她惊跳。碧菡?他叫的名字竟是碧菡!

"你说什么?"她哑着嗓子问。

"我爱你,碧菡。"他再答了一句,睡意更深了。

依云"唰"的一声把棉被掀开,整个人从床上跳了起来。

这已经叫人不能忍耐了,完全不能忍耐了!她开亮了灯,迅速地穿上睡衣和睡袍。皓天被惊醒了,睡意全被赶到九霄云外去了。他翻身坐起,急急地喊:"怎么了?依云?"

"我要彻底解决这问题!"依云叫着说,"我再也不能容许她的存在!"她用力地系好腰带,打开房门,往外面冲了出去。

皓天跳下床来,穿好衣服,追在后面喊:"依云!依云!你要干什么?"

依云一下子冲进了碧菡的房里,开亮了灯,大叫着说:"碧菡!你给我起来!"

碧菡被惊醒了,睁开睡眼惺忪的眼睛,她从床上坐起来,茫然地,困惑地,她看着依云,轻柔地说:"什么事?姐姐?"

依云一直走到床边,大声地、坚决地、清晰地说:"我再也不是你的姐姐!你以后永远不要叫我姐姐!我来告诉你一件事,你明天一清早就给我搬出去!永远不要再回高家,永远不要让我再看到你！"

"姐姐？"碧菡愕然地喊了一声，吓呆了，"我——我——我做错了什么？"

"不是你做错了，是我做错了！"依云大声叫着，"当初不该救你！不该把你带回高家！更不该把你送进皓天的怀里！我错了，我后悔，我该死！算我前辈子欠了你，我现在已经还清了！你明天就走！我再也不要和你分享一个丈夫，我也不指望你来生儿育女，如果你还有一点良心，你就做做好事，再也不要来困扰我们！"

"依云！"皓天赶了过来，苍白着脸喊，"你不能这样做！"

"我不能？"依云掉过头来，面对着高皓天，"我为什么不能？我是你的妻子，不是吗？除非你不再要我，那么，我们离婚，你娶碧菡！"

"依云！"皓天哑声说，"你明知道我不会和你离婚！"

"那么，你就必须放弃碧菡！你只能在我和碧菡中间选一个！"转回头来，她盯着碧菡："你怎么说？碧菡？你走不走？你说！"

碧菡坐在床上，她的眼睛睁得又圆又大，里面蓄满了泪水，她的脸色惨白如纸，嘴唇毫无血色。

"姐姐！"她哀求地叫了一声。

"不要叫我姐姐！"依云大喊。

"依云！"皓天也大喊，"你不能这样！是你把她推到我怀里来的，是你安排这一切的！碧菡是个人，不是傀儡，她不能由你支配，招之即来，挥之即去，你这样太残忍，太没良心……"

"我残忍？我没良心？"依云吼着，"我如果再不残忍一些，被赶出去的就轮到我了……"

碧菡溜下床来，她像患了梦游病一般，摇摇晃晃地走到他们面前，她轻声地，像说梦话一般地，低低地、柔柔地说："请你们不要吵了，姐姐，姐夫。我没有关系，我从哪儿来，我回到哪儿去。我会走的！没有关系，一点关系也没有。"

说完，她身子一软，眼前一黑，她溜倒在地毯上，什么事情都不知道了。

当碧菡醒来的时候，她发现自己躺在床上，额上压着一条冷毛巾。她听到房里有人在嘤嘤啜泣，同时，听到高太太的声音，在不满地训斥："……半夜三更的，吵得阖家不安，是何体统呢？依云，你一向懂规矩，识大体，今天是怎么了？皓天，你也是个大男人了，应该懂得调停闺房里的事，闹成这样子，你第一个该负责任……"

碧菡努力从床上坐起来，眩晕仍然袭击着她，但在眩晕以外的，真正撕裂着她的，是她内心深处的痛楚，那痛楚拉动了她全身的每一根神经，每一缕纤维。她坐了起来，把头上的毛巾拿掉。立即，皓天俯身过来看她，他的脸色苍白，眼睛好黑，焦灼与关怀是明写在他脸上的。

"碧菡！"他暗哑地、急急地说，"你好些了吗？"

"我——我——我很好。"她挣扎着说，"我很抱歉，我只是——只是一时间有些头晕。"

看到碧菡醒来，高太太放了心，叹口气，她说："好了！

好了！从此不许再吵闹了。皓天，你劝劝她们，安慰安慰她们，我要去睡觉了。"

高太太退了出去，关上了房门。碧菡这才发现，依云正坐在她的床沿上，用手帕捂着脸，哭得肝肠寸断。一听到这哭泣声，碧菡的眼睛就也湿了，她怯怯地、害怕地、惶然地伸手去碰了碰依云。低声地、犹豫地、颤抖地说："姐——姐，我——我——我可以再叫你姐姐吗？"

依云拿掉了捂着脸的手帕，一下子就扑到碧菡身边来，她的眼睛哭肿了，鼻子也红了，但她的眼光依然明亮。她一把握紧了碧菡的手，她哭泣着、激动地喊："碧菡，碧菡，我发疯了，我一时发疯了，我不知道自己在做什么，我不该说那些话，那不是我的本意。碧菡，我当然是你的姐姐，我一直是你的姐姐，不是吗？"

碧菡发出一声轻喊，就整个人投进了依云的怀里，她用手紧抱着依云，哭泣着说："姐姐！姐姐！我不好，我做错了事，你可以骂我，只是不要不认我！"

"不不，碧菡！"依云更加激动，"是我错了，我乱发脾气，你原谅我！碧菡，今夜我说的话，你千万不要放在心上，我们还是好姐妹！我发了疯，你忘记我说的话吧！碧菡！"

皓天走了过来，他把她们两人都拥进了怀里。

"听我说！"他哑着嗓子，眼里盛满了泪，"今夜的事情只是一场噩梦，现在都过去了。你们两个，谁也不许再把这件事放在心里！我们还和以前一样，是最亲密的三个伴侣，在人生的旅途上，我们要并肩走完这条路。天知道！我爱你们两个！失去你们之中的任何一个，我都不能活下去！你们好心，你们善良，你们比亲姐妹更亲，我求你们，让我们彼此相爱，好不好？"

依云和碧菡握紧了手，都无言地把头靠在皓天的胸前。

于是，风暴过去了。依云退回自己的房间，临行时，她把碧菡的手放在皓天手中。

"皓天，你陪陪她，"她温和地说，"她看起来好软弱。"她对碧菡凝视："碧菡，你不怪我吧！"

"姐姐！"碧菡轻叹，"我怎么可能怪你？"

依云走了。皓天躺下来，他把碧菡的身子揽在怀中，感到她在颤抖。他注视她，她苍白如纸，他惊跳起来："我要去给你找医生，你病了。"

碧菡紧紧地拉住他。

"我没有病！"她说，"仅仅有一点发冷。你不要走开，也不要小题大做，我睡一下，就会恢复的。"

他用手抚摸她的额头，拂开她脸上的散发，她小小的脸紧张惨白，那对眼睛深幽幽地望着他，一眨也不眨。他忽然觉得心里一阵剧烈的抽搐，他握紧了她的手，她的手指冰冰冷。

"碧菡，"他紧盯着她，"你心里在想些什么？"

她摇摇头，仍然望着他。

"我爱你。"她轻声说。

他拥紧了她，心脏像绞扭一般的痛楚，他吻她的唇，她立即热烈地回应了他，那样热烈，使他心跳。他再审视她，小心翼翼地问："碧菡，你真的很好吗？"

"真的。"她说。

"我明天不去上班，让我在家陪陪你们。"

"千万不要！"她低声说，"你会弄得干妈他们不安，还真以为我们之间有了什么大问题呢！"

"那么，"他抚摸她的面颊，"你保证你没什么吗？你保证你会好好的，是吗？"

"是的。"她说，把头缩到他的臂弯里，"我好累，我想睡一下。"

"睡吧！碧菡。"他拍抚她，像拍抚一个婴儿。

她阖上眼睛，似乎逐渐地入睡了。

早上，当皓天起床去上班的时候，碧菡还沉睡着，她仿佛睡得并不安稳，因为她的眉头微蹙，脸色依旧苍白。他小心地把棉被给她盖好，注视着那张小小的、可怜兮兮的脸庞，他就情不自禁地低叹了一声。俯下头去，他轻轻地在她额上吻了一下，她的睫毛微微地颤动着，他怕把她惊醒了，悄悄地，他走出了房门。

客厅里，依云已经起了床，正帮着阿莲弄早餐，看到皓天，她显得有些不好意思，而且神情黯淡。皓天走过去，他紧紧地揽住她，吻吻她的面颊，他说："还生我的气吗？依云？"

她摇摇头。轻声说："你不要生我的气就好了。"

"依云，"他凝视她，真挚地，诚恳地说，"你说过，我不是世界上第一个同时爱上两个女人的男人，我不知道这该怪谁，怪命运还是怪我自己？或者，该怪你们两个都太可爱！无论如何，我爱你们两个！依云，请你谅解，请你——不要生气。"

她猛烈地摇头。

"我狭隘，我自私。"她含泪说，"我是个不可原谅的女人，我说了那么多无情的话……碧菡，她一定伤透了心，恨透了我！"

"你了解碧菡的，不是吗？"皓天说，"只要你不再提这件事，她永不会放在心上的。她一生，不记任何人的仇，不记任何人的恨。尤其对你。"

依云点了点头。

"是的，我了解，所以，我难过。"

皓天深深地注视她。

"依云，你是个好女孩，你和碧菡，都是好女孩，我高皓天，何德何能！依云，我要怎么做，才能报答你们两个？怎么做，才能永远拥有你们两个？"

"你放心，皓天，我保证，昨夜的事，再也不会发生第二次了。你去上班吧！不能天天迟到，是不是？"

皓天笑笑，心里掠过了一阵温柔的情绪，吻了依云，他出门去了。

一个上午，皓天在办公厅中一直有点心神不宁，做什么都做不下去，总觉得心中有股惨然的感觉，鼻子里酸酸楚楚的。他打翻了茶杯，画错了图，弄伤了手指，最后，他忍不住拨了一个电话回家，接电话的是依云。

"你们好吗？"他问。

"很好呀！"依云的声音已恢复了往日的轻快。

"碧菡起床了吗？"他再问。

"早就起来了，就在我旁边，你要和她说话吗？"

他犹豫了一下，想想算了，马上就回家了，何必又惹依云不快？于是，他说："不用了，我只是问问你们好不好。"

"很好，"依云说，"碧菡在给你打毛衣。"

听起来一切都恢复常态了，没有什么可担忧的，碧菡既然在打毛衣，当然也没生病，他只是自己神经过敏，可能是睡得太少了。

"你呢？在做什么？"他再问。

"我和妈在帮碧菡绕毛线呢！"

他微笑了起来，几乎可以看到家里的三个女性，正在为他这一个男性而忙碌，打毛衣的打毛衣，绕毛线的绕毛线，这件毛衣，虽然才只有一点影子，他却已经感到身上的温暖了。

"好极了，"他笑着说，"我会提前一点回来，你们想吃什么？要不要我带回来？"

"干吗呢？"依云也笑着说，"你昨晚带回来的牛肉干和巧克力还没动呢！我们姐妹俩各有所吃，都不要了。哦……妈说要你经过逸华斋，买点熏蹄回来！"

"好的，待会儿见！"

挂断了电话，他心里踏实了不少。看样子，昨晚那场风波虽然来得快，去得也快。难得依云想得开，也难得碧菡委曲求全。拿着铅笔，想着依云和碧菡，他就呆呆地出起神来了。他不知道古时候的男人，有三妻四妾的，是怎么活过来的？为什么他竟连两个女人都协调不好？何况，这两个女人都如此善良与多情？看样子，真该找几本古书来研究研究，可是，哪一本古书中，曾介绍过如何安抚妻妾？

中午，他去买了熏蹄。为了特别讨好碧菡和依云，他又买了碧菡爱吃的枣泥核桃糕，和依云爱吃的糖莲子。另外，再买了一大堆瓜子花生葵花子什么的。回到家里，大包小包地抱了满怀，一进门，他就提着喉咙嚷："快来拿东西！依云！碧菡！赶快帮我接一接！"

依云赶到门口来，笑得打跌。

"哎哟，又不是办年货！买这么多干什么？"

皓天抱着东西走进客厅，依云和高太太左一样右一样地帮他接过去。他四面看看，没有看到碧菡。沙发上放着起了头的毛线，和一大堆毛线团。依云和高太太都笑吟吟的，打开那些包包东尝尝西尝尝，家里并无异样，他不敢显出过分的关怀，只淡淡地说了句："碧菡呢？怎么不来吃东西？"

"碧菡出去了。"依云说，含了一口的糖莲子。

"出去了？"他的心猛然间往下一沉，他相信自己脸上一定变了颜色，"到哪里去了？"

"她说去买毛线针，现在这副针太粗了，打出来不好看。"依云说，望着皓天，渐渐地，她脸上也变了色，笑容从唇边隐去，"可是，她已经出去很久了，我记得，对面超级市场里，就有毛线针卖。"

皓天摔下了手里的东西，就直冲进走廊，推开碧菡的房门，他冲了进去，四面望望，他松了口气。化妆台上，整齐地放着化妆品；椅背上，搭着她常穿的大衣；书桌上，她看了一半的一本《镜花缘》还摊开着；床上也丢着四五个毛线团。

不，没有事，一切如常。他走到壁橱前，拉开橱门，里面的衣服一件件整齐地挂着。走到床边，他下意识地翻开枕头，下面空空的，没有留书。不，她当然不可能出走，她什么东西都没有带。可是……可是……他站在书桌前面，一把拉开了书桌中间的抽屉。

倏然间，他的心沉进了地底。抽屉里，触目所及，是碧菡手腕上那只刻不离身的手镯，在手镯的下面，压着一张信纸。他的腿软了，头昏了，跌坐在书桌前的椅子里，他闭上眼睛，不敢去看那张信纸。终于，他深吸了口气，睁开眼睛来，或者没什么，或者她是取下镯子忘记戴了，她不可能这样离去！绝不可能！他颤抖着伸手去取出那张信纸，睁大了眼睛，他强迫自己去读那上面的句子："生命是你们救的，欢乐是你们给的，幸福由你们赐予，爱情因你们认识，如今我悄然离去，我已认清了自己，存在还有何价值？陡然破坏了欢愉！别说我不知感激，此刻尚有何言语！恨人间太多不平，问世间可有天理？"

信纸从他的手上飘下去，他把头扑在书桌上，好一刻，他一动也不动。然后，他听到身后有啜泣的声音，他茫然地抬起头来，茫然地站起身子，像一个蹒跚的醉汉，他摇摇晃晃地往屋外走，依云哭泣着拉住了他，问："你要到哪里去？"

"我要去找她！"他喃喃地回答，机械化地移着步子，"我要去找她回来，她只是一只羽毛都没长全的小鸟，离开了这儿，她根本抵受不了外面的风雨，她会马上因憔悴而死去！我要在她死去以前，把她找回来！"

依云含泪望着他，他的眼睛发直，脸色惨白，嘴唇毫无血色。他的身子摇摆不定，神情迷茫而麻木。依云恐慌了，她抓紧了他，哭着大叫了一声："皓天！"

皓天悚然而惊，像从一个迷梦中醒了过来，他望着依云，然后，他扑到桌子前面，一面抓起了那只翠玉镯子，他握紧了镯子，浑身颤抖，他嚷着说："她走了！依云！她走了！她什么都没带，甚至不戴这只镯子！她这样负气一走，能走到哪里去？依云，她走了！"

"是的，我知道！我知道！"依云哭着喊，"是我闯的祸，我去把她找回来！"她往屋外就跑。

这回，是他拉住了她，他瞪着她，哑声说："你往哪里去？"

"去找碧菡！"她满脸的泪，"找不到她，我也不回来！"

他死扯住她，他的脸色更白了，眼睛里布满了血丝。

"你敢走？"他说，"我已经失去了一个！我不能再失去第二个！你敢走！"依云站住了，瞪视着他，他们相对瞪视，彼此眼睛里都有着恐惧、疑虑、爱恋和痛惜。然后，依云哭倒在皓天的怀里，她伸手抱紧了他的腰，一面哭，一面喊："我发誓永远不离开你！皓天，我永不离开你！我们要一起去找碧菡，直到把她找回来为止！"

三个月过去了。

晚上，台北是一个夜的城市，华灯初上，西门町车水马龙，人潮汹涌。霓虹灯到处闪烁，明明灭灭，红红绿绿，燃亮了夜。小吃馆，大餐厅，人头攒动，闹活了夜。歌台舞榭，管弦笙歌，舞影缤纷，唱醒了夜。这样的夜，是人类寻欢作乐的时候。这样的夜，是人类找寻温馨与麻醉的时候。这样的夜，是属于所有大都市的，是属于所有人类的。

在靠近西门町的周边，这家名叫"蓝风"的舞厅，只是一家中型的舞厅，不能算最大的，却也不是最小的。一组十人的小乐队，正在奏着一支探戈舞曲，音乐声活跃地跳动在夜色里，屋顶悬着的是一盏多面的圆球，正缓缓地旋转着，折射了满厅五颜六色的光点。大厅中，灯光是幽暗的、轻柔的，时而蓝，时而红，时而绿，时而杂色并陈。舞池边上，一个个的小桌子，桌上都有个小小的烛杯，里面燃着一朵小小的烛焰。舞客舞女，川流不息地在桌边走动，酒香人影，歌声语声。这儿的夜，是"半醉"的。

碧菡穿着一件翠绿色的旗袍，项间有一串发亮的项链，耳朵上也垂着同样式的亮耳环。正和一个胖胖的中年舞客在酣舞着。那舞客的探戈跳得相当纯熟，碧菡却跟得更加熟练。记得三个月前，初来的时候，她甚至不会跳华尔兹。可是现在，伦巴、恰恰、吉特巴、灵魂舞、马舞、曼波、森巴……都已经难不倒她了，人类有适应的本能，有学习的本能。三个月以来，她已从一个嫩秧秧的小舞女，变成这儿有名的"冰山美人"。

"冰山美人"这外号是陈元给她起的，陈元是这里的一个驻唱男歌星，事实上，他只是一个孩子，刚刚从大学毕业，受完军训。什么事不好做，却在舞厅里唱起歌来了。当碧菡问他的时候，他耸耸肩，一股吊儿郎当的样子，说："我爱唱歌，怎么办？"

　　"去学音乐。"

　　"我不爱学音乐，我只爱唱歌，唱流行歌，唱热门歌，唱民谣，唱——我的故事。"

　　他的故事？碧菡叹息，每个人有每个人的故事。在舞厅里你不要去探求。舞客们来寻求安慰，因为家里没有温暖，舞女们货腰为生，因为种种辛酸。不，在这儿你不要去探求别人的秘密，你只能满足别人的欢乐。冰山美人！这外号是因为她永远拒绝和客人"吃消夜"而起的。陈元曾经对她瞪着眼睛说："你以为你做了多高尚的职业？你以为来这儿的客人仅仅要跳舞？你知不知道你那见了鬼的'洁身自好'只会让你损失一大笔财路，除此之外，没有丝毫好处！别人并不会因此而把你看得高贵了！"

　　"我并不要别人把我看得高贵，"她轻声说，无奈地微笑着，"已经走入这一行，还谈什么高贵！"她转动着手里的小酒杯，"我这样做，只为了我自己的良心，和……"她默然不语，酒香雾气里，浮起的是高皓天的脸庞。

　　"为了你那个该死的男朋友！"陈元叫着说，对她摇摇头，"曼妮，你是个傻瓜！"

　　曼妮是她在这儿的名字，舞厅老板帮她取的，多俗气的名字，但是，叫什么名字都一样，那只是一个代号而已。她不在乎，一个出卖欢笑的女人，还在乎名字吗？她已经没有名字了。多年多年以前，她叫作俞碧菡。在她走进"蓝风"以前，她已经把那个名字埋在地底层去了。

探戈舞曲完了，她跟着胖子回到桌边，胖子也并不叫胖子，他姓吴，大家叫他吴老板，是个菲律宾华侨，也是这儿的常客。当他第一次发现碧菡的时候，他就着了迷，他称她为"小仙女"，说她周身没有一点儿人间俗气。他为她大把大把地花钱，一夜买她一百个钟点，希望有一天，金钱的力量，能够终于买到她的一点儿"俗气"，人类，就是这么矛盾的。

陈元上台唱起歌来了，仍然是那支"他的歌"——《一个小女孩》。他穿着一身咖啡色的衣服，脖子上系着一条咖啡色的领巾，虽然是晚上，他仍然习惯性地戴着一副淡淡的墨镜，他说那是他的"保护色"。他拿着麦克风，浑身都是一股满不在乎和吊儿郎当的气质。他用他那低沉的嗓音，忧郁地唱着那支——《一个小女孩》。

当我很小的时候，我认识一个小小的女孩，我们喜悦欢笑，我们两小无猜，我们不知道什么叫忧愁，更不知道什么叫悲哀，我们常常两相依偎，互诉情怀，她说但愿长相聚首，不再分开！我说永远生死相许，千年万载！孩子们的梦想太多，成人的世界来得太快！有一天来了一个陌生人，他告诉她海的那边有个黄金世界！于是他们跨上了一只银翅

的大鸟，直飞向遥远的，遥远的海外！从此我失去
了我的梦想，日复一日，品尝着成人的无奈！我对
她没有怨恨，更没有责怪，我只是怀念着，怀念着：
我生命里那个小小的女孩！

碧菡端着小酒杯，倾听着陈元那忧郁的嗓音，唱着那支
《一个小女孩》。这支歌她已经听了不知道多少次了，因为陈
元每晚都要唱它。她还记得她刚来"蓝风"的时候，那个年
轻的、不会笑的孩子，陈元，就吸引了她的注意，因为他总
在唱这支歌。然后，有一夜，外面下着倾盆大雨，舞厅里的
生意清淡，陈元坐到她身边来，他们一起喝了一点酒，两人
都有点儿薄醉。她问他："为什么永远唱这支歌？"

"因为这就是我的故事。"他坦白地说，"一个很平凡的
故事，是不是？这时代的年轻人，每个人都可能碰到的故事，
是不是？"

"是的，"她说，迷迷茫茫地啜着酒，"你有你的故事，我
有我的故事，你的故事并不稀奇，我的故事却非常稀奇。两
种不同的故事，居然会发生在一个相同的时代里。这是一个
很稀奇的时代！"

"告诉我你的故事。"陈元说。

于是她说了，她托出了她的故事，原原本本的。她说，
只因为酒，因为雨天，因为寂寞，因为陈元有一副忧郁的
嗓音。

说完了，陈元望着她："你还在爱你那个姐夫，是吗？"

她点点头，看着他。

"你呢？"她反问，"还在爱你那个小小的女孩？"

他也点点头。

从此，她和陈元成了好朋友。每晚"下班"后，陈元常常送她回她的住所—— 一间租来的套房。她也会留他小坐，却决不及于乱。他们是好朋友，是兄妹，是天涯知己。两人都有种"同是天涯沦落人，相逢何必曾相识"的感觉。一天，陈元拿了一张报纸，指着一个《寻人启事》，问她："这是在找你吗？"

她看着报纸，那是一则醒目的启事，登在报纸的第一版，用红框框框着，里面写的是："碧：后悔莫及，相思几许？请即归来，永聚不离！云天"她抬起头来，淡淡地笑了笑。

"是的，是在找我，已经登了一个多月了，我早就看到了。"

"为什么不回去？"陈元问，"既然你爱他。"

"回去，是老故事的重演，"她说，"有过第一次的爆发，必然会有第二次，有了第二次，就有第三次，这爆发会一次比一次强烈，最后，我仍然只有一走了之。"她低低叹息。

"我不会回去了，永远不会回去了。没有我，他们或者还会快乐，有了我，他们永不会快乐。"

陈元瞪着她。

"那么，你以后怎么办？你预备当一辈子舞女吗？"

"我没有想过，"她茫然地说，"走一步，算一步吧！我需要钱，供给我妹妹念高中。"

"我给你一个忠告好不好？"陈元说，"趁你年轻漂亮，找一个有钱的老头子嫁了吧！要不然，你就随便一点，跟他们去吃吃消夜，赚赚外快，反正你已堕落风尘，难道还希望有人跟你立贞节牌坊？"

她摇摇头，固执地说，"我不！我做不出来！"

"你从头到尾就是个傻瓜！"陈元说。

"我是的。"碧菡笑笑，"你呢？有什么打算？"

"和你一样，走一步算一步。"

"为什么不找一个女朋友结婚？难道还在等那个女孩吗？"

"你知道，人事无常，"陈元说，"说不定有一天，她回到台湾来，已经七老八十，那时，我还是可以娶她。"

她睁大眼睛，望着陈元。

"你知道吗？陈元？"她慢吞吞地说，"你从头到尾就是个傻瓜！"

于是，他们都笑了。

这样，有一天晚上，陈元送她回家，他们漫步在黑夜的街头，两人都很落寞。街灯把他们的影子，长长地投在地上，忽焉在前，忽焉在后。那晚，陈元颇有点醉意，他忽然对碧菡说："曼妮，我们结婚吧！"

"为什么？"她问。

"因为我们是一对傻瓜！"他说，"傻瓜只能和傻瓜结婚。"

她微笑了一下。

"不。"她说，"我们不能结婚，我们虽然都是伤心人，却都别有怀抱。你有你所爱的，我有我所爱的，我们结婚，不会幸福。"

"你说得对！"陈元低叹了一声，"幸福与我们何等无缘！"

是的，幸福对于伤心人，都是无缘的。碧菡坐在那儿，啜着酒，看着陈元唱完歌退下来，他要等他的女友归来，他等到何年何月为止？问世间情是何物？直教人生死相许！问世间情是何物？她的眼睛迷蒙了。

"喂！曼妮！"她身边的胖子说，"你在想什么？"

"哦，没什么。"她笑笑，"我们跳舞好吗？"

滑进了舞池，那是一支慢狐步。碧菡把头依偎在胖子的肩上，缓缓地滑动着步子，心里空空茫茫，若有所思。胖子拥着她，感到她今夜特别温柔，就难免有点非分之想。他亲热地搂着她，尽兴酣舞，她柔顺地配合着他，翩翩转动，他们跳完了一支，又跳一支，跳完了一支，又跳一支……夜，在舞步下缓慢地流逝。

终于，跳累了，他们回到桌边来，刚坐下，舞女大班走过来，在她耳边说："你必须转台子，有一个客人，付了一百个钟点的钱，买你今晚剩下的时间！"

她看看表，只有半小时就打烊了。

"熟客吗？"她问。

"生客！"

她蹙蹙眉，有点不解，但是，这并不是第一次碰到这种事，站起身来，她对胖子致歉。胖子老大地不开心，为了表示风度，也只好让她离去。她跟着大班，走向墙角一个阴暗的角落。

"曼妮小姐来了。"大班赔笑说。

她站在桌边。蓦然间，心脏一直沉进了地底。瞪大眼睛，她不敢相信地望着桌子后面坐着的人，憔悴，消瘦，阴沉，酒气熏人，手里拿着一支烟，他面前弥漫着烟雾，靠在椅子里，他的眼睛一眨也不眨地，死死地盯着她。

她的腿软软的，身子虚飘飘的，跌坐在椅子中，她眼前浮上了一层雾气。

"怎么知道我在这儿？"她问，声音好无力，好软弱，好低沉。

"碧荷终于告诉了我。"皓天说，熄灭了烟蒂，又重新燃上了一支。

哦！碧荷！她毕竟是个孩子，她是无法保密的。

"你——什么时候学会了抽烟？"她注视他。

"从你走了以后！"他喷出一口浓浓的烟雾。眼睛在烟雾后面闪着光，那眼神是相当凌厉的，"你好，碧菡，你狠，碧菡，我服你了！报上的启事足足登了三个多月，找遍了全台北市，我只差给碧荷下跪磕头……你……"他咬牙，脸色发青，"你真狠！"

碧菡垂下了睫毛，泪珠缓缓地沿着面颊滚落。她沉默着，不愿作任何的解释，也不愿说任何的言语。泪珠只是不断地淌下来，她找不到手绢，也找不到化妆纸，然后，她发现他递过来一条大手帕，她无言地接了过来，拭净了面颊，她仍然沉默不语。于是，他崩溃了，伸过手来，他一把握住了她的手。

"好了，碧菡，"他柔声说，带着浓重的、祈求的意味，"一切都过去了，是不是？你的气也该消了，是不是？我来——接你回家。"她抬起眼睛来，迷迷蒙蒙地看着他，摇了摇头。

"我——没有家。"她轻声说。

他瞪着她。

"什么意思？"他阴沉地问。

"我没有家。"她再说了一遍。

他捏紧了她的手，拼命用力，她的骨头都快碎了，她固执得不吭声，他放松了手，压抑着自己，他说："请你不要惹我发脾气，说实话，我最近脾气很坏很坏，我不想吵闹，不想和你辩论，我已经很久没有睡过一次好觉。今晚，我八点钟就来了，坐在这儿，我已经看了你一个晚上，你总不至于留恋这种生活吧！我来接你回家，你愿意，也要跟我回去，你不愿意，也要跟我回去！"

她看着他，他变了，他不再是以前那个温和易处、谈笑风生的男人。现在，坐在她面前的，是个半醉的、暴戾的、坏脾气的、阴沉的人物！她吸了吸鼻子，吐出一口长气来，她再摇摇头。

"我不会跟你回去，皓天，"她清晰地说，"请你原谅我，我说什么也不会跟你回去！"

"你……"他提高了声音，但是，立刻，他克制了自己，他猛力地抽烟，他的手指颤抖，"好了，碧菡，你要我怎么做？"

他憋着气说："你开出条件来吧，怎样你就肯跟我回去？

要我和依云离婚吗？"

她猛烈地摇头。

"你明知道我希望你和姐姐过得好！"她说，"你明知道我要你们快乐！"

他重重地拍了一下桌子。

"没有你，谈什么快乐？"他吼着说。

她吓了一跳，附近的人都被惊动了，陈元大踏步地冲了过来，以为她碰到了醉酒闹事的客人，他一把拉住碧菡，大声说："下班时间到了，曼妮，我送你回去！"

碧菡抽回手来，急急地说，"陈元，这是高先生！"

"哦。"陈元站住了，瞪着皓天，皓天也回瞪着他，脸色更青了。于是，碧菡推了推陈元："陈元，你先走吧，今晚我自己回去！"

陈元兀自瞪着皓天，半晌，才悻悻然地走开了。

皓天严厉地看着碧菡。

"这就是你不回去的原因，是吗？"他冷冷地问。

碧菡愕然地望着他。

"你以为……"

"那个歌手！"他说，"你已经有了新的爱人了，是吗？这就是你为什么忍心不理我的启事，不管我的寻找，也不肯跟我回去的原因，是吗？"

她默然片刻。

"你醉了，"她说，站起身来，"我们出去吧，有话，到外面去谈。"

"很好，"他熄灭了烟蒂！也站起身来，"我还需不需要付钱？听说带你们舞女出场是要付钱的！你的身价是多少？"

她睁大了眼睛，于是，他猝然地抓住了她的手。

"碧菡！碧菡！"他急急地说，"我快要死掉了！我语无伦次，你不要理我的胡说八道啊！在这种地方找到你，我心都裂开了。碧菡，我不管你做过什么，我不问你做过什么，所有所有的错，都是我的错！求你原谅，请你原谅！只要你跟我回去，好吗？你如果欠了人钱，我帮你还，你如果有没有解决的问题，我帮你解决！"

泪又涌进了她的眼眶，她拉住了他的手。

"我们先出去，到我住的地方去谈。"

他悄悄地望着她，带着一股阴鸷的、怀疑的神色，看到她眼里的泪光，他长叹了一声："好吧！到你住的地方去，到任何地方去谈都可以！我不发脾气，我会好好和你谈，因为你还是爱我的，是不是？你并没有爱上那个歌手，没有爱上任何其他的人，是不是？"

她拭去颊上的泪痕。

"走吧！"她说。

他跟着她，踉跄地走出了"蓝风"。他找寻自己的车子，她挽住了他。

"你醉成这样子，怎么开车？"她说，"只有几步路，我们走走吧！"

晚风迎面吹来，带着初夏的凉意。他跟着她，盲目地往前面走，根本不知东西南北，他的眼睛，始终直直地瞪着她，带着一种固执的、强烈的柔情。他嘴中，一直在不停口地说着："……你不会爱上别人的，你说过，你全世界只爱我一个！你说过，你只爱我！你不会爱上任何人！你是我的！你永远是我的……"

进了碧菡的房间，皓天就乏力地倒在一张沙发里，他四面看看，一张床，两个床头柜，一个化妆台，两张沙发，这就是这房间里全部的家具。另外还有个小小的洗手间。这像一间旅馆的套房，想必是那种专门盖给舞小姐们住的公寓。他深吸了口气，觉得头痛欲裂，心里最迫切而焦灼的一个问题，就是如何能把碧菡弄回家去，让她远离舞厅、舞客、大班、歌手……以及这房间，和这一切的一切！

碧菡倒了一杯茶走过来，递到他面前，她低声说："喝点茶，解一解酒，你一向没什么好酒量，为什么要喝这么多？"

他接过茶杯，放在小几上，她转身要走开，他一翻手就抓住了她。握牢了她的手腕，他说："这房子是租来的？"

她点点头。

"房租缴清了吗？"

她不解地看着他，眼底有一丝畏惧。

"刚刚缴了一年的房租。"

"那么你不欠房东的钱了？"

她再点点头。他一下子站起身来。

"很好！"他说，"我来帮你整理东西，你的箱子呢？手提袋呢？算了，这些东西不要也罢，家里有的是你的衣服，带这些做什么？……"

碧菡拉住了他的手，坐在床沿上，她轻声地，却坚决地、郑重地说："皓天，你能不能理智一些？"

"我很理智！"皓天睁大了眼睛。

"我必须说清楚，"她一字一字地说，"我不会跟你回去了，永远不会跟你回去！所以，你不要动这些东西，也不要枉费心机了。你就当作——从没有认识过我，从没有见过我好了。"

他站在床前面，俯头凝视她，他的呼吸急促，神情严厉，脸色紧张而苍白。

"你的意思是——"他压抑着自己，用力说，"你要抹杀掉跟我的那一段日子？你要根本否认我在你生命里的价值？你自甘堕落，你喜欢当舞女，对不对？"

她战栗了一下，闭上了眼睛。

"随你怎么说，"她无力地低语，"随你怎么想，一个女人，已经走到这一步，难道还能自命清高？我没有想抹杀掉我们那一段日子，因为那是无法抹杀的，我更无法否认你的价值，如果不是为了你，我或者不至于……不至于……"她声音哽住了，再也说不下去，半晌，才挣扎着说了一句："我知道我是很低贱的，很卑微的，如果你肯离开我，我就感恩不尽！"

她的话像一条鞭子，抽在他的心灵上，在一阵剧痛之下，他忽然脑子清醒了！酒意消失了一大半，他立刻冷汗涔涔。他在做些什么？他说了些什么？他是来求她回去，并不是来侮辱她或责备她！这样越扯下去，她会距离他越来越远了。

他注视她，她卑微地低俯着头，他只能看到她那一头柔软的黑发，长长地披在背上。那薄薄的旗袍下，是她那瘦小的背脊和窄窄的肩。他长叹一声，忍不住就在床前的地板上坐了下来，握紧她的手，他说："我又说错了话，我心里急，说什么错什么，碧菡碧菡，你善良一点，你好心一点，你体会我心碎神伤，什么话都说不对！千言万语，化作一句，我爱你，碧菡！"

她很快地抬眼看他，眼里全是泪水。

"谢谢你这样说，皓天。"她低语。

"你不相信我？"他问，眼光又阴沉了下来。

"我信。"她说，"我一直信的。皓天，你始终没弄清楚我为什么离开你家，我不是负气，不是一时任性，而是——为了爱你。"

"为了爱我？"他瞪大眼睛，"你如果真爱我，你就做做好事，跟我回家去！"

"不，"她摇头，脸上一片坚决，"当姐姐那晚对我下了逐客令以后，我就知道高家是再也无法待下去了。姐姐——是我的救命恩人，她热情到可以把身上的大衣，脱下来披在一个并不相关的女孩身上，她可以彻夜不眠不休，照顾一个女孩从死亡关头走回来。姐姐，她的心有多善良，多纯真，多热情！在这世界上，你不可能找到第二个这样的女人！可是，那晚，她骂了我，她命令我走，要我永远不要回高家……"

"我懂了！"皓天急急地说，"你在和依云生气，我打电话叫依云马上来，自从你走后，她和我一样痛苦，她后悔万分，我叫她来跟你道歉，这样总行了吧！"她默默地瞅着他。

"别傻，皓天，你要折磨死我！你根本没弄清楚，我怎么会生姐姐的气！她就是打我，我也不会生她的气。我只是从她那一次爆发里，才了解一样事实，爱情，是不能由两个女人来分享的。皓天，她太爱你！在没有我的介入以前，你们的生活多甜蜜，多幸福！自从我介入，你周旋在两个女人之间，眼见一天天地憔悴，姐姐呢？她失去了欢笑，失去了快乐。这一切，都因为我！我一直想报恩，却错误在真正爱上了你，结果，反而恩将仇报！我把你们陷进了不幸，把姐姐陷进了痛苦。唯一解决的办法，是我走！走得远远的！所以，我走了。不是负气，不是怀恨，我走，是因为太爱你们，太希望你们好！"

第十章

　　"很好，"皓天紧紧地握住她的双手，"你说了这么一大篇，解释你没有怀恨，没有负气，你走，是为了要我们幸福。现在，我简单地告诉你，你走了之后，依云日日以泪洗面，想你，我天天奔波在台北街头，找你。我们谁也没有得到快乐和幸福，除非你回来，我们谁也不会快乐和幸福，你懂了吗？"

　　"那是暂时的，我走了，你们会暂时一痛，像开刀割除一个肿瘤一般，时间慢慢会治愈这伤口。我留下，却会演变成为癌症，症状越来越重，终至不治。所以，与其害癌症，不如割除肿瘤！"

　　"什么癌症？什么肿瘤？"皓天急了，他大声说，"我已经找到了你，不管你怎么说，我一定要你回去！我宁可害癌症死去！我也要你回家！"

　　她摇头，缓慢地却坚决地摇着头。

"不，皓天，你说不动我，我不会再回去了。"

他死盯着她，呼吸沉重。

"你说真的？"

"真的。"她直视着他，低语着，"决不回去！"

他一把握紧了她的两只手腕，开始强烈地摇撼她，一面摇，一面发狂般地大声叫："你一定要跟我走！你非跟我回去不可！我捉了你，也要把你捉回去！"他跳起来，眼睛里布满了红丝，神情狰狞而可怖，他死命地扯她："你马上跟我走！你马上跟我回去！我不和你讲理，我也不听你那一套谬论！走！你走不走？"

她挣扎着，往床里面躲，他死命拉扯她，他们开始像一对角力的野兽，拼命地挣扎抗拒。最后，两人都有点糊涂了，不知到底为了什么而争斗。眼泪从她面颊上滴落，她喘息着，啜泣着，颤抖着。他抓住她胸前的衣服，用力一扯，衣服破了，那撕裂声清脆地响起，她慌忙用手遮住胸前，睁着一对大大的、带泪的眸子，畏惧地，却坚决地，凝视着皓天。

于是，皓天呆了，他停了手，也喘息着，瞪视着碧菡好久好久，皓天只是瞪视着她，像中了魔，像入了定。然后，他忽然扑了过来，碧菡惊颤，却已无处可躲，无处可退。

但是，皓天并没有来抓她扯她，却把她紧压在床上，用他灼热的唇，一下子堵住了她的。

她四肢无力，她瘫软如绵，被动地躺在那儿，她的心飘飘荡荡，她的意识混混沌沌，她的思想迷迷茫茫，她一任他解开衣扣，一任他褪下衣衫，他的唇紧紧地吮着她，她逐渐感到那股强大的热力，从她身体的深处游升上来，不再给她挣扎的余地，不再给她思想的能力，她的手圈住了他——那个她生命里唯一仅有的男人！

风平浪静，良夜已深。她的头枕着他的手臂，他平躺着，看着天花板，他的酒意已消，火气已除，他显得平静而温柔。

"在这一刻，你敢说你不爱我吗？"他问。

"我从没说过我不爱你。"她说。

"那么，我们不再争吵了是不是？"他更加更加温柔地说。

"我从没有要和你争吵。"

"那么，"他更加温柔，温柔得让人心酸，让人心痛，"你要跟我回去，对不对？"

她不说话了。他回过头来，静静地凝视她，用手指轻轻地抚摸她的面颊、下巴和她那小小的鼻头。

"是不是？"他再问，声音柔得像水，"你爱我，你不愿离开我，所以，你要跟我回去，是不是？"

他的声音里有一股强大的、催眠的力量。她的思想在挣扎，感情在挣扎，终于，她闭了闭眼睛，低低地说："我爱你，我不愿伤害你，所以，我不会跟你回去，我不能跟你回去。"

他忍耐地望着她。

"你不再是我的妻子吗？"

她垂下睫毛。

"我一直不是的。"她清晰地说。

他的手指捏紧了她的下巴。

"你在指责我吗？"

"我没有，是我自愿献身给你的，我并不想要那名义，我只告诉你事实。"

他的眼睛重新冒起火来。

"请你不要惹我生气。"他说。

"我希望你不生气。"

"那么，"他阴鸷中带着温存，担忧中带着祈求，"你要跟我回去！"

"我不！"

他凝视着她。

"好吧。"他说，"告诉我你到底有什么问题？"他振作了一下，努力使自己的声音温和而冷静，"你看，我真糊涂，我一直强迫你回去，而没有代你设身处地想一想。你那天离家出走的时候，什么都没带，连件大衣都没穿，你无家可归，无钱可用，走投无路。当然，你只能想出这个办法，走进歌台舞榭，谋求一个起码的温饱。何况，你还有一个需要你接济的家庭。所以，我了解，碧菡，你欠了舞厅多少钱，你签了多久的合同，你告诉我，我来帮你料理清楚。"

她把头转开去，泪珠在睫毛上颤动。

"我没有需要你解决的问题，"她低语，"我只是不要跟你回去。"

他屏息片刻。

"我明白了，"他再说，"你怕我父母知道你当过舞女而轻视你，你怕依云看不起你。好了，我发誓，这件事只有我们两个人知道，我们不说出去，谁也不会知道你这三个月在什么地方。这样，你放心了吗？"

她咬紧了嘴唇，咬得嘴唇发痛。

"你看！"他的声音里充满了希望，充满了柔情，"我已经说中了你的心事，是不是？我终于猜到了你的心事，对不对？我们编一个很好的故事，回去之后，大家都不会疑心的故事。你回去了，一定会快乐的，我会加倍地疼你，怜惜你，我发誓不再让你受到任何伤害！我发誓要竭尽以后的岁月，来弥补你这几个月为我受的苦！"他把她的脸扳转过来，用手指抚摸她的泪痕。他的声音轻柔如梦："瞧，我总是把你弄哭，我总是伤你的心。碧菡，我懂的，我了解的，我并不笨，我并不痴呆。我知道，你在这三个月里，受了许许多多的苦，受了许许多多的折磨，让我在以后的岁月里来补偿你。嗯？碧菡，你放心，我一定会补偿你！"

她眨动眼睑，泪珠扑簌簌地滚了下来。

"我很抱歉。"她低语，"我感激你待我的这份情意，但是，我不能跟你回去！"

他死盯住她。

"为什么？"他阴沉地问。

"我已经说过理由了，为了你们好，为了你们婚姻幸福，我只有离开。如果我今天肯回去，当初我也不会出走！我说过了，我是你们的一个赘瘤，只有彻底除去我，你们才会幸福！"

"我不要听你这套似是而非的大道理！"他爆发地大叫，从床上猛地坐了起来，呼吸沉重地鼓动着胸腔，他的忍耐力消失了，他暴怒而激动，"你不要再向我重复这一套！我要你回去！你听到了吗？你不要逼我对你用武力！"

"你不会对我用武力！"她说，声音好低好低，"因为你知道，用武力也没有用处！"

"你……"他气结地瞪着她，终于痛苦地把头埋进了手心里。"我从没有这样低声下气地哀求过一个人，"他自语地说，"我从没有被任何人折磨得如此痛苦，碧菡，"他摇头，拼命摇头，从齿缝里迸出一句，"你太狠心！太狠心！"

碧菡侧过头去，忍声地啜泣。于是，他陡然狂叫一声，把她从床上一把抓了起来，他大声问："告诉我！那个男人是谁？"

她惊吓得用被单遮住了自己。

"什么男人？"她问。

"你知道的！"他大吼，"你那个男人！那个使你不愿意回到我身边的男人是谁？你说！你说！你说！"他直逼到她眼前来，"你快说，是谁？"

她睁大了眼睛，凝视着他。

"你——你一定要制造出这样一个人来，是吗？"她愕然地问，"有了这样一个人，你就满意了，是吗？有了这个人，你就死了心了，是吗？"

"别告诉我没有这个人！"他喊得声嘶力竭，"你变了！你说过，你愿意做我的奴隶！你曾经柔顺得像一只小猫，而现在，我已经哀求你到这种地步了，你都不肯跟我回去！除非有一个男人！你说，是谁？是谁？是谁？"他抓紧她的胳膊，猛力地摇撼她，摇得她的牙齿格格发响。

她哭了起来，嚷着说："不要这样，你弄痛了我！不要这样！"

他悄然地放开了她。转过身子去，他气冲冲地拿起西装上衣，从口袋里掏出香烟，只有一个空烟盒，他愤怒地把烟盒丢到墙角去，咬牙切齿。碧菡悄悄地看看他，拉开床头柜的抽屉，她取出一包"三五"，丢到他的面前。

他接过香烟，盯着她。

"你也学会了抽烟？"

"不是我，"碧菡摇摇头，"是陈——"她惊觉地住了口，愕然地望着皓天。

"哼！"他重重地哼了一声，"狐狸尾巴终于露出来了！是谁抽烟？"他大吼，"是谁？"

"是——"她哭着叫，"是陈元！"

"陈元？"他逼到她眼前去，面目狰狞而扭曲，"那是谁？陈元是个什么鬼东西？你说！你说！"

"就是那个歌手！你见过的那个歌手！"碧菡哭着，在这种逼问下完全崩溃了。她神经质地大哭大嚷起来，"如果你一定要这样才满意，如果你一定要这样才能对我放手，那么，我告诉你吧！是陈元！那个歌手！他是我的男朋友，爱人，丈夫，随你怎么说都可以！我已经和他同居三个月了！你满意了吧？满意了吧？满……"

"啪"的一声，他重重地抽了她一下耳光，她惊愕地停了口。他站起身来，匆忙地穿好衣服，他的脸青得怕人，眼睛血红。回过头来，他把那包烟扔在她脸上，哑着喉咙说："你这个——标准的贱货！"

她呆着，傻愣愣地坐在床上，头发凌乱，被单半掩着裸露的身子，眼睛睁得又圆又大，她不说话，也不动，像个半裸的雕像。他望着她，目眦欲裂。

"天下居然有像我这样的傻瓜，来哀求你回去！"他咬牙切齿地说，"好吧，你既然已经是职业化的风尘女子，告诉我，刚刚的'交易'，我该付多少钱？我不白占你的便宜！"从口袋里掏出一沓钞票，他也不管数字多少，就向她劈头扔去，钞票散开来，撒了一床一地。他狠声说："你放心！我再也不会来找你麻烦了！再也不会了！如果我再来找你，我就是混账王八蛋！"

说完，他打开房门，直冲了出去。碧菡跪在床上，伸出手去，想叫，想喊，想解释，但是，她什么声音都没有发出来，房门已经"砰"一声合拢了。

她仍然跪在那儿，对房门哀求似的伸着手，终于，她的手慢慢地垂了下来。低下头，她看着床上的钞票，身子软软地倒下去，她的面颊贴着棉被，眼睛大睁着，泪水在被面上迅速地泛滥开来。

台湾的初夏，只有短短的一瞬，天气就迅速地热了起来。

六月，太阳终日照射，连晚上都难得有一点凉风，整个台北，热得像一个大火炉。

舞厅里有冷气，可是，在人潮汹涌、乐声喧嚣、烟雾氤氲里，那空气仍然恶劣而混浊。碧菡已一连转了好几个台子，和不同的人周旋于舞池之中。今晚的乐队有点儿奇怪，动不动就是快华尔兹，她已经转得喘不过气来，而且头晕目眩。在去洗手间的时候，陈元拦住了她，对她低声说："你最好请假回去，你的脸色坏极了。"

到了洗手间，她面对着镜子，看到的是一张脂粉都遮掩不住的、憔悴的脸庞！天！这种夜生活是要活人短命的！打开皮包，她取出粉扑和胭脂，在脸颊上添了一点颜色，对镜自视，依旧盖不住那份寥落与消瘦。无可奈何，这种纸醉金迷、歌衫舞影的岁月，只是一项慢性的谋杀。或者，自己应该像陈元所说的，找一个有钱的老头一嫁了之。但是，为什么脑中心里，就甩不开那个阴魂不散的高皓天！长叹一声，她回到大厅里。那陈元正站在台前，用他那忧郁的嗓音，又在唱他那支《一个小女孩》："当我很小的时候，我认识一个小小的女孩……"

一个小女孩！世界上有千千万万的小女孩，每个小女孩都有属于自己的小故事，这些"小故事"堆积成人类的一部历史。她回到桌子边，胖子礼貌地站起身来，帮她拉椅子，她坐下去，头仍然晕晕沉沉的。胖子喜欢抽雪茄，那雪茄味冲鼻而来，奇怪，她以前很喜欢闻雪茄的香味，现在却觉得刺鼻欲呕。她病了，她模糊地想，这燥热的鬼天气，她一定是中了暑。

"跳舞吗？"胖子问。

陈元已经下了台，现在是支快步的吉特巴。不能不跳，是吗？你的职业是舞女！她下了舞池，旋转，旋转，再旋转……

舞厅也旋转了起来，吊灯也旋转了起来，桌子椅子都旋转了起来……她喘口气，伏在胖子的肩上。

"对不起，"她喃喃地说，"我病了。"

胖子把她带回座位，殷勤询问要不要送她回家，她摇摇头，努力和胃部一阵翻涌的逆潮作战！天，希望不是胃病的重发，这种关头，她禁不起生病。可是，那不舒服的感觉越来越严重了，她起身告罪，回到洗手间，冲到马桶旁边，她立刻翻江倒海般呕吐起来。

一个名叫安娜的舞女也在洗手间里，她立刻走过她身边，递来一叠化妆纸。她吐完了，走到化妆台前坐下，浑身软绵绵的，一点力气都没有。安娜一面毫不在意地搽口红，一面问："多久了？"

"什么？"她不解地蹙蹙眉。

安娜在镜子里对着她笑。

"你该避免这种麻烦啊，"她说，"不过，也没关系，这种事总是防不胜防的，我有一个熟医生，只要千把块钱，就可以把它解决掉。"她转过身子来，对她关心地看着："这总不是第一次吧？"

碧菡瞪视着安娜，她在说些什么？她在暗示什么？难道……难道……天哪，可能吗？她深吸了口气，心里在迅速地盘算着日子。哦！同居一年多，毫无消息。偶然的一度春风，竟会蓝田种玉吗？她的眼睛发亮了，兴奋使她苍白的面颊发红，使她的呼吸急促，她热烈地看着安娜："你是说，我可能有了……"

"当然啦！"安娜莫名其妙地说，"你有麻烦了！"

"麻烦？"她低喊，眼睛更黑更亮，笑容在她的唇边漾开，"这个'麻烦'，可真来之不易啊！"喊完，她冲出了洗手间，留下安娜，兀自站在那儿发愣。

向大班请了假，迫不及待地走出舞厅，看看表，才八点多钟。附近就有一个妇产医院，似乎一天二十四小时都在营业。她走上了楼，医生在吗？是的，马上可以检查，她心跳而紧张，让它成为事实吧！让它成为事实吧！她愿意向全世界的神灵谢恩，如果她有了孩子！

医生来了，笑吟吟地问了几个例行问题，说："我们马上可以检验出来！"

"不要等好几天吗？"她紧张地问。

"不用，我们用荷尔蒙抗体检验，只要两分钟，就可以得到最精确的答案。"啊！这两分钟比两个世纪还长！终于，医生站在她面前，笑容满面，显然，凭医生职业性的直觉，他也知道这年轻的女子是在期待中，而不是在担忧中。

"恭喜你，你怀孕了。"

谢谢天！碧菡狂喜地看着医生，眼珠闪亮得像黑夜的星辰。

"医生，你不会弄错吗？"

"弄错？"医生笑了，"科学是不会错的！"他算了算："预产期在明年二月初旬。"

从医院出来，碧菡实在抑制不住内心的狂喜，她几乎要在街头跳起舞来。哦！如果高家知道！哦！如果皓天知道！

如果依云知道！真是的，人生的事多么奇妙！她和皓天同居一年多，朝也盼，晚也盼，却一点影子都没有！谁知道这次的一项偶然，竟然成功。怪不得古人有"有意栽花花不开，无心插柳柳成荫"的句子呢！

迎着晚风，她不再觉得天气的燥热，望着那川流不息的街车，望着那霓虹灯的闪烁，她只觉得，眼前的景物，是一片灿烂，一片光辉，在街边呆站了五分钟，她不知道这一刻该做些什么好。回去？不不，她需要有人分享这份喜悦。到高家去！到高家去！到高家去！她身体里每个细胞都在呐喊着：到高家去！告诉他们这个喜讯，让他们每一个人都来分享这份狂喜！哦！到高家去！到高家去！

再也不犹豫了，再也不考虑了！在这么大的喜悦下，还有什么事情是值得犹豫和考虑的呢？叫了一辆计程车，她跳了上去，迫不及待地告诉了司机高家的地址。车子在街灯照耀的街道上疾驰，在街车中穿梭，她的心猛跳着，沉浸在那份极度的喜悦和意外中，她的头昏沉沉的，心轻飘飘的，整个人像驾在云里，飘在雾里。她深深地靠在椅垫里，不可思议自己身体里竟有另外一个小生命在成长，一个被热爱的、被期盼的、被等待的小生命！

到了高家门口，她伸手按铃的时候，手都抖了。怎么说呢？怎么说呢？他们会怎么样？皓天会怎么样？高太太一定会乐得哭起来，依云一定会抱着她跳。皓天，哦，皓天，他的血液，竟在她身体里滋生！多奇妙！生命多奇妙！她靠在门框上，像等待了几百年那么长久。

门开了，阿莲惊愕得睁大了眼睛："哎呀！是俞小姐！"阿莲叫着。

"他们都在家吗？"她喘着气问，人已经冲进了客厅里。她收住脚步，第一眼看到的，就是高皓天，他正坐在沙发中和依云谈话，看到碧菡，他们都呆住了。

"碧菡？"皓天不太信任地喊，站起身来，"是你？碧菡？"

"是的，是我！"她喘着气，脸上绽放着光彩，眼睛亮晶晶地瞪着他，一个抑制不住的笑容，浮漾在她的唇边，"皓天，我来告诉你，你信吗？我终于……终于……"她碍口地说了出来，"有了！"

皓天死死地盯着她。

"有什么了？"他不解地问。

"有……"她大大地吸气，"孩子呀！"她终于叫了出来，脸涨得通红。看到皓天一脸愕然的样子，她又急急地说："你记得——记得到蓝风来找我的那个晚上吗？世界上居然有这么巧的事情。"

皓天的眉头锁了起来，紧盯着她，他的脸绷得紧紧的，丝毫笑容都没有。碧菡瑟缩了，她张着嘴，怯怯地望着皓天，难道……难道……难道他已经不想孩子了？"真的，"皓天终于开了口，声音冷得像北极的寒冰，"世界上竟有这么巧的事情！一年多以来，你不生孩子，那一次你就有了！"他眼睛一眨也不眨地望着她，带着一分严厉的批判的神情："怎么？你那个歌手不认这个孩子吗？"

碧菡惊讶得不会说话了，睁大了眼睛，她不信任似的看着皓天。天哪！人类多么残忍！天哪！世事多么难料！天哪！

天哪！天哪！转过身子，她一语不发地就冲出了高家的大门。

模糊中，她听到依云在叫她，高太太也在叫她，但是，她只想赶快逃走，逃到远远的地方去，逃到远远的地方去！逃到世界的尽头去！逃到非洲的沙漠或阿拉斯加的寒冰里去！电梯迅速地向下沉，她的心脏也跟着往下沉。来时的一腔狂热，换成了满腹惨痛，她奔出了公寓，跳上了一辆计程车。司机回过头来，问："去哪里？"

去哪里？茫茫世界，还有何处可去？漠漠天涯，还能奔向何方？父兮生我，母兮鞠我，父在何方？母在何方？她下意识地用手按着肚子。孩子啊，你尚未成形，已无家可归了。

"……你有了麻烦了……我认识一个医生，只要千把块钱，就可以把它解决掉……"安娜的话在她耳边激荡回响。拿掉它！拿掉它！拿掉它！为什么要让一个无家可归的小生命降生到世界上来？为什么要让一个父亲都不承认的孩子降生到世界上来？拿掉它！拿掉它！拿掉它！可是啊……可是，这孩子曾经怎样被期盼过，为了它，曾经有三个人，付出了多少感情的代价！而今，它好不容易来了，却要被活生生地斩丧！天哪！人生的事情，还能多么滑稽！还能多么可笑？还能多么悲惨与凄凉！

回到自己住的地方，她很快地收拾了一个旅行袋，拿了自己手边所有的钱，她走了。

这边，高家整个陷入了混乱里。

眼见碧菡跑走，依云追到门口，但是，碧菡的电梯已经下了楼，她从楼梯奔下去，一路叫着碧菡的名字，连续奔下八层楼，碧菡已经连人影都没有了。依云气喘吁吁地回到楼上，只看到皓天用手支着头，沉坐在沙发里，高继善和高太太却在一边严厉地审问着他："你什么时候见过碧菡？"

"你怎么知道这孩子不是你的？"

"你什么时候和她同床过？"

"那歌手叫什么名字？"

"碧菡怎么有把握说孩子是你的？"

"假若孩子真的是你的怎么办？"

依云走过来，站在皓天的面前，她把手按在皓天的肩上，坚决地、肯定地说："皓天！去把碧菡追回来，那孩子是你的！"

皓天抬起头来，苦恼地、困惑地、不解地看着依云。

"我太了解碧菡，"依云说，"她不会撒谎，不会玩手段，她连堕落都不会，因为她太纯洁！"她盯着他："你居然不告诉我们，你已经找到了她！为什么？"他摇头。

"我不想再提那件事！"他苦恼地说，"是的，我找到过她，她和一个唱歌的年轻男人同居了！"

"你亲眼看到他们同居吗？"依云问。

皓天愕然地望着依云，脑子里迅速地回忆着那天晚上的情形。"你一定要制造出这样一个人来，是吗？有了这样一个人，你就满意了，是吗？有了这样一个人，你就对我放手了，是吗？……"碧菡说过的话，在他脑子里一次又一次地回响。猛然间，他惊跳起来，向屋外冲去。

"你到哪里去？"依云喊。

"去找碧菡！"他的声音消失在电梯里。

奔出了大厦，钻进了汽车，凭印象去找碧菡住的地方，车子转来转去，他却怎么都找不到那屋子。那晚，自己去时带着酒意，走时满怀怒气，始终就没有记过那门牌号码。车子兜了半天，仍然不得要领，他只得开往"蓝风"。

走进"蓝风"，大班迎了过来。不，曼妮今晚请假，不会再来了，他望着台上，那歌手正在犹豫地唱着："……我对她没有怨恨，更没有责怪，我只是怀念着，怀念着：我生命里那个小小的女孩！"

他塞了一沓钞票给领班，对他低低地说了两句。然后，他站在门口等着，没多久，陈元过来了，他推推太阳眼镜，对他上上下下地打量着。

"你是谁？"他问，"找我干吗？"

"我姓高，"他说，"我们见过。"

"哦！"陈元恍然大悟，"你就是曼妮的姐夫！怎样呢？你要干什么？"

"我要找她！"他简短地说，"请你告诉我，她在哪里？"

"奇怪，"陈元耸耸肩，"我怎么会知道？"

"你知道的！"皓天有些激怒，陈元那股吊儿郎当的样子让他生气，他看陈元是从头到脚的不顺眼，"你跟她那么熟，怎么会不知道她在哪里？"

"我知道也没有义务要告诉你，是不是？"陈元问，充满了挑衅的意味。

"你必须告诉我！"皓天又急又火又气又疑心，"这是有关生死的事情。"

"谁的生死？"陈元莫名其妙地问。

"碧菡。如果——你没有和她同居的话！"皓天终于冲口而出，"你和她同居过吗？"

"我？"陈元的眼睛都快从镜片后面跃了出来，"我和曼妮同居？你在说些什么鬼话？那个冰山美人从踏进'蓝凤'以来，连和客人吃消夜都不去，这样傻瓜的舞女是天下第一号，简直可以拿贞节牌坊！我还能碰她？"他盯牢了高皓天，像在看一个怪物："你有没有神经病？那个曼妮，她有她的爱情，我有我的爱情，我们都是伤心人，却都别有怀抱！让我告诉你，姓高的！很久以来，我就想揍你一顿，你窝囊，你没有男子气概，你不懂得女人！你害惨了曼妮！我真不懂，像你这样的男人，怎么值得曼妮为你神魂颠倒，为你守身如玉！你居然来问我有没有和曼妮同居！哈！还有比这个更可笑的问题吗？"

皓天望着陈元，在这一刹那间，他真想拥抱他，真想让他痛揍一顿，揍得骨头断掉都没关系！他吸了口气，急急地说："你要揍我，以后再揍，请你赶快告诉我碧菡的住址，我就感激不尽了。"

陈元的脸色变了。

"发生了什么事情？"他问，"她今晚来上过班，脸色坏透了，我叫她回家休息……"他注视着高皓天，迅速地说：
"走！我带你找她去！"

五分钟之后，他们来到了碧菡的房门口，陈元急促地按
着门铃，始终没有人开门。皓天开始猛烈地拍打着门，叫着
碧菡的名字。半晌，隔壁的房客被惊动了，伸出头来，那是
个老太太："她已经搬走了。"她说。

"什么？"陈元问，"她昨天还住在这里。"

"是的，"老太太说，"一小时以前搬走了！"

"搬到什么地方去了？"皓天问。

"不知道。反正，她已经搬走了！"

房门阖上了，老太太退回了屋里。高皓天呆呆地站着，
和陈元面面相觑。好一会儿，皓天才喑哑地开了口："好了，
你现在可以揍我了，揍得越重越好！"

碧菡是彻彻底底地失踪了。

这次，连碧荷都失去了碧菡的音讯。无论怎样寻找，无
论怎样登报，无论跑遍了多少歌台舞榭……她失踪了，再也
没有音讯了！像一缕轻烟，像一片浮云，随风逝去之后，竟
连丝毫痕迹都没有留下。皓天整日惶惶然如丧家之犬，他奔
走，他登报，他找寻，他甚至去警察局报失踪，可是，碧菡
是彻彻底底地消失了。

不止一次，他哀求碧荷，因为这是他唯一的线索，他知
道碧菡心爱这个小妹妹，只要她活在这个世界上，她一定会
和碧荷联系。但，连碧荷都恐慌而惶惧，有一天，她居然对
皓天说："我昨天梦到姐姐已经死了！说不定她真的不在这世

界上了，要不然，为什么她不理我？"

哦！不行！碧菡，你不能死！你的一生，是一连串苦难的堆积，连救你的人，最后都来扼杀你，爱你的人，都来打击你。而你，碧菡，你对这世界从来没有怨尤，对任何人，从来没有仇恨。碧菡！你必须活着，必须再给别人一个赎罪的机会！碧菡！碧菡！碧菡！

心里呐喊过千千万万次，梦里呼唤过千千万万次，喊不回碧菡，梦不回碧菡，一个小小的人，像沧海之一粟，被这茫茫人海，已吞噬得无影无踪。他变得常常去"蓝风"了，什么事都不做，只是叫一瓶酒，燃一支烟，听陈元用他忧郁的嗓音，一遍又一遍地唱他那支《一个小女孩》。陈元也常坐到他的桌上来，跟他一起喝酒，一起抽烟，一起谈碧菡。他们竟成了一对奇异的朋友。他们谈碧菡的思想，碧菡的纯真，碧菡的痴情，碧菡的点点滴滴。最后，陈元也感叹地对他说："放弃吧！别再盲目地找寻了！一个人安心要从这世界上消失，你是怎么也不可能找到的！"

放弃？他无法放弃，他曾经找到过她一次，他一定再能找到第二次！找寻，找寻，找寻……疯狂地找寻，只差没有把地球翻一个面，但是，茫茫人海，伊人何处？

深夜，他经常彻夜不眠，抽着香烟，一支接一支，一直到天亮。每当这种时候，依云也无法入睡，她会用手环抱着他，在他身边低低地啜泣，一次又一次地说："都是我不好，都是我不好，如果我不吃醋，如果那天夜里我不发疯，我不对碧菡说那些莫名其妙的话，不是大家都好好的吗？"

皓天轻轻地摇头，这些日子来，他已经和以前判若两人，不再开玩笑，不再说笑话，不再风趣，不再幽默，他深沉、严肃而忧郁。

"不用自责，依云。"他低沉地说，"如果一切重头再来一遍，可能仍然是相同的结果。你并没有错，错在命运的安排，错在我不该爱上你们两个。你的吃醋，只证明你爱我，难道爱也有错吗？"他深深地抽烟，深深地沉思，深深地叹息。

"是的，爱也有错，"他凄然地说，"人生的悲剧，并不一定发生在仇恨上，往往是发生在相爱上，爱，是一件非常可怕的东西！因为你不知道，什么该爱，什么不该爱，即使你知道，你也无法控制！像碧菡以前常爱唱的那一支歌：我曾经深深地爱过，所以知道爱是什么，它来时你并不知道，知道时已被牢牢捕捉！是的，它来时你并不知道，知道时已被牢牢捕捉。"

他喷出一口浓浓的烟雾："你知道吗？依云，我们三个人的故事，是错在一个'爱'字上。"

依云凝视着他，凝视着那缕袅袅上升的烟雾。

"皓天，"她诚挚地说，"你要尽力去找她，我保证，如果她回来了，我决不再和她吃醋，我决不再乱发脾气，我一定——像爱自己的亲妹妹一样爱她！"

皓天用手抚摸她的头发。

"我会去找她，"他幽幽地说，"但是，我想我们再也找不到她了。因为，如果我把她找了回来，我们又会恢复以前那种剑拔弩张的形势，即使她是你的亲妹妹，到时候你也会克制不了自己，你还是会和她发脾气……"

"我不会！我不会！我不会！"依云猛烈地摇头。

皓天怜惜地抚摸她的面颊。静静地说："你还会的，依云，你还会的，因为你爱我！所以，我不再责怪你那夜的爆发，如果你不爱我，你就不会爆发，是吗？"依云把面颊贴在他宽阔的胸膛上，默然不语，眼泪充盈在她的眼眶里。

"碧菡比我更清楚这一点，"皓天继续说，"那晚，我找到她的时候，她曾费尽心机，想让我了解这项事实：我们三个人不可能生活在一起。可是，当时我想不通，我强迫她回来，逼得她编出一个同居者来。我……"他又深吸了一口烟；浓浓地喷到空中去，"我居然会相信！碧菡，那么纯情的、天真的小女孩！我……是个傻瓜！是个混球！"他的声音喑哑了。

"现在，她走了！她不会让我再找到她了！她决不会了。我知道得非常清楚，她即使还活着，我也永远找不到她了。"

他看着那满屋弥漫的烟雾，依稀仿佛，记起他们三个在荣星花园中，第一次提起"碧云天"三个字的时候。当时自己就曾有过不祥的感觉。果真，现在，正符合了"夜夜除非，好梦留人睡，明月楼高休独倚，酒入愁肠，化作相思泪"的句子。他侧过头去，心中的那股怛恻之情，紧紧地压迫着他。

在这一刻，那份黯然神伤和心魂俱碎的感觉，震痛了他每一根神经。依云的眼泪浸湿了他胸前的衣服，她低低地说："皓天，我们怎么办？我们怎么办？失去了碧菡，我们还能相爱吗？"

他心中抽搐，他知道她所恐惧的，他紧揽着她的头。

"依云，"他恳切地说，"碧菡在我们这幕戏里，从头到尾就是一个牺牲者，如果我们再不相爱，如何对得起离我们而去的碧菡？"

依云痛楚地闭上眼睛，紧紧地依偎着皓天。

日子一天天地流逝过去，正像皓天所预料，碧菡音讯全无。

所有的找寻和期待都成了泡影。岁月却自顾自地滑过去，地球自顾自地运转，季节自顾自地变换，就这样，由秋而冬，由冬而春，由春而夏，一年的时间，就这样慢慢地，慢慢地消逝了。

高家在表面上又恢复了平静，皓天照样早出晚归地上班下班，依云在家帮高太太料理家务，高继善忙着他自己庞大的事业，悄悄地叹息"继承无人"。高太太再也不敢谈"孙子"的事，传宗接代那一套，在高家更是绝口不提的事情。大家都不愿再触到那旧有的伤痕，生活也就在这种小心翼翼的情况下过去了。

可是，这天晚上，门铃突然响了起来。依云、皓天和高继善夫妇刚好都在家，全坐在客厅里看电视。阿莲去开了门，只听到她"咦"地叫了一声，接着，就是个年轻少女的声音在问："是不是都在家？"

"在，在，在。"阿莲一迭连声地回答。

皓天站起身来，不知所以地变了色。大门口，走进一个身材修长、面貌秀丽的少女来，她满面含笑，满眼含泪，她怀里紧抱着一样东西。

"碧荷!"皓天哑声喊。

"我给你们送一件礼物来!"碧荷说,一步步地走向皓天,把怀里抱着的一个小婴儿,郑重地交到皓天的手中,"是一个男孩子,今天刚满一百天!"

"碧荷!"皓天喊着,望着手里的孩子,那婴儿正睁着一对乌黑的大眼睛,注视着他的父亲,他那小小的嘴,在一个劲儿地猛吮着自己的大拇指。高太太扑了过来,一看到那婴儿,她立刻失声痛哭了起来,叫着说:"皓天,他长得跟你小时候一模一样!"伸过手去,她迫不及待地接过了孩子,高继善和阿莲都围了过去。依云却一把拉住了碧荷。

"碧荷!你姐姐呢?"

皓天脸色苍白,神情激动,他紧盯着碧荷。

"告诉我!"他哑声喊着,"碧荷!告诉我,碧菡在哪儿?"

"姐姐要我把孩子交给你们!"碧荷说,眼睛里闪着泪光,唇边带着笑意,"她要我转告你们,她会过得很好,要你们不要再牵挂她,也不要再找寻她!"她从口袋里掏出一封信来。

"姐姐有封信给你们!"

皓天一把接过信来,迫不及待地打开,依云和他并肩站着,一起看了下去:

　　姐姐姐夫:从我有生命以来,我就一直在怀疑着生命的意义,直到这个孩子的诞生,我才真正了解了生命的意义!我爱这个孩子,超过了我爱这世上所有的东西，但是，我想，这条小生命对你们的意义，可能更超过了我！因为，他是高家的骨肉，他是应该属于你们的，所以，我忍痛把他交给你们！我知道，他跟着你们，一定会在一片爱心及呵护下长大，那么，我也就心安理得了。对一个母亲而言，有什么事比知道她的孩子幸福、快乐更好的呢？我相信，这孩子在你们的怀抱里，有父、有母，有祖父、有祖母，他会长成一个健全优秀的男子汉！不要再找寻我，经过这么多风浪，我早就变得很坚强，我不再是一棵羸弱的小草，我已禁得起狂风巨浪，我会活得好好的，你们放心！当初在病榻缠绵中，蒙你们搭救，一番知遇及救命之恩情，始终不忘，如今幸不辱命，我心堪慰。再有，我从没有怨恨过你们！否则，我不会把孩子交给你们。我爱你们！亲爱的姐姐姐夫，祝你们永远相爱，永远幸福！你们的小妹妹碧菡。

依云抬起头来，满脸的泪水。

"碧荷，你一定要告诉我，你姐姐在哪里？"

"她已经走了。"碧荷说，"她把孩子交给我，叮嘱了几句话，她就走了。她还说……"她看着皓天。

"还说什么？"皓天急急地问，他眼眶发红。

"她说，如果你还怀疑孩子的血统，可以带他到医院里去，做最精密的血液检查，可以查得清清楚楚。"

皓天闭上眼睛，用手扶住头，他脸白如纸。

"她连一个道歉的机会都不给我！"他喃喃地说。

"你错了，高哥哥。"碧荷稳重而安静地说，"你不需要对姐姐道歉，因为她早就不怪你了！"她直视着他："姐姐说，嫉妒是爱情的本能，她不能怪你的嫉妒！不能怪你爱她！"碧荷的眼睛清亮得一如她姐姐，"高哥哥，你该安慰了，你一生，得到了两个女人最深切的爱！"

皓天深深地望着碧荷，他眼里蓄满了泪水。那孩子"咿咿唔唔"的，在高太太、高继善、依云、阿莲的怀里传来传去。皓天看看孩子，问："小孩——有名字吗？"

"姐姐叫他——天理。"碧荷说，"她说，天理可能会来得很迟，但是，毕竟是来了！"

天理！碧菡一天到晚在云中雾中找天理！天理！他走了过去，抱过自己的儿子来，望着那张清秀的、小小的脸庞，一半儿像碧菡，一半儿像自己。那份父爱的本能已牢牢地抓住了他。他抱紧了孩子，泪水滴落了下来，他轻声地呼唤着："天理！高天理！你会长成一个又壮又大的孩子！不管'天好高'，你都存在着！天理，高天理！"

依云拨弄着孩子的衣襟。

"咦，"她说，"孩子脖子上有条链子。"

他们解开孩子的外衣，发现他脖子上系了一条项链，项链的下面，是一朵"勿忘我"！正像当年碧菡设计了，代表全班送给依云的项链一模一样！依云含泪抚摸那朵勿忘我，翻转过来，他们发现那朵花的背面，刻着几行字："生命是爱，生命是喜悦，生命是希望！"

他们全都围着那孩子，静悄悄地，陷在一种近乎虔诚的情绪里。

孩子用手在空中抓着，眼珠乌溜溜地望着这新奇的世界，唇边漾开了一个天真无邪的笑容。

——全书完——

一九七四年一月九日夜初稿完稿
一九七四年一月廿九日修正完毕

（京权）图字：01-2025-0195

图书在版编目（CIP）数据

碧云天 / 琼瑶著. -- 北京：作家出版社，2025.1.
（琼瑶作品大全集）. -- ISBN 978-7-5212-3236-3

Ⅰ. I247.5

中国国家版本馆 CIP 数据核字第 2025US8001 号

碧云天（琼瑶作品大全集）

作　　者：琼　瑶
责任编辑：刘潇潇　单文怡
装帧设计：棱角视觉　纸方程·于文妍
责任印制：李大庆　金志宏
出版发行：作家出版社有限公司
社　　址：北京农展馆南里 10 号　　　邮　　编：100125
电话传真：86-10-65067186（发行中心）
　　　　　86-10-65004079（总编室）
E-mail: zuojia@zuojia.net.cn
http://www.zuojiachubanshe.com
印　　刷：北京盛通印刷股份有限公司
成品尺寸：142×210
字　　数：171 千
印　　张：8.625
版　　次：2025 年 1 月第 1 版
印　　次：2025 年 1 月第 1 次印刷
ISBN 978-7-5212-3236-3
定　　价：2754.00 元（全 71 册）

品 琼 瑶 经 典

忆 匆 匆 那 年